La casa de los ángeles rotos

Luis Alberto Urrea

LA CASA DE LOS ÁNGELES ROTOS

 Alianza de Novelas

Título original: *The House of Broken Angels*

Esta edición ha sido publicada por acuerdo
con Little, Brown and Company, New York,
New York, USA. Todos los derechos reservados.

Diseño de colección: Estudio Pep Carrió
Traducción adaptada para España con colaboración
del traductor

Copyright © Luis Alberto Urrea, 2018
© de la traducción: David Francisco Toscana
Videgaray, 2018
© AdN Alianza de Novelas (Alianza Editorial, S. A.)
Madrid, 2018
Calle Juan Ignacio Luca de Tena, 15
28027 Madrid
www.AdNovelas.com

ISBN: 978-84-9181-264-7
Depósito legal: M. 32.939-2018
Printed in Spain

¿Solo así he de irme
como las flores que perecieron?
¿Nada quedará de mi nombre?
¿Nada de mi fama aquí en la tierra?
¡Al menos flores, al menos cantos!

AYOCUAN CUETZPALTZIN

Esta es mi declaración de amor.

RICK ELIAS

Funerales delirantes

El último sábado de Angelote

A Angelote se le hizo tarde para el funeral de su propia madre.

Se revolvió en la cama hasta que las sábanas se le anudaron en los pies. El sudor le cosquilleó los costados cuando comprendió lo que estaba ocurriendo. Había salido el sol y la claridad le traspasaba los párpados. El mundo era rosado y ardiente. Todos los demás llegarían antes que él. No. Eso no. Hoy no. Se esforzó por levantarse.

Los mexicanos nunca cometen tales errores, dijo para sí.

Cada mañana, desde el diagnóstico, le habían asaltado los mismos pensamientos. Eran su reloj despertador. ¿Cómo podría reparar lo destruido un hombre ya sin tiempo? Y esa mañana, mientras despertaba con estas preocupaciones, maldecido por la luz, maldecido por el tiempo de todas las maneras posibles, traicionado por su cuerpo exhausto, con la mente embravecida, se sorprendió al descubrir el fantasma de su padre sentado ahí mismo en la cama. El viejo fumaba uno de sus Pall Malls.

—Mucho peso para llevarlo a cuestas —dijo su padre—. Es hora de despertar y quitárselo de encima.

Hablaba en inglés. Su acento había mejorado, aunque para decir *weight* pronunciaba «güeit».

—Mierda.

El viejo se convirtió en humo y se elevó en espirales hasta desaparecer en el techo.

—Cuida tus palabras —dijo Angelote.

Parpadeó. Él era el reloj humano de la familia. Mientras él durmiera, todos continuarían durmiendo. Podían dormir hasta el mediodía. Su hijo podía dormir hasta las tres. Angelote se sentía muy débil como para levantarse y llamar a los demás. Tocó la espalda de su mujer hasta que ella pegó un respingo, lo miró por encima del hombro y se incorporó.

—Se nos hizo tarde, Flaca —dijo él.

—¡No! —gritó ella—. Ay, Dios.

—Sí —dijo él muy satisfecho por reprochárselo.

Ella saltó de la cama y dio la voz de alarma. Minnie, la hija de ambos, había venido a pasar la noche para estar lista a tiempo, pero continuaba dormida en el sofá del salón. La madre gritó y Minnie se fue de bruces sobre la mesa de centro.

—¡Ma! —refunfuñó—. ¡Ma!

Angelote se restregó los ojos.

Las mujeres entraron en la habitación sin decir palabra y desclavaron a Angelote de la cama; luego lo ayudaron a ir al baño para que se lavara los dientes. Su mujer le barrió el cabello hirsuto con un peine. Él tuvo que sentarse para orinar. Ellas miraron a otro lado. Luego lo metieron en unos pantalones de vestir y una camisa blanca y lo plantaron en el borde de la cama.

Me voy a perder el funeral de mi madre, Angelote se dirigió al universo.

—Yo nunca lloro —advirtió con ojos fulgentes por la irritante luz.

Ellas lo ignoraron.

—Papá siempre está pendiente de todo —dijo Minnie.

—Es tremendo —respondió su madre.

No había fuerza de ánimo capaz de acelerar ni el mundo ni su cuerpo. ¿Su familia? ¿Por qué hoy iba a ser distinto? Caos. De pronto, todos en casa estaban despiertos, revoloteando y chocándose como palomas en una jaula. Aleteando estridentemente sin avanzar. Tiempo, tiempo, tiempo. Como barrotes en la puerta.

Él nunca llegaba tarde. Hasta ahora. Él, que combatía sin tregua la costumbre de sus parientes de utilizar el «horario mexicano». Lo volvían loco. Si la invitación a cenar era para las seis de la tarde, él sabía que la cosa no empezaría antes de las nueve; y aun entonces la gente se dejaba caer como si hubiese llegado temprano. O peor aún, dirían: «¿Qué?», como si él fuese el del problema. Uno sabe que está entre mexicanos cuando la cena no empieza hasta pasadas las diez de la noche.

Qué cabrón. La mañana se había ido deslizando cuesta abajo como el lodo, con apenas murmullos. Sin embargo, los sonidos tenían un repiqueteo metálico en sus oídos, reverberando por todos sitios. El ruido le aturdía. Los huesos, tan blancos y calientes como un rayo, le chirriaban en el fondo de la medianoche de la carne.

—Por favor —oró.

—Papá, métete la camisa —dijo su hija.

Estaba suelta por la espalda. Una y otra vez se le salía de los pantalones. Pero él no podía alcanzarla con las manos. Se sentó en la cama furioso.

—No me responden los brazos —dijo—. Antes sí, pero ahora no. Hazlo tú.

Minnie intentaba entrar en el baño para rociarse el cabello con laca, pero su madre había arrasado la zona: fajas y maquillaje y cepillos desparramados por todas partes. Algunos peines yacían sobre el lavabo como hojas caídas de un árbol de plástico. Minnie ya estaba cansada de tanto jaleo por el funeral. Tenía casi cuarenta años y sus padres la hacían sentir como si tuviera dieciséis.

—Sí, papá —respondió.

¿Lo dijo con sorna? ¿De veras se le notó fastidio en la voz? Angelote miró el reloj. Su enemigo.

Madre, se supone que no te ibas a morir. No ahora. Ya sabes que esto es bastante difícil. Pero ella no le iba a responder. *Así es ella,* pensó él. La ley del hielo. Ella nunca lo había perdonado, pues tenía sospechas sobre el pasado de su hijo, sobre su participación en aquel incendio. Y en aquella muerte. Él nunca se lo contó a nadie. Jamás.

Sí, yo lo hice, pensó. *Escuché el crujido de su cráneo.* Angelote volteó el rostro para que nadie descubriera su culpa. *Supe exactamente lo que hacía. Lo hice con mucho gusto.*

En su mente se figuraba una animación de un atasco de féretros. *Caramba. No le veo la gracia, Dios.* Él les callaría la boca a todos: llegaría temprano a su propio pinche funeral.

—Vámonos —gritó.

Hubo un tiempo en que podía cuartear las paredes con su voz.

Al otro lado de la habitación, sobre el espejo, pendía torcida una galería de imágenes de sus ancestros. Ahí estaba el abuelo don Segundo, con un sombrero charro, el de los revolucionarios: *Yo te tenía miedo.* Detrás de él, la abuela en un tono sepia desteñido. A la derecha de Segundo, la madre y el padre de Angelote. Papá Antonio: *Te lloro.* Mamá América: *Te entierro.*

La hija ya no intentó bordear a su madre para llegar al baño y se inclinó tras Angelote para acomodarle el faldón de la camisa.

—No me toques las nalgas —dijo él.

—Ya ves. Toquetear el correoso culo de mi padre —dijo ella—. Cuánto erotismo.

Fingieron una risa y ella enfiló de nuevo al baño. La madre salió en tromba, atenazándose el cabello con las manos mientras el tirante de la combinación se le deslizaba por el hombro. Él adoraba la clavícula de su mujer y los anchos tirantes del sujetador. Le fascinaba la piel morena a cada lado de los tirantes, amaba los hombros marcados por el peso y el tamaño de esos pechos que tanta leche habían dado. Bajaban dos surcos oscuros por sus hombros, que siempre parecían doloridos, pero que él no podía parar de besar y lamer en aquellos días en que aún hacían el amor. Él estaba flácido dentro de sus pantalones, pero tenía la mirada bien enfocada. La combinación resplandecía cuando ella se apresuraba, y él miraba ese culo que se contoneaba con cada paso.

Perla insistía en llamarle «mis enaguas» a la combinación. Angelote siempre tuvo el propósito de buscar tal palabra en el diccionario, porque estaba seguro de que las enaguas eran otra cosa, pero luego comprendió que no deseaba corregirla. Cuando él estuviera descansando bajo tierra, echaría de menos la parca conversación de su mujer. También sus sonidos: las medias hicieron un frenético *shish-shish-shish* cuando corrió al vestidor para arrasarlo como había hecho con el baño. Incluso sus gemiditos de pánico complacían a Angelote. Ella aspiraba un poco de aire y emitía un sonido: *Sst-ah. Sst-ah.* Salió del vestidor y meneó las manos.

—Mira el reloj, Flaco —dijo Perla—. Mira el reloj.

—¿Y qué os he estado diciendo a todos? —quiso saber él.

—Tienes razón, Flaco. Siempre la tienes. Ay, Dios.

—¡Me están esperando!

Ella lanzó un leve gruñido y siseó de vuelta al vestidor.

Él se sentó en el borde de la cama casi cepillando el suelo con los pies. Alguien tendría que venir a ponerle los zapatos. Carajo.

Los niños que estaban afuera montaron bronca con una legión de perros, pero se les absolvió del pecado del ruido, incluso del pecado del tiempo.

Angelote de la Cruz era tan célebre por su puntualidad que los gringos en el trabajo le llamaban «el Alemán». *Muy gracioso,* pensaba, como si los mexicanos no pudiesen ser puntuales. Como si Vicente Fox llegara tarde a sus asuntos, cabrones. Era su dicho para aleccionarlos.

Antes de enfermar, llegaba temprano a la oficina cada mañana. En las reuniones él ya estaba en su sitio antes de que entraran los demás. Rodeado por una nube de Old Spice. Con frecuencia servía café para todos en tazas desechables, no como acto de pleitesía, sino para decirles a todos que se fueran a la mierda.

Como decía Ric Flair, *Nature Boy,* en las transmisiones televisivas de lucha libre: «Para ser el Amo, derrota al Amo».

—Sean mexicapaces —Angelote decía a sus hijos—, no mexicanulos.

Ellos sonreían con burla. Habían escuchado eso en una película tipo *El mariachi.* Cheech Marin, ¿verdad?

El empleo no le importaba; lo importante era tener el empleo. Trajo a la oficina su propia taza colorida de Talavera. Tenía dos palabras impresas: «EL JEFE». Todos los empleados captaron el mensaje. El frijolero se hacía pasar por su jefe. Pero no sabían, por supuesto, que «jefe» era una forma coloquial de referirse al padre; y, por encima de todo, Angelote era padre y patriarca del clan entero. El Padre de Selección Nacional, el Odín mexicano.

Y, por cierto (bai di güey), la familia De la Cruz ha estado por estos lares desde antes de que siquiera nacieran tus abuelos.

Sus patrones nunca pudieron saber que él había sido uno de los muchos pioneros que habían recorrido esos territorios. Su abuelo don Segundo había llegado a California después de la Revolución Mexicana, cruzando la frontera en Sonora sobre un famoso semental alazán al que llamaban el Tuerto, porque un francotirador le había volado un ojo. En esa ocasión condujo a su mujer herida a Yuma para que la socorrieran los cirujanos gringos. Se alojó en una casa de adobe abrasadora tan cerca de la prisión regional que le llegaban los olores y los gritos que salían de las celdas. Más tarde, Segundo robó una carreta y llevó a su mujer hasta California para intentar enlistarse como soldado de los Estados Unidos en la Primera Guerra Mundial. Había aprendido a matar mientras luchaba contra el general Huerta, y hacía bien su trabajo. Además había aprendido a odiar a los alemanes tras ver a los asesores militares de Baviera con sus horrendos cascos picudos cuando enseñaban a las tropas de Porfirio Díaz a utilizar las ametralladoras enfriadas por aire contra los habitantes del valle del Yaqui.

Su padre le había contado cien veces la historia.

El abuelo se quedó en Los Ángeles cuando los Estados Unidos se negaron a reclutarlo. Antonio, el padre de Angelote, tenía entonces cinco años. No le permitían nadar en la piscina pública del este de la ciudad porque su piel era demasiado oscura. Pero aprendió inglés y aprendió a amar el béisbol. La familia De la Cruz volvió a ser mexicana cuando regresaron al sur durante la enorme ola de deportaciones de 1932, uniéndose a dos millones de mestizos capturados y enviados al otro lado de la frontera en furgones. En aquel momento parecía que los Estados Unidos se hubieran cansado de cazar y deportar chinos.

¿Qué-hora-es? ¿Cuándo nos vamos? ¿Ya se vistió Perla?

Se llevó las manos a la cabeza. La historia completa de su familia, el mundo entero, el sistema solar y la galaxia giraban en torno a él con un raro silencio, mientras él sentía que la sangre goteaba dentro de su cuerpo, y el reloj, el reloj, el reloj le carcomía la existencia.

—¿Ya podemos irnos? —preguntó, pero ni siquiera podía escuchar su propia voz—. ¿Ya estamos listos? ¿Alguien me puede responder?

Pero nadie escuchaba.

Aquí vamos, Jefe

—¿Me veo bien? —preguntó a Perla.

—Muy bien —dijo ella.

—Antes me veía mejor.

—Siempre fuiste guapo.

—Anúdame la corbata.

—Deja de menearte.

Por supuesto, él sabía que sus hermanos murmuraban a sus espaldas. *Angelote quiere ser gringo,* dijeron en sus provechosas sesiones familiares de tijereteo, el tradicional arte mexicano de criticar. Lo sabía aunque nadie se lo dijera. *Se cree mejor que cualquiera de nosotros.*

—Soy mejor que tú.

—¿Qué dices? —preguntó Perla.

Él hizo un gesto con la mano.

Angelote simplemente pretendía demostrar algo a los estadounidenses. Su familia era libre de observar y aprender, si eso deseaba.

Un enorme reloj Invicta Dragon Lupah de 43 mm pendía de su muñeca con su lente de aumento, como si Angelote fuese piloto de bombardero. El aparejo les recordaba a los patrones que él era perpetuamente puntual: hora del Pacífico. Minnie lo había comprado a través de un programa de ventas por televisión. Fue uno de sus regalos de insomnio a las dos de la madrugada. Todos eran proclives a las noches en vela.

Ahora el reloj le rodeaba la muñeca con la holgura de un collar demasiado grande para el cuello de un perro. Miró a Minnie rociarse con laca la explosión de cabello oscuro. Ella le sonrió a través del espejo.

Mi hermosa hija. Tenemos sangre buena y fuerte, pero no me gustan los hombres que frecuenta.

Él le guiñó el ojo. Solo Angelote podía denotar sabiduría con un guiño. Toqueteó su Lupah.

No le debía su fama únicamente a la puntualidad; también había sido el jefe de la división de informática en la compañía de gas y electricidad. Le enorgullecía que la empresa fuera tan célebre que incluso una banda de rock de los años sesenta había tomado el mismo nombre: Pacific Gas and Electric. Estaba bastante seguro de que él podía cantar mejor que ellos. Aunque no rock, pues todos sabían que eso ni siquiera era música. Maricones greñudos en estrechos pantalones de terciopelo y blusas de mujer. Excepto Tom Jones. Ese sí era todo un hombre.

Desde su escritorio podía acceder a los datos de cada sandieguino, así como organizar y revisar las actividades de todos los empleados y ejecutivos en la red. Por ejemplo, Angelote podía observar la frecuencia con que la gente de cada vecindario encendía los fuegos de cocina. Los malditos millonarios de La Jolla y Del Mar usaban menos gas que la plebe del sur o del Barrio Logan o de Lomas Doradas, su propio vecindario cerca de la frontera. A juzgar por los registros de consumo de gas y electricidad, su Perla cocinaba alrededor de doce horas al día; aunque acababa de descubrir el Kentucky Fried Chicken y comenzaba a bajar el ritmo.

Pero a Angelote no le preocupaban los ordenadores. Ni siquiera le gustaban los ordenadores. Se trataba de que un mexicano hiciera lo que esos gringos opulentos no podían hacer. Tal como su padre antes que él, que tocaba en el piano a Ray Conniff en lo profundo de la noche y les robaba sus esposas delante de sus narices.

—Vi los secretos de todos —dijo.

—¡Muy bien! —gritó su mujer.

La gente auténtica cocinaba. Él podía ver cada día las cifras de consumo. Calle por calle, si tenía tiempo. Según su teoría, los ricos debían de pedir comida a domicilio o comían cosas frías o salían a restaurantes elegantes que costaban tanto como un sofá. En cambio a los mexicanos les gustaba la comida caliente, casera y abundante, aunque por alguna razón su familia había desarrollado recientemente una adicción a las tortitas. Seguro que venía de su padre, que las llamaba «jo-kekis» o «pan-kekis». Cuenta la leyenda que los panqueques fueron la primera comida yanqui que probó. Eso y el chop suey.

Muchos de los colegas ejecutivos de Angelote pensaban que los mexicanos solo barrían o fregaban baños o quizá usaban cascos de seguridad en sus labores. Él había hecho todo eso. Pero un mexicano como director del centro informático y gerente de cibersistemas era un tipo de anatema que desafiaba toda lógica y provocaba cuchicheos sobre el impacto de tal insubordinación.

Angelote estaba al tanto de todo. No le preocupaba la discriminación positiva. A nadie pidió ayuda. Su familia nunca aceptó cheques del gobierno ni queso ni esas enormes latas federales de crema de cacahuete. Nunca vio un cupón para alimentos. Él no era un campesino con sombrero de paja entre sus angustiadas manos, inclinándose delante de un amo. Él era Emiliano Zapata. No iba a vivir de rodillas. En su mente, mostraba a su difunto padre su propia valía como hijo. Su gafete decía «¡HOLA!» en vez de «*HELLO!*».

Meneó la cabeza con fuerza. Se frotó la cara. ¿Había echado una siestecita? ¡Chingado!

—Apuraos todos —dijo.

—Sí, papá.

—¡Rápido!

En la habitación del garaje, el soldado raso Pantagruel se ajustó la boina con elegancia. Se había vuelto a mudar a la casa paterna cuando el Jefe se puso grave.

Soy el hijo favorito, dijo para sí. Miró el trofeo de plástico que el Jefe le había regalado. Decía: LALO, HIJO N.º I. Lo miraba todo el tiempo. Inclinó un poco la boina hasta casi cubrirse un ojo. Bruce Lee brillaba desde un cartel a sus espaldas. Sobre la cama había una de esas pegatinas para parachoques que le dieron en uno de los programas de rehabilitación a los que asistió: DÍA A DÍA.

Su anterior padrino le había hecho una placa de madera con este lema grabado al fuego: PLEGARIA DE LA SERENIDAD ABREVIADA: QUE LE DEN.

Había hecho cosas. Cosas malas. Ahora trataba de reparar el daño. El Jefe siempre le decía que la vida no era *West Side Story*. Fuera lo que fuera eso. Él lo entendió: no era andar metido en bandas. No iba de meterse en broncas callejeras ni en otras mierdas espantosas. Lalo lo sabía: lo hacía lo mejor que podía.

Su pelo rapado le daba aspecto de estar aún de servicio. Ya había pasado tiempo desde entonces. Alisó el dobladillo de su guerrera. Se cuadró. Gerente de Seguridad De la Cruz.

Días como este exigían vestir de uniforme. La Jefa se aseguraba de que siempre estuviese lavado y planchado. Él había conservado su guerrera y sus pantalones, su camisa y sus boinas: todo impecable. Los zapatos negros relucían como espejos oscuros. Las hileras de distinciones y las medallas estaban muy bien alineadas, con apenas el hueco que había dejado el Corazón Púrpura para colgárselo a su padre. Aún cojeaba un poco, pero la pierna no estaba tan mal. Para eso tenía unas píldoras mágicas. Prefería no pensar en ello si podía evitarlo. A lo largo de toda la cicatriz se había tatuado un dragón chino. La cola se enroscaba en el tobillo, que seguía crujiendo como cereales cuando caminaba. De eso no hablaba. No es para tanto. Cada camarada tenía sus secretos. Qué mal que los veteranos no los tuvieran. O quizá sí. Él mismo tenía dos hijos: Gio y Mayra. No pensaba contarles una mierda.

Lalo sabía que sus ojos eran trágicos. Negros, como los de su padre. Parecían de alguien que hubiese perdido a su amante. O de alguien que en vano tratara de detener los estragos de una tristeza enfermiza, cansado ya de actuar como si la vida fuese el pícnic de un soleado 4 de julio.

Su bisabuelo había sido militar. Y el abuelo Antonio había sido una especie de policía maldito. La abuela América... un poco loca. Se las había arreglado para ser encantadora mientras te pisaba el cuello. Había sido más malvada que el abuelo Antonio. Qué pena enterrarla hoy, de veras. Lalo no quería ni comenzar a pensar en el entierro del Jefe.

El Jefe. Pantagruel no sabía qué había hecho su padre en el mundo real además de criar a la prole con la Jefa. ¿Y la vida? ¿El Jefe tenía una vida? Ser padre era ya una especie de guerra. Lalo lo sabía. Se rio haciendo un chiflido con las comisuras de los labios. Sin duda se trataba de una guerra contra él, sus hermanos y su hermana. Y contra la Jefa.

Pinche Jefa, imponiendo la ley y el orden con su zapatilla. La chancla. Todos le temían a la chancla. Un millón de madres mexicanas encabronadas, con ojos fuera de las órbitas, molían a palos a sus hijos, agarrándoles un brazo y azotándoles el culo con la mano libre, bailando en círculos todo el rato mientras el chavalín intentaba huir pero era incapaz de liberarse de las garras maternas. Y la Jefa muy formal mientras daba su sermón, soltando cada palabra al ritmo de los azotes. ¡Usted-va-a-aprender-quién-es-la-jefa-aquí! Las viejas te trataban de «usted» cada vez que comenzaban a zarandearte. Y cuando al fin escapaba el pobre criminal, la Jefa lanzaba la chancla como un misil teledirigido para rematarlo en la nuca.

—Peor que un instructor militar —dijo a su reflejo.

Fuera de la casa, todos los enanos y criajos comenzaban a sitiar el jardín. Reñían y gritaban y se pasaban un balón de fútbol desinflado mientras corrían. Las niñas eran tan ruidosas como los regordetes. Era un gallinero, pero al Jefe le agradaba que sus nietos y nietas y los chicos de los vecinos y demás chavales devoraran toda la comida y rompieran cosas. Sobre el incesante griterío, pudo escuchar que su padre gritaba:

—¡Lalo!

—Ahorita voy, Jefe —respondió.

—¡Apúrate, mijo!

—¡Estoy listo!

Lalo había notado que ciertos días todos se gritaban a todos, como si fuesen sordos o no entendieran inglés. Bueno, eso podía pasar con la Jefa, pero quizá entendía más de lo que dejaba ver.

—¡Lalo!

—¡Ya voy!

Pantagruel hizo un vago saludo con la mano hacia la dirección en que se hallaba Angelote. Miró de nuevo el espejo, estiró por última vez el dobladillo de la guerrera para intentar ocultar su barriga de civil. Portaba una pequeña automática plateada calibre 22 en el tobillo como un narco cualquiera. Haz lo que tengas que hacer, sin reparos. «Listo para partir», se dijo a sí mismo y salió al patio trasero, donde se encontró a su hermana fumando.

—Minnie, échame un vistazo —dijo, y posó—. Me corté el pelo.

—Muy guapo —dijo ella—. Culigordo.

—Qué chistosa, *Orange Is the New Black*. Mira quién habla.

—Oye —dijo ella mientras echaba el humo hacia los geranios—, nunca me arrestaron ni nada.

—¿En serio? Eres la única.

Encendió otro cigarrillo, le pegó una calada, estudió la punta de la ceniza y elegantemente la hizo caer con el dedo anular.

—¿Sabes qué? —miró a su hermano de medio lado—. La mayoría de la gente nunca va a prisión.

—¿De qué planeta eres?

Ella le lanzó una bocanada de humo.

—Fumas demasiado —dijo Lalo.

—Ya habló el yonqui.

—¿De qué hablas? —dijo él—. Sigue moviendo la bocaza, niña. Verás lo que te pasa.

Ella sonrió con burla.

—Detesto cuando me miras así, Ratona —dijo él.

Vaya, vaya.

—Estoy bien. ¿De acuerdo?

—Claro que sí —Minnie echó anillos de humo.

—Mira —dijo él—. Estoy limpio. En serio.

—¿Seguro?

—No tengo problemas. Solo dosis pequeñas. Las necesito —se palpó el muslo, pero apelar a la compasión ya no funcionaba con su hermana.

Ella alejó de sí el cigarrillo y asintió.

—Por supuesto. ¿Quién no las necesita? —y continuó—. La semana pasada me robaste el coche.

—Al menos no soy Braulio.

—No estamos hablando de Braulio.

—Lo sé, lo sé.

Pero Lalo también sabía que si deseaba cambiar una conversación, solo había que mencionar a su difunto hermano.

Agotados los insultos y acusaciones, sin nada más que decir, quedaron en silencio, mirándose los pies.

—Tenemos que irnos —dijo Lalo.

—El Jefe —respondió ella.

—Sí. Nuestro Jefe querido. Necesita una mano.

—Para eso estamos.

—Que le den.

Entraron en la casa.

—Yo nunca enfermaba. Nunca llegaba tarde. No tomaba vacaciones.

—Qué maravilla, Flaco —su mujer le acarició el hombro.

—Y para qué.

—Vete tú a saber.

—No estaba preguntando, Flaca. Solo lo decía.

—Vale.

—Quizá me lo preguntaba a mí mismo.

—Eres muy filosófico —dijo ella.

Minnie había regresado al baño para secarse y rociarse el cabello. ¿Por qué había bebido tanto la noche anterior? Ahora la cabeza le retumbaba. Angelote lo sabía; podía leerlo en los ojos de su hija.

—No me interesa mi empleo —dijo—. Fue una tontería, Flaca. Ojalá hubiéramos ido al Gran Cañón.

—Qué maravilla.

Perla intentaba sujetar las medias con los broches de la faja. Él la observó. ¿Todavía se usaban las fajas? ¿Se enganchaban a las medias? Había sido su fantasía erótica ver la falda alzarse y que los dedos tiraran de las finas medias que poco a poco subían por esos muslos con celulitis.

En su juventud se había arrodillado a los pies de mujeres mayores, sentadas en una silla, que se ajustaban las medias de nailon y abrían las piernas. «¡No toques! Solo mira.» Era el obsequio que ellas le daban. Sus secretos y cálidos aromas de talco para bebé. Él admiraba los sombreados montículos blancos de látex entre las piernas y los diestros dedos que enganchaban las medias a las fajas. «Solo puedes mirar», ordenaban esas mujeres, y con apenas mirar el rostro sonrojado del chico se daban cuenta del poder que desataban.

Ya nadie hacía tal cosa, excepto su Flaca.

—Me gustan tus piernas —dijo.

Ella le echó un vistazo.

—No tenemos tiempo para eso —refunfuñó.

—¿Quién lo dice?

—Tú —respondió.

Como si pudiera hacerlo.

—De acuerdo. Es hora de partir —dijo—. Pero me gusta mirar. Me gustan tus muslos.

—Sí, mi amor.

—Una delicia.

—*Bad boy* —dijo ella, pues le pareció más oportuno que usar el español para llamarle «travieso». Se levantó la falda para exhibirse.

—Tu panal está lleno de miel —dijo él.

—¡Cochino! —dijo ella, pero no bajó la falda.

—Mamá —Minnie gritó desde el baño—. ¡No hagas eso! Madre y padre se sonrieron.

—¿Cómo crees que te fabricamos? —le preguntó él a Minnie.

—¡No quiero enterarme! —dijo ella, y corrió fuera del baño y a través de la habitación, tapándose los oídos con los dedos—. Habla chucho que no te escucho.

Los padres rieron al ver huir a Minnie. Angelote le hizo una seña a su mujer para que se sosegara. De momento se había quedado sin palabras. Él, que para aprender inglés había memorizado el diccionario. Hubo un tiempo en que competía con su desdeñado padre para ver quién aprendía palabras más novedosas y raras, más yanquis. Su padre, alguna vez un monumento de hombre, acabó por volverse pequeño, gris y de ojos llorosos, más encantador y despiadado que nunca, pero erosionado. Durmió durante una temporada en la habitación trasera de Angelote, y entretanto Angelote ascendió para volverse el patriarca. Nadie podía imaginar tales cosas. Ni mexicano ni gringo.

No había modo de saber cómo el lenguaje moldeaba a una familia. Sus propios hijos no querían aprender español, cuando él lo había dado todo por aprender inglés. Los dos hombres se sentaban a la mesa de la cocina con cigarrillos y café y diccionarios. Cazaban palabras nuevas y las coleccionaban como mariposas de diversas tonalidades. *Aardvark, bramble, challenge, defiance.* Uno voceaba una palabra: *Incompatible.* El otro debía definirla en menos de tres minutos. Cinco puntos por palabra. La puntuación se anotaba en fichas de ocho por quince centímetros. Al final de cada mes, estaba en juego un cartón de Pall Mall. Si el acento de quien voceaba las palabras era difícil de entender, perdía tres puntos. Y así, con verbos y sustantivos, construyeron su puente a California.

A los exámenes de inglés siguieron libros de bolsillo que compraban en la licorería. Su expresión gringa favorita en el trabajo era *By golly,* pero casi nunca la usaba en casa. Aprendió que en los libros de James Bond se le llamaba *swords-*

man a un amante portentoso. En una novela de acción de John Whitlatch aprendió que un hombre casado con una prostituta era un *easy rider*. En los años sesenta, los estadounidenses decían *easy ice* a los cantineros cuando ordenaban un cóctel, así sonaban muy modernos y obtenían un poco más de licor en la copa. Angelote mantenía un banco de datos mental con hechizos y conjuros secretos que empleaban los gringos. *Hard-on* era un pene erecto; *Johnny Law,* un policía; *What can I do you for?,* una advertencia disfrazada de cortesía.

¿Por qué estaba pensando acerca del trabajo, acerca del pasado, si eso ya había terminado? Todo había terminado. Ya nunca iría a trabajar de nuevo. «Este segundo», su padre acostumbraba a decirle, «ya se volvió pasado. Tan pronto como lo notaste, ya se había ido. Mala suerte, hijo. Lo perdiste para siempre.»

(Muy filosófico.)

Minnie se quedó en el salón en penumbra escuchando a Lalo perseguir a los chicos alrededor del patio. Mamá y papá eran tan impúdicos. Se rio un poco, luego hizo un mohín de disgusto porque el asunto le pareció repugnante. Panal. Miel. Qué obscenidad. Él se creía todo un Casanova ahora que se había vuelto viejo. Pero lo hacía sonar bien. Minnie se frotó los ojos e intentó no deslustrar el maquillaje. A ella nadie le había dicho algo tan sensual. Ya nadie la piropeaba por alguna parte de su cuerpo.

Tal vez esos días quedaban atrás después de tener tres hijos.

—¡Callaos! —gritó a los niños.

Tenía la peor de las resacas. Todo este embrollo de la muerte. Toda esta responsabilidad sobre ella. Minnie se había echado a cuestas el fin de semana completo. ¿Lalo? Un inútil. ¿La Jefa? Deshecha. Sus amigos habían venido a casa la noche anterior para animarla. Todos decían cosas como «Mija, este fin de semana es una putada». Bebían whisky con canela y preparaban micheladas. Ella nunca se había reído tanto. Recordaba a medias haber enviado un mensaje de texto a su tío Angelito.

¿Por qué lo había hecho? Entre ellos había una conexión que ella no sabía explicar. Se frotó la frente. ¿De qué tamaño era el ridículo que había hecho? Cogió su teléfono para revisar sus mensajes de la noche.

A las 2:00 a. m. había escrito: «OMG, tío, me he puesto ciega».

Pensó que estaría dormido, pero pronto le respondió: «Yo también. Funerales».

De algún modo había llegado a casa de sus padres en la madrugada. Esperaba no haber conducido borracha. Supuso que uno de los compañeros del trabajo la había traído. Sintió que todo se le estaba yendo de las manos.

Se había puesto la lencería morada con más encaje por si acaso venía su hombre a echar un vistazo. Era una especie de plegaria.

Angelote y Perla se miraron uno al otro. Les quedaban tantas cosas por decirse, cuando de pronto apareció Minnie de vuelta en la habitación y se puso de rodillas y forcejeó con los zapatos de su padre hasta encajárselos en los pies. Él le acarició la cabeza. Los zapatos le quedaban apretados. Le lastimaban los pies. Me cago en Dios. *Perdóname, Señor.*

—¡Con cuidado, Minnie! —dijo—. Si Braulio estuviera vivo, él sabría cómo hacerlo.

Le dio un puntapié a su hija.

Braulio. Su hermano mayor. Muerto y en su tumba hacía casi diez años. El hijo elevado por su ausencia al puesto de santo de la familia. Pobre Jefe. Sus dos muchachotes fueron su peor fracaso. Nadie estaba invitado a mencionarlos. Ahí tenía a Lalo para engañarse a sí mismo. El chico bueno, se supone. Maldita sea. La cabeza de Minnie iba a explotar.

Minnie alzó la vista hacia Angelote.

—De todos modos, te quiero, papá.

El soldado Pantagruel entró en la recámara.

—¿Aún no estás listo? Caramba, Jefe. ¿A qué esperas?

Lalo había organizado a los críos por toda la casa. Los agrupó en equipos de vigilancia. Les alzó la voz:

—¡Atención, renacuajos! —los chicos supieron que debían acudir y adoptar la posición de firmes—. ¡Aquí el Papucho en persona! Voy en camino. Repito: ¡El Papucho en persona! En marcha. Cambio.

—¡Entendido! —clamó un gordinflón en la cocina.

—A sus puestos.

Se dispersaron y crearon falsos puestos de control por toda la casa. Tío Lalo, Niñero n.º 1.

—Todo en orden —gritó una niña desde el salón.

—Precaución: se han detectado francotiradores en el área. ¡Cuiden sus espaldas y el flanco izquierdo!

—¡Entendido!

Angelote se desplomó en su silla de ruedas e inclinó la cabeza.

—Por Dios, Lalo —murmuró mientras tocaba con el índice el Corazón Púrpura de su hijo prendido en su propio pecho.

—Es solo un juego, Jefe.

—No es gracioso, mijo.

—Algo de gracia tiene, Jefe —dijo Pantagruel—. ¡Allá voy, renacuajos! —gritó.

Minnie y Perla venían atrás. Llevaban bolsos de mano y el andador plegado. Salieron por la puerta principal hacia el parche amarillento de césped y metieron a Angelote dentro de la furgoneta. Ya no dejaban que el Padre de Selección Nacional condujera. De todos modos, sus pies ya no alcanzaban los pedales. Angelote se sentó en medio del asiento trasero, bamboleándose en su sitio, con el profanado cuerpo vuelto un péndulo, como si su ansiedad pudiese hacer avanzar el vehículo entre el tráfico. La inercia de la voluntad luchaba por subyugar todas las mareas y llegar a esa costa lejana.

Dave, su mejor amigo, le había dicho: «Hay una costa lejana. Todos somos como esos pequeños lagos. Cuando algo cae en el centro, surgen ondas que avanzan hacia fuera en círculos perfectos». «Dave», había respondido Angelote, «¿de qué rayos estás hablando?» «De una vida, pendejo. De ti. La onda surge con fuerza y se va debilitando hasta que llega a la costa. Luego rebota, casi invisible. Pero ahí sigue, transformando cosas, y tú estás en medio preguntándote si lograste algo.» Angelote meneó la cabeza. Maldito Dave.

—¡Dale gas, pues! —dijo.

—Ya voy, Jefe.

En otros tiempos, Angelote le hubiera bramado, pero ahora le pareció que había sonado como un gato maullador rogando que le sirvieran leche en su plato.

Una banderita de los Estados Unidos ondeaba en la antena. Lalo conducía. Su Perla iba de copiloto, gimoteando al estilo de una anciana mexicana.

—Ay, Dios. Dios mío. Por Dios.

A Dios ya le había cansado tanta repetición piadosa. Cierta evidencia indicaba que podía ser sordo.

Tal vez Dios no habla español, pensó Perla. Luego se persignó, arrepentida.

—Diosito lindo.

Siempre había sido astuto adular a Dios. A Él le gustaba saber cuán apuesto era.

Minnie iba en la tercera fila, masajeando los hombros de Angelote desde detrás. La silla de ruedas iba plegada justo atrás, traqueteando contra el andador para anunciar cualquier irritante uso de los frenos en ese tráfico inmóvil.

—Tenía que ser hoy —Angelote dio un puñetazo al asiento.

Sin excepción, sus dos grandes consejos para sus hijos eran: sean puntuales, no inventen excusas. Ahora él iba con retraso y concibiendo coartadas por docenas. Iba a enterrar a su madre el día anterior a su propia fiesta de cumpleaños. Su último cumpleaños, pero nadie más lo sabía. Estaba reuniendo por decreto a su familia. Sería una fiestorra de la que nadie se olvidaría.

—Eres una buena chica —se le ocurrió decir, y acarició la mano de Minnie.

Miró su reloj gigante. Tuvo que entrecerrar los ojos. Estaba perdiendo la vista. Grandioso. Siempre había estado orgulloso de la agudeza de su vista. Decidió abandonar el tiempo y dejarlo correr. Pero no iba a usar gafas. Ya estaba hasta la coronilla.

—¡Bajad la radio! —espetó.

—La radio está apagada, Jefe —respondió su hijo.

—¡Entonces encendedla!

Así lo hizo Lalo.

—¡Bajad el volumen!

Todos en la furgoneta se sometían a su antojo, pero el reloj y el pinche tráfico parecían ignorar sus mandatos. Un tipo en el paso elevado mostraba hacia el sur un cartel que decía CONSTRUYAN EL MURO.

—Mi madre —dijo Angelote— esperaría de mí más que esto.

Tenía mucho por demostrarle. Le había fallado cien veces. No podía soportar estar confirmando el dictamen de su madre sobre él: un incapaz. Ni siquiera se había acercado a lo que había sido su padre. Y, por supuesto, ella nunca lo había perdonado por casarse con Perla. Se refería a ella como «esa señora», lo que implicaba que Perla era un objeto de segunda mano. Con experiencia.

—Te ves muy bien, papá —dijo Minnie.

—Si esto es verme bien, mátame aquí, ahora mismo.

—Ay, Dios —rogó su mujer.

Una plegaria antes de la lluvia

¿De dónde habían salido tantos coches?

La madre había muerto la semana anterior, pero la fiesta de cumpleaños de Angelote se había anunciado mucho tiempo antes. Mucho tiempo al menos en relación con sus disminuidas expectativas. Una semana era mucho tiempo cuando se corría contra el Lupah.

La gente venía de todas partes: Bakersfield, Los Ángeles, Las Vegas. Angelito, su hermano menor, venía desde Seattle. Muchos habían hecho reservas. Habían pedido días libres en el trabajo. Apostadores de altos vuelos y estudiantes universitarios, presidiarios veteranos y madres con ayuda social, niños felices y ancianos tristes y pinches gringos y todo pariente disponible.

La marabunta. Consiguió que se indignaran por incinerar a su madre. No había tiempo para un ostentoso funeral católico en una enorme iglesia católica. ¿Qué iglesia hubiesen elegido? Durante una breve temporada, la mitad de los parientes se habían vuelto mormones; otros pertenecían a un grupo de adoradores de ovnis que esperaban el retorno de los Anunnaki cuando el Planeta X cayera de nuevo en la órbita terrestre. Algunos eran evangélicos. O nada. Tal vez Lalo era ateo. O adorador del sol. César, hermano de Angelote, tenía un hijo que daba la impresión de creerse vikingo. Angelote no tenía tiempo para tales detalles.

Había tomado la todavía más osada decisión de programar el funeral de su madre una semana después de lo esperado, de modo que su fiesta de cumpleaños cayera al día siguiente. Las cenizas podían durar para siempre. Nada de qué preocuparse.

Nadie se mostró interesado en colaborar; estaban contentos con que él se hiciera cargo de todo. Eso fue lo que hizo. Ellos no querían ser responsables, porque a la Gran Madre le habría parecido un desastre cualquier funeral que conspiraran para ofrecerle. Pero Angelote era de fiar. Era sencillo recibir órdenes de él y obedecerlas. De modo que aceptaron sin remilgos que el funeral fuese un anexo de la fiesta de cumpleaños. Para la mayoría fue un alivio porque no tenían suficientes vacaciones para hacer dos viajes. Tampoco dinero suficiente. Un solo fin de semana era lo mejor para todos.

¿Más tráfico? ¿Adónde va tanta gente?

Angelote se tapó los ojos con las manos, aunque solo fuera para evitar ver la negrura que le iba subiendo por el dorso de las muñecas. También en las manos tenía manchas negras. Nunca se miraba las piernas por temor a lo que pudiera descubrir.

El sol de la tarde perforaba orificios en las nubes, calentaba al rojo vivo las grietas flotantes a lo largo de sus bordes y disparaba espectros de luz amarilla que eran como cortinas de malla dorada oscilando con la brisa fresca por toda la ciudad. Angelote calculó mentalmente cuánto faltaba para que el sol llegase a Hawái; vio ángulos y grados dibujados en ese azul sobre las nubes ardientes. El cielo era un plano.

Después de La Paz, la madre ya no tuvo una relación estrecha con él. Había mimado a los hermanos de Angelote, incluyendo a Angelito, su medio hermano, de quien ni siquiera era la madre. Ella le había hallado un encanto que Angelote nunca supo aceptar.

Miró el cielo. Estaba recopilando evidencias sobre cualquier tipo de señal enviada desde el más allá. Cualquier cosa. ¿Braulio? ¿Madre? ¿Alguien? La lluvia era buena. Podía arreglárselas con la lluvia. La lluvia traía muchos mensajes. Los arcoíris eran aún mejores.

Cuando era niño, su madre le había enseñado que un arcoíris era un puente por el que los ángeles bajaban del cielo. La palabra arcoíris era más bonita que *rainbow*, en inglés. Tal como había más belleza en «mariposa» que en *butterfly*, en «colibrí» que en *hummingbird* o en «margarita» que en *daisy*. Se sintió orgulloso. ¡Viva el español! *Girasol: sunflower*, pensó.

Mas por ningún lado se veía un arcoíris.

—Qué bueno que mi madre muriera primero.

—Ay, Flaco —dijo su mujer—. Tú sabes que ella no hubiera soportado ver a su hijo morir antes que ella.

—¿Quién va a morir, Perla? —dijo Angelote—. Estoy muy ocupado para morir.

Lo decía muchas veces. Pero también decía «Estoy listo para morir», y con la misma frecuencia.

Se había confesado con su cura de confianza. Lo hizo casi tan pronto como la doctora Nagel le informó de que los flujos de sangre fresca que volvía a tener en su orina señalaban la llegada del colapso. Ese momento, extrañamente, le hizo sentirse tranquilo. Miró a la doctora y pensó: *Se llama Mercedes Gloria Nagel, y ojalá yo me hubiera comprado un Mercedes para sentirme en la gloria.* Los rayos X mostraron unos racimos de uva mortales dentro de su abdomen y dos nudos oscuros en sus pulmones. Pequeño y solitario, se sentó en un rincón del consultorio. Se puso la máscara del más estoico de los guerreros y miró fijamente a la doctora: «¿Cuánto tiempo?». Un suspiro, una palmada. «No mucho. Algunas semanas.» «¿Me da un chupachups?» Ella abrió el frasco de vidrio. A él le gustaban los de cereza.

Llamó al cura y se confesó por teléfono. Luego le dijo a Perla que estuvo hablando de béisbol con un amigo.

—Jefe —dijo su hijo—. No voy a mentir. La abuela lo hizo a propósito. Cumplió con su deber. En serio.

—Así era ella —dijo Angelote.

—¡Arcoíris, papá! —exclamó su hija.

Angelote miró hacia donde señalaba Minnie y finalmente sonrió. *Buen trabajo, Dios.*

Angelito había aterrizado.

Llegó a casa el bebé de la familia, anunció para sí mismo.

El medio hermano de Angelote pensó que llegaría tarde. Pese a la edad que tenía, todos lo consideraban el bebé, incluso él mismo. Era el hombre de veintiocho años más viejo sobre la tierra, pues ya llevaba veinte años estacionado en esa edad.

No se iba a perder el funeral de la matriarca. De ninguna manera iba a llegar tarde. No era su madre. Con frecuencia se lo recordaban de maneras sutiles y agudas. Él era la nota al pie de la familia, ese detalle que todos debían sobrellevar cuando se dignaba aparecer en casa. Hijo de una estadounidense retratada en las leyendas familiares como la gringa disoluta que les había robado al abuelo don Antonio. Y sin embargo les llegó a molestar la muerte de esa mujer, pues se las había arreglado para reunirse con el abuelo en el otro mundo antes que Mamá América pudiera ir allá a rescatarlo de las garras de la gringa.

Angelito no quería estar en California, territorio del desconsuelo, y no le gustaba recorrer los mil seiscientos kilómetros de la tierra de nadie entre sí mismo y sus orígenes. Pero el temor de disgustar a Angelote le impulsó a avanzar contra el lastre de su reticencia. Obligó al avión proveniente de Seattle a volar más velozmente con la mera fuerza de su voluntad. Lo hipnotizó el sobrecogedor mural de los rayos del sol que rebotaban en las montañas costeras para luego derramarse sobre el mar con tonos que iban del rojo vivo al azul, luego verde, luego púrpura. Después vino el desgarrador descenso hacia San Diego, la sensación de que su avión pasaba entre los edificios en su camino a la pista..., y de pronto ya estaba en casa.

Se dio cuenta de que había llegado a la oficina de alquiler de coches antes de las ocho, y se sintió un idiota, pero al mismo tiempo aliviado. No se perdería el funeral. No recibiría de su hermano mayor las llameantes y ofendidas miradas de reproche. Cumpliría con los horarios de Angelote, que siempre llegaba temprano. Cuando estaban ebrios, Angelote llamaba a su hermandad «el alfa y el omega». Angelito sentía que el tequila le iba bien. Lo sacaba de su santidad autoimpuesta. El primero y el último, ¿eh? Angelito había analizado los meta-mensajes en ese texto lo suficiente para ganarse un doctorado en ontologías fraternales gnósticas transfronterizas. Sonrió, más o menos.

Cuando estaba ebrio, Angelote pensaba que eran una especie de equipo de luchadores. Entonces anunciaba: «En esta esquina, con peso de noventa kilos, venido de tierras ignotas: ¡el Omega!». Algunas mujeres y niños se ponían a aplaudir cuando Angelito alzaba las manos.

Angelito se sentía bien en sus adentros cuando lo escuchaba. Se sentía observado. Ninguno de los otros había prestado atención a su infancia. Ni siquiera la habían visto. Su padre se había asegurado de que se mantuvieran separados.

Pero Angelote lo notó. Era el mayor, y para entonces ya tenía su propio coche y empleo. Los vino a visitar a la insulsa casa de Clairemont, provocando la consternación de la madre gringa de Angelito. No obstante, ella le preparó empanadas de pollo y se esforzó por mostrarse amable. Para entonces estaba enterada de que don Antonio solía llegar con lencería ajena en los bolsillos de su chaqueta. Ella ya estaba harta de él, pero no tenía adonde ir. Sonrió a los muchachos aunque estaba agotada y siempre nerviosa, aunque Angelote la atemorizaba con sus fulminantes ojos negros. Sabía que él la odiaba.

Angelote sabía cómo eran los sábados de su hermano: por la mañana dibujos animados y repeticiones de *Los tres chiflados,* seguidos de una comida de niño obeso consistente en espagueti frío o emparedados de frijoles con pan blanco y leche con chocolate y cómics. O la revista *Famous Monsters of Filmland.* Los monstruos eran su obsesión. Y eso no le complacía a nadie en la versión de su familia. Mal de su grado, don Antonio le compraba un ejemplar en la licorería, aunque después regañaba al niño. A Angelito no le importaba; tenía la mente invadida por King Kong y Reptilicus, por el Hombre Lobo y King Ghidorah. Las revistas de monstruos angustiaban más a la madre que los cómics de Superman o la revista *Mad.*

Después de la comida venía *Reino salvaje,* patrocinado por Mutual of Omaha, seguido por la lucha libre. Angelote había participado en este ritual unas tres veces, y nunca olvidó la ferviente insistencia de su hermano menor para respetar el orden de esas cosas, sin interrupciones. Los ridículos luchadores que caían en el cuadrilátero en tonos de blanco y negro: el «Elegante» Freddie Blassie, Pedro Morales, el Destroyer, Bobo Brazil. Angelito se creía amigo de todos ellos.

A las tres de la tarde aparecía Moona Lisa en el canal 10 para presentar el *Teatro de ciencia ficción.* Ataviada con un ajustado vestido de Morticia Addams, Moona Lisa rondaba por un plató barato que parecía la luna. Angelote opinaba que estaba bien buena. Pero Angelito no parecía notarlo. Él estaba ansioso por que comenzara *El mundo en peligro* o *El cerebro del planeta Arous*.

Angelote convirtió a Angelito en su proyecto de investigación. Nunca había visto su propio aislamiento reflejado en el mundo. Angelito finalmente lo entendió, años después, cuando su hermano voceó los falsos anuncios de lucha libre.

Incluso compartían una expresión en inglés que adoptaron de Dick Lane, el comentarista de la KTLA cuya imagen borrosa e intermitente captaban con la antena de conejo. «*Whoa, Nelly!*» decía Lane siempre que el Destroyer obligaba a Blassie a arrodillarse en la esquina del cuadrilátero e implorar piedad.

Así es que cuando Angelote jugaba a anunciarlo, a veces Angelito respondía «*Whoa, Nelly!*».

La familia solo miraba.

La agencia de alquiler de coches Dollar tenía disponible solo un Crown Victoria negro. En sus fantasías, Angelito había imaginado hacerse con algo más espectacular. Tal vez un Mustang GT500 convertible o un Challenger Hellcat. Algo con setecientos caballos de potencia. Rebelde sin causa.

Al principio se resistió a aceptar esa patrulla fosilizada, un coche para abuelos rumbo a La Jolla con sus compañeros del golf para tomar un sabroso almuerzo. Pero al final le pareció divertido y lo cogió. Cabían hasta diez maletas en el maletero. Echó ahí su maleta de mano: parecía acurrucada y sin amor. En el asiento trasero con aspecto de sofá, dejó el maletín y se acomodó al frente. El profesor Angelito, con una mochila llena de libretas y la poesía de William Stafford, tendría que ignorar los diez ensayos que debía calificar.

Hora de mover el esqueleto allá en el sur de la ciudad. Hora de pensar, de desarrollar estrategias. El Doctor Piensalotodo había vuelto al pueblo.

A veces, cuando Angelote estaba de mal humor, le llamaba a Angelito *the American*. ¿Qué diablos? ¿Por qué iba a considerarlo un insulto? Y sin embargo sentía un pinchazo inexplicable. En especial porque venía de un republicano. O al menos pensaba que Angelote era republicano. ¿Por qué no le llamaba simplemente «el Liberal»? Su única pelea a puñetazos fue por eso. Solo una vez. Sangre en los labios.

¿Aún cargaban con ese día a cuestas?

El coche era amplio y acolchado. Angelito sentía que conducía una hectárea de 1979. Olía a humo de tabaco, lo cual le hizo recordar a su padre. Cogía las curvas abiertas para terminar en la Interestatal 5 como una nube impulsada por la tormenta. Dado que no tenía prisa, decidió hacer una breve expedición al norte. Llevaba años sin ir allá, pero el terruño nunca se olvida. Aunque parecía que solo regresaba a casa por los funerales.

Pudo haber virado a la izquierda para recorrer Clairemont Drive hasta su antiguo vecindario. Contempló su casa quemada por el sol en las calles con nombres indios más allá de Mission Bay. La avenida Mohican. Sabía que había dejado de existir aquella jungla de su madre con suculentas y bambús, con geranios y árboles de jade, que se había convertido en polvo antes de la sequía. Sabía que el jardín del frente y el trasero eran mera arena de San Diego, que una sucia camioneta japonesa se estancaba frente a la casa con una motonieve al lado, que sobre la puerta del garaje habían atornillado un desvencijado aro de baloncesto, que ahí moraba gente que nunca conoció.

Lycia, su antigua enamorada gótica, aún vivía en Apache. Ahora era abuela. Angelito casi podía oler el aroma de sándalo que brotaba de sus muslos.

Antes de que la familia siquiera hubiese vestido a Angelote, Angelito ya aceleraba por la autopista en Midway para llegar a Tower Records. Quería escuchar algo de Bowie. Ziggy Stardust siempre le mejoraba el ánimo. El Crown Victoria tenía reproductor de discos compactos. *Keep your electric eye on me, babe,* cantaba Bowie. Él y Lycia lloraban cada vez que tocaban la canción, y luego hacían el amor. Ahora Bowie se había ido para siempre. Incluso si aún no era hora de que abriera la tienda de discos, él estaba dispuesto a vegetar en el aparcamiento y esperar. Pero no encontró Tower Records por ningún lado.

Condujo más allá de la arena deportiva. Cuando eran niños, le llamaban el aroma deportivo. Cambió de sentido y regresó. Nunca vio la tienda. Iba conduciendo lentamente por aquella enorme manzana. La gente tocaba el claxon, pero a él no le importó. Tower Records había desaparecido. Menuda mierda.

Volvió a la autopista, pero no se iba dejar vencer por este episodio tan decepcionante. No lograba sintonizar la emisora 91X. Se dirigió al sur por Washington Street y aceleró en la pendiente hacia Hillcrest. Off the Record le calmaría sus ansias, seguro que sí, los mejores discos de la ciudad.

Pero también había desaparecido.

Alguien había irrumpido en sus recuerdos para borrar calles enteras con un buldócer invisible. Se metió en el aparcamiento vacío donde antes estaba el salón Rip Van Winkle. Ahora lo ocupaba Tacos Alberto.

Detuvo el coche y se quedó mirando. Su padre había tocado el piano en ese local a cambio de propinas. El salón Rip, le llamaban los *hipsters*. El estrado del piano se hallaba a seis escalones alfombrados sobre el nivel del suelo, bajo una luz roja. Todo el sitio olía a tabaco y licor y perfume y Aqua Velva. La memoria de Angelito hizo eco: cerezas confitadas,

Coca de vainilla, Patsy Cline en la rocola cuando su padre no tintineaba *Red Roses for a Blue Lady*. Las camareras con labios del color de las cerezas diseminaban nubes de White Shoulders y de aceite de almizcle, y acariciaban con las uñas la espalda de papá cada vez que pasaban. Él estaba ahí casi todos los viernes y sábados por la noche.

Walkin' After Midnight
I Fall to Pieces
Crazy

Angelito nunca entendió de qué trataban esas canciones. Pero sí entendía qué significaban las uñas rojas en la espalda de su padre. Don Antonio, con su cabello cuidadosamente engominado y su acicalado bigote de Pedro Infante, utilizaba el encanto de Angelito como anzuelo para pescar camareras y esposas mal amadas, así como jubiladas aburridas en busca de una noche de pasión. Entrenó a Angelito en el arte de hacer que las mujeres se sintieran visibles. «Si enseñas a una mujer a sentirse una obra de arte, le harás el amor cada noche.» *Ajá, papá. Sí. Entendido.*

Su padre le regalaba las servilletas porno de los cócteles con caricaturas de granjeras pechugonas con cara de idiota refocilando con vendedores en los graneros. ¿Por qué esos tipos estaban en los graneros con traje y sombrero?, se preguntó. También le daba cajitas de cerillas con artilugios obscenos. Como la legendaria carterita Baby Bobby del salón Rip, que en la cubierta tenía un dibujo de Baby Bobby toqueteándose la entrepierna con sus dedos regordetes. Cuando Angelito la abrió, le saltó una cerilla solitaria de cabeza roja en un tubito de plástico rosa. Era Baby Bobby con los brazos abiertos y una fogosa alegría erecta.

Angelito estaba en quinto grado.

El amor es azul
Perfidia
La chica de Ipanema

Las mujeres pintarrajeadas lo adoraban. Para ellas era un perrito primoroso. Lo abrazaban cuando se sentaba en su banco a ver cómics de Batman, cercándole las mejillas con sus rollizas tetas prietas, de modo que él podía oler el cálido espacio entre sus brazos. Intentaba ocultar delante de ellas su propio estado de Baby Bobby. Una copa de brandy llena de billetes de uno y de cinco dólares relucía sobre el piano. Los parroquianos enviaban rondas de cócteles al pianista, pero de acuerdo con el barman, todas eran *ginger-ale* con hielo. ¿Quién podría tocar siquiera un par de notas después de quince manhattans? Ni te cuento conducir a casa. Su padre dividía con el camarero el sobrecoste pagado por los bebedores.

Nadie sabía que se trataba de su empleo nocturno. Que pasaba el día entero limpiando los baños, colocando las pastillas de inodoros, vaciando los cubitos de basura blancos de los baños de mujeres. Por la noche, vestido elegantemente de esmoquin color crema, hacía su imitación de Ricky Ricardo para los gringos ebrios. El cabello relamido hacia atrás, sin sortija matrimonial y con muchos cigarrillos.

Así es como Angelito recordaba a su padre.

Ahí permaneció observando la taquería. Deseó haber aprendido a fumar. Recordar es un juego para perdedores. Él debía marcharse a otro sitio. Ya había sido suficiente viaje a través del tiempo antes de las diez de la mañana.

—A la mierda —dijo, y salió del aparcamiento.

Condujo de nuevo hacia el sur y se alborozó al ver el destellante azul del mar por un lado, la épica extensión del puente Coronado por delante y los cerros secos a lo largo de la autopista con enormes aviones descendiendo hacia el aeropuerto como si fuese una invasión de polillas pantagruélicas, y allá en la lejanía del sur, siempre allá, la madre de todos ellos: los cerros de Tijuana.

Ya nadie iba al otro lado. Ni siquiera para visitar la tumba de don Antonio.

The American, así llamaba Angelote a Angelito. El *Assimilator.* Decía: «Angelito tiene una madre gringa. No tan sofisticada como las mujeres del bar». Risas. Todos los ojos sobre él. El deber de Angelito era soportarlo y sonreír.

Cuando Angelito llegó a National City, aún le sobraban algunas horas. Su hotel estaba justo al pasar la avenida Mile of Cars, donde estaba la funeraria. Meneó la cabeza. El lugar era de un chabacano que solo los gnomos de su Departamento de Inglés en Seattle podrían apreciar. Qué californiano, dirían. Muy típico de San Diego, aunque un par de tipos de los que usan gafas irónicas de broma y sombreros de ala corta le llamarían Dago. Qué latino, dirían, aunque nadie de su familia supiera latín.

Registro anticipado en el hotel. Maletas en la cama. Alguien había dejado una servilleta arrugada en el baño. Tenía lápiz labial. Le recordó a las camareras del bar. Le inquietó percibir algo erótico en la servilleta. Todas esas mujeres perturbadoras tendrían ahora ochenta años, o estarían muertas, con su padre en el estrado del piano bajo las luces de neón en el cielo.

Una de limpieza vino a por la basura.

Él no le dijo «*Thank you*», sino «Gracias».

Ella pareció sorprendida de que él hablara español.

Angelito salió. Cuando se dirigía hacia el enorme coche comenzó a lloviznar. *Maldita sea,* pensó, *Angelote me rompió la nariz en aquella pelea a puñetazos.* Hasta ese momento no se dio cuenta de que todo el tiempo había venido pensando en esa pelea.

Una semana antes, la llegada de Angelote junto al lecho de muerte de su madre había sido el acto más heroico que hubiese visto su mujer. Y eso después de toda una vida de observar que su Flaco era un héroe. Pero la anciana rehusó valorar el esfuerzo de su hijo. A Perla nunca le agradó esa vieja bruja. Pero morirse, bueno, eso le concedía algunos puntos.

Ella sabía cuánto le había costado el día. Podía imaginar a Angelote retrocediendo por toda su historia para convertirse una última vez en el niño de su madre.

Él hablaba con Perla muy poco sobre La Paz. Era de naturaleza taciturna excepto cuando se veía rebasado por el buen humor. O cuando andaba cachondo. Perla aún se sonrojaba al recordarlo después de medio siglo. Ah, las cosas que habían hecho. Hasta que enfermó.

Incluso cuando lo veía ensimismado, ella sabía si estaba pensando en La Paz y en su padre y en las cosas que habían ocurrido allá. Él inclinaba la cabeza y miraba el suelo. Ahora que Angelote ya no fumaba, bebía demasiadas tazas de café instantáneo y se ponía a pensar. Y comía muchos dulces.

Los pensamientos de ella no eran sobre La Paz, sino sobre haber venido al norte. Fue la decisión más importante que llegó a tomar, y revivía ese aterrador momento casi cada día. El viaje no fue aterrador, ni tampoco el destino. Lo difícil fue saber que con ese paso ella ataría su suerte a la de él, para siempre, arriesgándolo todo. Una elección romántica, sin duda, pero también una que la pudo dejar con las manos vacías.

Ella ya era la madre de dos hijos sin padre. No entendía por qué a su Ángel le había dado por llamarla «Perla de Gran

Valor», cuando todos en La Paz la veían como mercancía defectuosa, otra muchacha tonta utilizada y olvidada por un hombre que ella prefería no recordar. Quería creer en lo que Ángel decía, y sin embargo temía que no fuesen sino las palabras de un seductor. Perla notaba que él hechizaba a otras mujeres al tiempo que se dejaba hechizar, y mantenerlo lejos de sus camas se volvió su obsesión.

No estaba segura de distinguir la realidad. Sí de que necesitaba estar con él. No había vuelta a casa después de tomar esa decisión.

Ella y los niños se dirigieron al norte antes de que hubiese una carretera moderna. Su hijo mayor, Yndio, era un crío, y Braulio, apenas un bebé. Fue un largo viaje en autobús que le costó todo el dinero que tenía. Caminos mal pavimentados, a veces de tierra y rocas. Las paradas se hacían en terribles puestos de tacos con letrinas, o en gasolineras con baños más húmedos y pestilentes que las letrinas. La gente a bordo del autobús traía su propia comida. Ella llevaba un kilo de tortillas, una jarra de barro con agua y queso de cabra. Travesía de cuatro días.

Al sur de Ensenada, la policía había colocado piedras en el camino para detener el autobús. Los uniformados abordaron y apuntaron con sus pistolas a los pasajeros y revisaron su equipaje. Perla no tenía dinero para ofrecerles. Ignoraron a los chicos. A ella le manosearon las tetas. Se asomó por la ventana y contuvo la respiración y se deshizo de ellos en su imaginación. *El padre de Ángel los hubiera puesto en su lugar,* se dijo. Ella no tenía padre.

Les dirigió una mirada de odio. Un día van a suplicar.

Los tres policías agarraron a un hombre por los brazos y lo arrastraron fuera del autobús. Patearon las puertas para informar al conductor de que debía partir. Nadie se atrevió a mirar atrás ni a escuchar lo que el hombre gritaba.

Todos apestaban al final del viaje, y eso los mortificaba, pues ningún mexicano quiere oler como animal de establo.

Tijuana era otro mundo. Perla y sus hijos salieron de la terminal de autobuses en el extremo norte de la ciudad, cerca del lecho del río, entre nubes de humo de los tubos de escape. La Paz era todo desierto y mar, apostada en la punta de Baja California. Recibía la brisa del océano y el aplastante calor subtropical y los huracanes.

Ella había cocinado en el restaurante de su madre, junto con sus hermanas. Todas fueron esclavas de la vieja. Sus hijos habían crecido a un lado de la terminal del ferri, observando enormes barcos blancos que arribaban entre rugidos desde Mazatlán. Miraban a chicos un poco mayores vender chicles y chucherías a los turistas. Cuando atracaban los pescadores, los niños regateaban para conseguir cangrejos baratos o mendigaban un atún. A veces fregaban los botes a cambio de refrescos.

Yndio lo aceptaba como un entrenamiento para el futuro. Así se haría cargo de la familia. A veces era capaz de traer a su madre una botella de Coca-Cola. Y aunque pasaran hambre, estaban en casa.

Pero ahora se vieron temerosos y entusiasmados, como si Tijuana fuese El Dorado y todo lo bueno les estuviera esperando. Era un sitio ruidoso y avasallante. Muy luminoso. Muy colorido. Perla tuvo una doble impresión de Tijuana: sinfonías de ruido e interminables remolinos de polvo. Enjutos perros callejeros con la misma figura rechoncha, el mismo pelaje rojo amarillento, los mismos parches oscuros de carne desnuda, todos ellos andaban entre el tráfico con serenidad, como bailarines o toreros; parecían rebotar en los parachoques de viejos Buicks y aparecer bajo los autobuses urbanos de dos colores conocidos como «burras», pero siempre volvían a salir indemnes de las nubes de polvo y llegaban a las aceras, donde se despatarraban bajo el sol y dormían con moscas en los ojos. Tal vez lo más sorprendente de Tijuana fue lo que nunca hubiesen imaginado: los inesperados gringos. En el centro de Tijuana se formaba un desfile continuo de estadounidenses imponentes, ruidosos y aparentemente ricos. A Perla le asombró darse cuenta de que los chicos ya estaban aprendiendo inglés. Nunca lo hubiera esperado.

Recordó que Angelote prefería pasar hambre para que todos tuvieran un trozo de comida, aunque fuera un bocado. Dividía su porción con los niños. Entonces fue cuando comenzaron a llamarse Flaco y Flaca. Nunca volverían a estar tan delgados.

A veces, aunque ella lo regañara, él traía dulces para los niños. «Perla», decía él, «la vida es suficientemente amarga. Deja que disfruten de una golosina.» La primera Navidad trajo a los chicos una bicicleta y a ella le compró un vestido. Ella le había tejido un jersey y, aunque ese año no hizo calor, él lo usó todos los días.

Angelote era su héroe. No sabía que su heroísmo estaba impulsado por una rabia ardiente. Peleaba con cualquiera que insultara a Perla o a sus hijos. Incluso peleó contra los reproches de su propia familia y se casó con ella. Luego los introdujo a escondidas en los Estados Unidos cuando fue obvio que solo el hambre y el polvo y las ratas y los policías corruptos los esperaban en el más pobre de los barrios que les llegaba para vivir.

Tal vez su mayor error fue creer que la rabia podía ayudarle a ser el padre perfecto. Pero era todo lo que conocía sobre ser padre. Algunos días casi funcionaba. Y Perla tenía tanto miedo de perder lo que había ganado que se volvió más estridente en la defensa de su hombre, insistiendo a los niños que Ángel siempre tenía la razón, incluso cuando ella opinaba lo contrario. Los moretones ocasionales también hacían pensar lo contrario a los niños. Yndio, el mayor, lo comprendió mejor. Él había sido el protector de su madre y defendía su honor en las calles de La Paz, rapiñaba comida, trabajaba en lo que fuera y aún recordaba a su verdadero padre. Yndio, el hermano mayor, que se vio usurpado y luego disciplinado, inició una resistencia permanente que Angelote nunca pudo vencer.

Las familias se dividían y reagrupaban, pensó ella. Como el agua. En este desierto, las familias eran el agua.

Pobre Mamá América.

Marilú, la hermana de Angelote, había cuidado a la vieja en el hospital. La Gloriosa, hermana de Perla, había ayudado. Aunque jubiladas, las mujeres mayores las llamaban «las chicas», mientras que las menores las llamaban «tía», fueran sus tías o no. Era la regla en las familias mexicanas: todas las mujeres mayores eran tu tía o tu nina.

Ellas habían presenciado las alucinaciones de la madre en esas horas de su desintegración. Mamá América vio amigos muertos y parientes muertos y ángeles y a Jesucristo y los saludó y les extendió la mano y rio con ellos. Las cuñadas creyeron que estas cosas ocurrían de verdad, o al menos una lo creyó. La otra no creía nada, pero estaba dispuesta a debatirlo. Además, mamá estaba completamente ciega y medio sorda, así es que ¿cómo podría ver o escuchar nada?

Ella seguía sin entender el guion de sus vidas diarias. No entendía qué era el broche de plástico del monitor cardiaco que le habían sujetado al índice como pinza para ropa. Lo confundió con el asa de una taza de café y repetidamente lo llevaba a los labios secos y sorbía como si una amable camarera le hubiese servido su café instantáneo favorito. «Gracias», dijo al aire, y dio un trago a su invisible bebida.

Ellas meneaban la cabeza.

Llegó la hora de traer a Angelote junto a su madre.

Sería una operación compleja, similar a las maniobras militares. Solo llevarlo al inodoro requería espaldas y narices resistentes. Vestirlo era una pesadilla de dientes apretados y extremidades temblorosas, con el terror de quebrar algún hueso o dislocar un hombro.

Angelote tenía sus propios problemas, pues. Nosotras lo sabemos mejor que nadie, se decían. Por supuesto, todas se decían lo mismo. Era lo curioso con respecto a una muerte prolongada: todos los involucrados en el espectáculo querían dominar el misterio, poseerlo sin llegar a morir. Especialmente cualquiera que limpiara el culo del desahuciado.

Pero la mujer de Angelote pensaba que ella lo sabía mejor que nadie. Tal como su hija. Y su hijo. Y el pastor. A todos los había desgastado la muerte. Todos tenían una opinión.

—Llámale.

—Llámale tú.

—No me gusta.

—Qué triste.

—Es horrible llamarle.

—Eres mala, mala, mala.

—Nunca dije que fuera buena.

—Don bi estúpid.

Habían presenciado las últimas tres escenas de muerte de Angelote, de las cuales había resucitado inesperadamente para regresar a casa, más arrogante que nunca. Pero ahora lo habían cincelado hasta alcanzar el tamaño de un niño e incapaz de caminar más de diez pasos, siempre y cuando se apoyara en su andador. Cierto que su hijo le había instalado una bocina de bicicleta al andador y a la silla de ruedas para que pudiese producir sonidos rumbosos que le divirtieran; pero sin duda se trataba de una mengua del patriarca. Solo los ni ños y los cholos se reían.

Llamaron a casa de Angelote y comenzó el gran esfuerzo de hacer que esa rama de la familia lo sacara de la cama y lo lavara y lo vistiera y lo pusiera en marcha.

Perla lo condujo en silla de ruedas hasta la sala de espera. Ella quería estar en cualquier sitio excepto en ese. Los hospitales la horrorizaban. Había estado en demasiados. No le gustaba el Old Spice de Angelote, pero nunca se lo había dicho. En su mente se mezclaba con los olores de hospital.

Él se creyó que tenía un aspecto estupendo. Solo Minnie se daba cuenta de que parecía el tipo con el traje gigante en los antiguos vídeos de Talking Heads.

Toda la familia estaba sentada, murmurando por encima del zumbido de un programa de concursos en la televisión. Bebían café en vasos de cartón.

Angelote anunció con su nueva vocecilla aflautada:

—No dejaré que mamá me vea así.

Le temblaban las manos. Los tobillos, visibles bajo la bastilla del pantalón, parecían huesos de pollo. Angelote mordisqueaba su propia agonía.

Se levantó de su silla, batallando, gruñendo por el esfuerzo, sonriendo como un trastornado lleno de furia, y rechazó el andador de aluminio. Dolía tanto que los testigos lo sintieron. Se inclinaron hacia él, pero contuvieron el impulso de acercarse para ayudar. Los pantalones y la camisa blanca le quedaban como carpas infladas. Se enjugó una lágrima y entró tambaleante en la habitación de su madre con sus propias facultades.

Un ligero abrazo para Marilú. Otro más prolongado para la Gloriosa. Aspiró el aroma de su cabello. Pero no la miró. Sus ojos se posaron en la pequeña criatura que era su madre.

Caminó hasta su cama y se inclinó hacia ella, como en una reverencia. Le cogió la mano y habló:

—Madre, aquí estoy.

—*What?* —dijo ella.

—Madre, aquí estoy —él subió la voz.

—¿Qué?

—¡Madre! —gritó—. *I am here!*

—Ay, hijo —lo regañó—, no tienes que gritarme, y menos en inglés. ¿Qué te pasa?

Y entonces se murió.

Él había cumplido con su deber. Se había reunido previamente con el cura de su madre y le largó un cheque por sus servicios. No se caían bien. Angelote sabía que ese despreciable curita no tenía buena opinión de él. Había rumores. Que Angelote se había acostado con todas las hermanas de su esposa. Era lo que contaban los chismosos de la parroquia. Y quizá el padre de Angelote había hecho lo mismo. Y ni uno ni el otro fueron jamás a confesarse. Los rumores decían que Angelote era protestante o mormón o masón. Tal vez rosacruz. ¡O jesuita! O todo a la vez.

A Angelote le repugnaban los dientes del cura. La otra cosa contra la que luchaba, además de la impuntualidad y las excusas necias, eran las malas dentaduras. Los mexicanos no podían permitirse una mala dentadura si esperaban que los gringos los tomaran en serio. Y los dientes de oro no ayudaban, aunque los mexicanos pensaran que el oro en la boca los hacía parecer millonarios. El cura tenía dientes de rata; le hacían silbar un poco cuando hablaba. Y cuando daba sus sermones rociaba todo como un sistema de irrigación.

Después de meterse el cheque de Angelote en el bolsillo, el cura advirtió:

—No lleguen tarde. Soy un hombre ocupado.

—¡Tarde! —dijo Angelote—. ¿Cómo puede sugerir tal cosa?

—Tú sabes cómo son los mexicanos —una sonrisa de roedor, un golpe juguetón en el hombro.

Angelote salió bufando de la sacristía.

Gracias a Dios

1:00 p. m.

Nunca sabía en qué momento le asaltarían los recuerdos. El crujido del garrote que golpeaba al hombre en la cabeza. El fuerte dolor que sintió en la muñeca. No tuvo la intención de matar a nadie. A veces despertaba de repente. A veces negaba violentamente con la cabeza y decía «No» durante un programa de televisión o en medio del desayuno, y todos pensaban que solo se trataba del Jefe con las manías del Jefe. Él se frotaba las sienes con fuerza para sacarlo de la mente. El olor de gasolina en las manos. Estaba seguro de que los otros podían olerlo. El zumbido del fuego se mantenía audible después de toda una vida.

—Llegamos tarde —anunció de nuevo.

Todos se estaban cansando de su despotismo. Era su maldita culpa. Angelote lo sabía. Había comenzado en su vejiga, y a nadie le comentó lo de la sangre en la orina. Si no se hubiese desmayado un día, ellos no habrían descubierto sus tumores. Aun así, minimizó su padecimiento. Cirugía menor, cosa de pizcar como uvas a los cabroncetes, de introducir una larga sonda por la uretra. Su padre le había enseñado a ser estoico. Un hombre medía su valor con el dolor, así es que ni siquiera gesticuló durante el sondeo, y la pasó dormido durante el resto de la intervención. Para cuando se quiso dar cuenta, ya le habían extirpado los pequeños racimos de uvas.

Hasta que le salió una cosecha en su vientre. Se necesitaron rayos X e imágenes por resonancia magnética y agujas y venenos en el brazo, todo seguido de pastillas emponzoñadas y pastillas que olían a pescado podrido y radiación. Su recompensa: manchas en los pulmones. Maldijo cada cigarrillo. Se maldijo a sí mismo. Luego se le marchitaron los huesos. Los productos químicos y el metal insertado que subía por su uretra y la radiación habían contenido el mal. Hasta que el mal se desató.

—No morirá por el cáncer *per se* —le dijo la doctora Nagel en su última conversación—. Será un colapso del sistema. Los riñones fallarán. O el corazón. O tendrá una neumonía. Su voluntad es firme, pero su cuerpo está en ruinas.

—¿Cuánto falta?

—Pronóstico: un mes.

Habían pasado tres semanas desde entonces. Sonrió como si hubiese ganado la lotería cuando la enfermera lo sacó en silla de ruedas. Perla estaba con los ojos rojos y lacrimosos por la angustia. Minnie se estrujaba las manos y se retorcía el cabello con los dedos. Lalo se mostraba estoico y ocultaba las lágrimas de duelo tras sus gafas de sol. Todos creyeron en la sonrisa de Angelote porque necesitaban creer. Porque siempre creyeron en él. Porque él era la ley.

—¿Qué te han dicho, Flaco? —preguntó Perla.

—Bueno —dijo—, estoy enfermo. Pero ya lo sabíamos.

—Pero te veo muy contento, Jefe.

—Por supuesto, Lalo. Te digo que estoy bien.

Minnie lo abrazó y casi lo sofocó con el cabello.

—Podría ser peor —le dijo a Perla.

—¿Cómo? —chilló ella.

—Al menos no tengo hemorroides.

Ella le habría dado un golpe en el brazo, pero había visto la facilidad con que le salían moretones. Por eso ya no le pegaba.

Se había cansado de gritarle a lo que tenía dentro del cuerpo. Su ira se derramaba por los paisajes tóxicos que lo rodeaban. Alguien lo había asesinado. Pensó que fue por la forma de cocinar de su mujer. Pensó que era el recubrimiento de las sartenes. Pensó que eran las tribulaciones que le provocaban sus parientes. La salsa. La carne de res. El DDT. Pensó que eran los descomunales sándwiches de pastrami a los que no podía resistirse por más que lo intentara. Pensó que era la Pepsi mexicana, que contenía cacahuetes salados. El reloj. *El tiempo, hijo de la chingada.* O Dios.

Golpeó el asiento del conductor, pero el puñetazo fue tan débil que su hijo no lo sintió.

—No te pongas nervioso, papá —dijo Minnie desde atrás, masajeándole los hombros.

Él se zafó de sus manos.

—¡Minerva! —gritó—. ¡Me haces daño! ¡Panda de buitres!

Lloró en silencio por centésima vez. Pero solo una lágrima. Me cago en todo.

Su mujer suspiró. Su hijo hizo una pompa de chicle llena de humo de tabaco. Sostenía su cigarrillo fuera del coche, por la rendija de la ventana. Angelote observó el humo disiparse.

Apretó los párpados e intentó recordar las cosas que le había dicho su amigo Dave: gratitud, meditación, oraciones, prestar atención a las pequeñas cosas que paradójicamente eran eternas. Recordó que el alma residía en la familia y los amigos, no solo en los buenos momentos, sino también en los malos. El alma, decía Dave, está en sembrar plantas en macetas y en tomar el desayuno. *Qué bola de patrañas*, resolvió Angelote.

—¡Me cago en Dios! —dijo.

Pidió disculpas a Dios por usar su nombre en vano.

De veras.

La furgoneta tenía kilómetros por delante y el reloj no paraba su tictac.

La familia había contratado la funeraria Bavarian Chalet of Rest en la avenida Mile of Cars. Al fondo había concesionarios de Honda y Dodge. A medida que iban llegando los padres de las familias estiraban el cuello para mirar las hileras de Challengers y Chargers de muchos colores, como caramelos surtidos de una bolsa, que se exhibían en los aparcamientos. Los jóvenes y los pequeños buscaban entre los de Honda los bólidos de *A todo gas*. Ninguna generación quería conducir los cacharros de sus mayores.

La gente esperaba delante de las puertas de dos hojas.

Habían velado a Braulio en esa funeraria. También al abuelo Antonio. Tenían buenas relaciones con ellos. Era parte de su tradición. Ahí se sentían en casa y hasta inexplicablemente contentos. Los asistentes habituales sabían dónde estaban las cafeteras y los vasos de cartón y los polvos blanqueadores. Era como su propia Disneylandia de la muerte.

Afuera, en la acera, a media manzana del acceso para los coches, alguien observaba. El legendario Yndio. Solo, todo vestido de blanco, de brazos musculosos. En el bíceps izquierdo llevaba un tatuaje tribal de vides y colibrís; en el otro, a Aladdin Sane. De ahí bajaba una línea de la letra de la canción de Bowie: THROW ME TOMORROW. En la clavícula izquierda, un nombre por el que nunca había dado explicaciones: DULCE MELISSA. *El problema con esa gente*, pensó

Yndio, *es que nunca dejan a nadie tener secretos, pero se pasan el día ocultándose cosas.* Angelito le había regalado ese disco de Bowie cien años antes. De su collar pendía una pluma negra esmaltada. Él estaba arrellanado en un Audi A6 aperlado. El interior del coche era de color ébano. Su cabello negro brillante se derramaba sobre los hombros y el pecho. Avanzaba lentamente por la calle escuchando *Pusherman* de Curtis Mayfield en el reproductor y miraba a sus parientes a través de unas gafas de sol de mil doscientos dólares.

Llevaba años sin ver a mucha de esa gente. Desde el funeral de Braulio. Bueno, había visto a su madre. A ella y a Minnie. Alguien debía asegurarse de que el cabello de ellas dos estuviera presentable. Él conocía a un buen estilista que las mantenía en su punto. A la Jefa le depilaba las patillas que le venían creciendo últimamente. Era su secreto.

Le molestaba que la familia actuara como si Braulio hubiese sido un adolescente cuando murió. Por Dios, el cabrón ya había estado en el ejército. ¡Tenía treinta y cinco años! Disminuían a los jóvenes incluso después de la muerte. Los culpó de ser tan estúpidos.

Joder, ahí estaba el tío César, el tío de en medio. Vaya si era alto. No recordaba la gran estatura de César. Iba de la mano de su célebre esposa, tan alta como él. Parecían gigantes entre hobbits. Ella era chilanga del DF. Yndio nunca había hablado con ella, así es que no le importaba quién la apreciaba y quién no. Sabía que no la querían; eso le contó Minnie. No les gustaban los foráneos. La familia sospechaba que todos eran invasores. Para ser sinceros, a él no le gustaba la mayoría de sus parientes. No veía a ninguno de los Ángeles.

—Cabrones —dijo en voz alta.

Revolucionó el motor hasta que rugió como un gato salvaje. Tal como le gustaba. No pensaba ir con los demás. Aceleró micntras cambiaba de sentido y se perdió de vista rumbo al norte.

1:20 p. m.

El enorme Crown Victoria se arrastró hasta el fondo del aparcamiento. La funeraria tenía una falsa fachada germánica y estaba frente a una taquería, una gasolinera y un Starbucks. La calle olía a carne asada. Las vidrieras eran de plástico. El borde del tejado estaba ocupado por montones de palomas que iban neuróticamente de las palmeras a la funeraria, a la taquería y otra vez de vuelta, ansiosas por hallar un aro de cebolla que las otras hubieran pasado por alto. Angelito salió del coche y caminó hacia el edificio.

Dentro, la familia arreglaba coronas de flores, algunas de las cuales parecían adornos de las competiciones de bandas de música de institutos. Podían verse brillantes banderolas con frases de condolencias. Algunos caballetes alrededor del altar principal mostraban fotografías de Mamá América en sus años mejores.

—Qué linda —dijo uno de los nietos.

Todos sonrieron. Las chicas habían pegado palomas blancas de corcho blanco y plumas a los marcos de las fotos. *Qué encantador,* pensaron todos. Angelito sorbió su *latte* caramelizado y desnatado e intentó parecer cómodo con su chaqueta informal y corbata negra. Mujeres que él no recordaba lo abrazaron y le dejaron manchas de maquillaje en las solapas.

El amor y la tristeza flotaban por la capilla como un perfume. También flotaba perfume.

No vio a Minnie. Buscó a la Gloriosa. Tampoco había señales de su hermano mayor, a quien temía ver.

El gerente de la funeraria se ocultaba en su oficina. Veía golf en su teléfono. Lo puso en pausa y se revolvió en su silla; luego salió para conectar un portátil que comenzó a proyectar imágenes de la vida de la madre, con música de su cantante favorito: Pedro Infante. Las fotografías comenzaron a circular: Angelote de niño, unos raros perros negros, bebés, viejas casas con enredaderas floreadas en los muros, un desierto, Angelote y Marilú y César como niños orejones con cejas gruesas y vientres delgados, más niños en fotos blanco y negro tomadas con una cámara Brownie. Una motocicleta. Un sucio bote pesquero. Una pila de conchas de almejas y ostras más alta que los niños. Ninguna foto de don Antonio.

A cada momento iban llegando más personas. Se asombraban ante la extravagancia del funeral organizado por la familia y buscaban a Angelote. Pasaron cuarenta y cinco minutos de llegadas y abrazos ostentosos mientras todos los hermanos se iban acomodando en la fila delantera. Los círculos de descendientes, como ondas sísmicas tras la caída de un meteorito, se extendían a lo ancho del salón. Paz, la controvertida cuñada chilanga, echaba angélicas miradas de desdén a todo aquel que ella no considerara vestido adecuadamente. Los miraba mientras desplegaba unos lienzos de lamé dorado sobre el altar. Era la tercera esposa *trofeo* de César. Llevaba un vestido de leopardo y el pelo corto, con puntas moradas y peinado de picos. Angelito se acercó a él y se abrazaron.

—El hermano más sexy —dijo César, y bajó la mano para agarrar el culo de Angelito.

Angelito miró alrededor para asegurarse de que nadie lo hubiera notado. Le pareció inapropiado en muchos aspectos.

Paz hizo una mueca de desdén.

—Feliz de verte, Carnal —dijo Angelito.

Paz lo observó. Había envejecido, pero no lo suficiente. El tipo se creía tan especial. Viviendo lejos, con jipis gringos, sin problema alguno. ¿Por qué iba a envejecer? Pero le alegró ver que tenía algunas canas en las sienes. Y César, manoseando el culo al hermano. Hasta se pondría a ligar con un agujero en la tierra si pensara que dentro hay una marmota.

—Suéltame el culo.

El rostro de César compuso su primera sonrisa en siete días.

—¿Me echaste de menos? —preguntó.

—Siempre.

César vio que los ojos de Angelito escudriñaban al resto de la gente. Miraba cada rostro como si no conociera a nadie. *Es exactamente como Angelote*, pensó César. Siempre observando.

Los nietos sostenían en brazos a sus bisnietos malcriados. Algunas muchachas agringadas merodeaban en torno al extremo del salón, mirando sus móviles. Todos se habían vestido lo mejor que pudieron, excepto un patán con camisa hawaiana y bermudas.

Marilú, la hermana mayor, entró en la sala, sombría y elegante con su vestido negro. Angelito adoró su fragancia, era toda Chanel N.º 5. Abrazos, besos al aire.

—Hermanito —dijo.

Todos hablaban inglés.

—¿Van a venir todos? —preguntó él.

—Ai am chur que yes.

—¿También Yndio?

Miraron hacia la puerta como si hubiese aparecido.

—Lo veo difícil —dijo ella.

La incómoda pausa se hizo tan larga que se escuchaba crecer la hierba.

Al fin, Angelito dijo:

—¿Dónde está el patriarca?

Ella miró su pequeño reloj rectangular con furia.

—Sin duda su gente lo está retrasando.

Parecía haber una satisfacción sádica en su sonrisa, como el rostro de una maestra cuando atrapa a un alumno copiando en el examen.

Cogió a Angelito de la mano y lo llevó a sentarse en la capilla. Ahí formaron una hilera hermano-hermana-hermano. Y Paz, la mayor enemiga de Marilú en la tierra. Cada mujer se empeñó en ignorar a la otra. César construyó noblemente una frontera entre las dos con su cuerpo.

Marilú abrió su bolso y extrajo un paquete caramelos de menta LifeSavers. Angelito aceptó una pastilla y un clínex doblado por si acaso. Sacó libreta y boli de su bolsillo.

—¿Vas a escribir? —preguntó ella—. ¿Ahora?

—No —él se inclinó hacia ella y le mostró las páginas—. Estoy tomando notas. No conozco a nadie. Es mi chuleta.

«Paz», estaba escrito y rodeado de círculos negros. Una línea sinuosa se extendía hasta «César». En la página contigua, las ex de César tenían sus propios círculos, con líneas que indicaban niños diversos. Un nieto o dos. Eran páginas fractales.

Marilú puso la cara familiar de ya-sé-a-qué-te-refieres.

—Y que lo digas —entonó, e indicó la página de la prole—. Te faltó Marco.

—¿Quién es Marco?

—Satanás.

César se acercó a su hermana y puso los dedos rectos encima de la cabeza.

—El pelo —dijo—. ¡Es mi hijo!

Angelito agregó a Marco en el dibujo, con el pelo de punta sobre el círculo.

Entretanto, el sacerdote vestido de gala merodeaba tras la cortina frente al salón, como Liberace. Revisó su reloj. Le dio lo mismo que Angelote no estuviera ahí. Salió a escena muy puntual, alzando los brazos y mostrando una sonrisa deleitosa. Solo le faltó una fanfarria de entrada. Comenzó a gritar de buenas a primeras, como si estuviesen entrando demonios por las ventanas del fondo. Señaló sobre las cabezas de los deudos hacia los distantes y benditos pastos del Edén. Ignoraba a los hermanos y sus hijos, y disparaba contra ellos sus misiles evangélicos. La gente meneaba la cabeza y se preguntaba: *¿Me está gritando a mí?*

Ya lo habían visto antes. Últimamente parecía que los funerales mexicanos se habían rediseñado como el último recurso para aterrorizar a los supervivientes y que así se convirtieran. Así había ocurrido en las exequias de don Antonio y lo mismo había acontecido en el funeral de Braulio.

—¡Lloramos por doña América! —clamó—. ¡Extrañamos a Mamá América! ¿Ustedes dicen que la amaban? ¿Entonces por qué no han venido más de sus parientes a despedirla? Casi cien años tenía, ¿y qué están haciendo el resto de ustedes? ¿Viendo la televisión?

El pensamiento general entre los asistentes eran versiones de *Hay que joderse.*

El cura estaba revolucionado como una especie de Elysean trucado a punto de poner a tope las ruedas de la religión hasta el final de la pista. Se veían atrapados sin posibilidad de escapar.

—¡Les entregó casi cien años de sacrificio materno! ¡Buena madre, buena abuela, buena vecina católica! ¡Las filas de afligidos tendrían que alargarse hasta más allá de la puerta! Qué vergüenza. Qué vergüenza.

Bueno, no se equivocaba.

La furgoneta de Angelote estaba justo afuera.

—Ahora sí —dijo, y se frotó las manos.

Últimamente su rabia solía manifestarse con un retorcido buen humor. Cuanto menos tiempo le quedaba en la tierra, más convencido estaba de que era invencible. Si tan solo pudiese ajustar las cosas a sus planes. ¿Qué había dicho Angelito en la universidad cuando leía todos esos libros europeos? «El infierno son los otros.» Los médicos hacían bien su trabajo, pero su propia capacidad para aventajar a todos y a todo —incluso a la muerte— era su superpoder secreto. *Que le den a la muerte.*

La muerte era para los gusanos y los pollos, no para los ángeles.

¿Cáncer de hueso? ¡Él había encontrado hierbas y minerales que renovarían los huesos como arrecifes de coral! Vitamina C, vitamina D, vitamina A. Té de chaga. ¿Tumores en los órganos? ¡Cúrcuma! Selenio, caramba

Soy invencible, se dijo a sí mismo. *No soy invisible.*

Incluso en su silla de ruedas. Angelote creía que podía darse de hostias con cualquier cosa que surgiera, y todos lo creían. Necesitaban que fuera cierto. Incluso cuando los chicos pensaban que lo estaban engañando al mentirle sobre una abominable erupción de villanía y podredumbre moral, confiaban secretamente en su infalibilidad. Angelote siempre los pillaba, pero acababa por perdonarlos.

Soy el patriarca, se dijo a sí mismo por milésima vez mientras forcejeaban para sacarlo de la furgoneta y lo instalaban en su carricoche cromado. Eso le irritó tanto que les sonrió a su mujer e hijo e hija. Los tres se espantaron.

Escuchó la arenga en español florido que salía por la puerta:

—¡Mamá América no deseaba nada más que salvarlos a ustedes del infierno! ¡Generación de víboras!

¿Qué clase de graznidos eran esos?

—Yisus Crait —Angelote señaló la puerta de dos hojas de la capilla, como si encabezara una carga de caballería.

Los hizo abrir las puertas tan ruidosamente como fue posible. Les ordenó que lo impulsaran hasta el fondo del pasillo, al frente y en el centro. Él tomaría el control. Después de todo, su nombre de pila era Miguel Ángel. A nadie más en la familia le habían puesto el nombre del arcángel Miguel. Deseó tener una espada flamígera.

Me cago en Dios. Perdóname, Dios.

Se amplió su sonrisa. Estaba convencido de que también podía imponerse a Dios.

Perla se inclinó hacia la silla y la mantuvo en movimiento. Pantagruel marchaba detrás, con el andador a cuestas. Angelote hizo mucho ruido. Tosió. Pateó un par de ocasiones los descansapiés para hacerlos repicar, sumándose así a la cadencia percusiva.

La pobre Minnie miró el suelo e intentó no reír. Ay, no, ahí estaba el tío Angelito. De ningún modo ella iba a mirarlo. De ningún modo. Si él la miraba, ella se mearía de la risa. Todos se volvían para verlos. Ella evitó los ojos de Angelito.

Angelote alzó su ceja izquierda y les dirigió la más irónica de sus miradas para informarles de que el *sheriff* había vuelto al pueblo. Los hijos y nietos le llamaban Jefe, y esa palabra mágica circuló entre el clan ahí reunido.

—Llegó el Jefe.

—El Jefe como Pedro por su casa.

—Miren cómo el Jefe se siente a sus anchas.

Los más veteranos de la familia no dejaban de maravillarse ante la actitud de los chicos, pues Angelote les hacía reír a carcajadas, era el árbitro de las bromas de mal gusto, el hombre de la profundidad espiritual, quien daba el dinero para los helados y guarida para quienes fueran echados de casa o salieran de prisión o estuviesen en rehabilitación o necesitaran refugio a medianoche.

Los saludó con una inclinación de cabeza e hizo contacto ocular con cada uno de ellos y alzó un dedo ante sus favoritos, y cada persona se sintió señalada.

—Despacio, Flaca —le dijo a su mujer—. Llévame justo al centro. Despacio.

—Ay, Flaco —dijo ella quedamente—. No armes una escena.

—Solo mírame, Perla.

Ella asintió y sonrió a los rostros ahí reunidos: *Estoy casada con un hombre obstinado,* les dijo con los ojos.

En su silla parecía tan feroz como un halcón. Pudo oler el aliento del cura disparado por el pasillo al modo de un arma secreta. Angelote señaló a sus mil sobrinos y nietas e hijos. Ahora sus hermanos y hermanas eran la vieja generación, todos sentados en la lúgubre primera fila, mirando la urna de la madre y comprendiendo lo mismo al mismo tiempo: *Somos ahora la generación más vieja y los siguientes en morir.* Miraron a sus espaldas y les sorprendió el aspecto de Angelote, aunque lo veían a diario.

Angelote hizo que viraran la silla para saludar a las hermanas de Perla. Ahí estaba la inalterable Lupita con el tío Jimbo, su marido yanqui. ¡En bermudas! Y allá estaba la Gloriosa, más trágica y magnífica que nunca. No podía recordar su nombre, apenas su apodo. Ni siquiera recordaba si alguna vez escuchó su verdadero nombre. Siempre había sido la Gloriosa. Solitaria, perdida en las frías llanuras de sus pensamientos. Pelo negro y brillante con un sobrenatural mechón plateado que se derramaba por el lado izquierdo de su rostro. Sus gafas de sol eran impenetrablemente negras. Él no podía saber si ella lo miraba.

Las manos de la Gloriosa olían a especias cálidas y dulces. Angelote pensó en su cuello. Cáscara de naranja, citronela, menta, canela. Ella asintió levemente. Él miró hacia otro lado. Perla los observó. Llevaba décadas captando sus coqueteos. Miró con reproche a su hermana. La Gloriosa le respondió con una cara de *¿Qué?*

A Angelote le entusiasmó ver a su hermano menor en la primera fila. La extraordinaria alma descarriada. Un profesor de inglés que se había marchado a Seattle y vivía bajo la lluvia. Angelote sintió que había construido a su hermano como una especie de maqueta. Angelito. Su tocayo.

le rompí la nariz a mi hermanito y fue un placer

Angelito estaba sentado en el extremo lejano de la fila de hermanos y sonrió a su hermano mayor.

Angelote le saludó. Apenas podía levantar la mano unos centímetros sobre el reposabrazos, pero la mantuvo alzada como dando una bendición.

Angelito susurró a su hermana María Luisa:

—Mira, Lulú, nuestro hermano se ha convertido en el Papa de Tijuana.

Todos seguían llamándola Marilú. Había sonado bien en 1967, cuando usaba botas a gogó y extensiones de cabello. Nunca se puso vaqueros ni camisetas. Se peinaba con un peine de púa y un bote de potingue para el pelo llamado Dippity-do.

Incluso sentado, César era más alto que los demás. Solían bromear con que la madre había tenido un amante secreto, porque nadie podía explicar su estatura. Su valquírica esposa estaba a su lado, poniendo caras de amargura. Pobre César, estaba completamente hundido por la muerte de su madre. Tenía sesenta y siete años y su madre todavía le planchaba las camisas. Ella le regalaba una naranja de chocolate cada Navidad. Siempre le preparaba un guiso de menudo y le guardaba los viejos *Reader's Digest* en español. Quedarse sin su madre le hacía sentirse un niño perdido en la tormenta. Le temblaban las manos. Ni siquiera podía valorar los detalles de la enfermedad de su hermano. Acercó la mano a la de Angelote. Se tocaron los dedos. Los de Angelote eran fríos como la tumba. César retrajo sus manos y con ellas se cubrió los labios.

El cura, al sentir que perdía el dominio sobre la gente, gritó:

—¡Los pecadores compran diez millones de condones cada año para el Martes de Carnaval!

Si Mamá América estuviese viva, le habría dado una bofetada por hablar de condones frente a su urna. Los dos Ángeles cerraron los ojos y comenzaron a reír. La silla de ruedas parecía imponente en el pasillo entre los bancos delanteros, como a treinta centímetros del cura.

—Aquí estoy —anunció Angelote, asentándose más cómodo en su silla.

El cura se calló y lo miró.

—Continúe —dijo Angelote—. Le doy permiso —abrió y cerró sus piernas flacas y puso las manos en el regazo.

El buen clérigo recuperó el dominio de sí.

Angelote sonrió como san Francisco. Hizo un gesto de impaciencia e indicó su reloj.

—Va a ritmo mexicano, padre. Somos gente trabajadora. Vámonos, pues.

—Yo... dejé la televisión —predicó el cura—. Durante cuarenta días. No porque tuviera que hacerlo, sino porque deseaba ofrecer un sacrificio —iba recuperando el ritmo—. ¡Los protestantes quieren acabar con nuestros santos! ¡Nuestras benditas estatuas! ¡Nuestra virgen! Quieren tener sexo fuera del matrimonio. ¡Sodoma es la ley de su tierra! Y ustedes, la generación maldita, dan la espalda a Dios y a los valores de su matriarca, que reposa delante de ustedes. ¡Lo menos que pueden hacer es un sacrificio! ¡Sí, mi pueblo! ¡Sacrifiquen la televisión! —alzó los brazos—. ¡Nuestro Señor y Salvador exige un sacrificio! Sacrifiquen sus programas de televisión favoritos.

—Chingado —dijo Angelote, mirando a su familia—. Adiós a *Camioneros del hielo*.

Se ahogaron de risa. Angelito tuvo que apoyar la cabeza en el hombro de su hermana.

—¡Shh! —dijeron ella y César.

Marilú todavía era una buena católica. Más o menos. Se tapó la boca con un pañuelo y susurró entre risas:

—Eres malvado.

Minnie estaba sentada detrás de Angelito.

—La jugada maestra de papá —dijo.

Él se giró para mirarla, y sus ojos dijeron: *Él siempre gana.* Y los ojos de ella respondieron: *Tú bien que lo sabes.*

—Amén —expectoró finalmente el cura, y huyó tras la cortina de falso satén junto al altar.

—Ahora la familia hablará por sí misma —dijo Angelote.

Nadie estaba preparado para pronunciar un panegírico, pero el patriarca les había dado una orden. Uno por uno fueron pasando al frente y sacaron la poesía que eran capaces de articular. Angelote se quedó sentado, con los brazos cruzados sobre su pequeño vientre, asintiendo y sonriendo y riendo, pero nunca lloró.

3:00 p. m.

—Ay, mi madre —dijo Angelote.

Él le había fallado. Lo sabía. Le había fallado de muchas maneras, en tantas cosas. Madre, padre, Mazatlán y la familia Bent, Braulio, Yndio. Le había tomado mucho tiempo hacerse con el control del barco. Había cometido errores. *Los capitanes no nacen,* se dijo, *se hacen.* Sin embargo, no acababa de convencerse.

Él sentía que la madre no había respetado a su amada Perla, y él la había dejado esfumarse en el trasfondo de su vida. Le gustaba pensar que una madre mexicana respetaría a un hombre que defendiera a su mujer; no contaba con las reglas establecidas por esta madre mexicana. Ningún desacuerdo, nunca. Ninguna desobediencia. Habían sido cordiales uno con el otro. Pero siempre que ella venía de visita, sacaba un acto terrorista en su saco de trucos. Deambulaba por la cocina y husmeaba entre los armarios para decir como no queriendo la cosa: «Uno pensaría que estas ollas y sartenes podrían relucir más. Tal vez ya están viejos, no solo cochambrosos». O daría algún consejo práctico para que Perla frotara las tazas de café y no meramente las enjuagara.

A diferencia de César, Angelote nunca le hizo arrumacos a su madre. Hasta Angelito la había abrazado más que él. César terminaba durmiendo en el sofá de la madre cada vez que se divorciaba. Ella aún le lavaba la ropa y le preparaba el almuerzo para el trabajo.

Cada hijo, pensó, *tendrá que sufrir cuando vea a su madre muerta y comprenda que fue un desagradecido.*

—No soy nada especial —dijo—. Apenas un esposo, un padre. Un hombre trabajador. Yo quería cambiar el mundo.

Nadie más estaba ahí.

Angelote estaba a punto de cumplir setenta años. Le pareció que era un viejo. Al mismo tiempo, se sentía bastante joven. Nunca tuvo la intención de dejar la fiesta tan temprano.

—Intenté ser bueno —le dijo a su entrevistador invisible.

Su madre había llegado al límite de los cien años. Él había planeado alcanzar al menos la misma edad. En su mente, él seguía siendo un niño, en busca de risas y un buen libro, aventuras y una más de esas sopas de albóndigas que preparaba Perla. Deseó haber asistido a la universidad. Deseó haber visto París. Deseó haberse dado tiempo para tomar un crucero por el Caribe, porque secretamente anhelaba bucear y, una vez que mejorara su salud, lo haría. Aún planeaba visitar Seattle para ver qué clase de vida llevaba su hermano menor. De pronto comprendió que ni siquiera había ido al lado norte de San Diego, a La Jolla, adonde los gringos millonarios iban para conseguir bronceado y diamantes. Deseó haber caminado por la playa. ¿Por qué él no tenía conchas ni erizos? De pronto, una concha de erizo de mar le parecía una cosa muy bonita para haberla tenido. Y se le había olvidado visitar Disneylandia. Se reclinó en la silla con asombro: estuvo tan ocupado que ni siquiera fue al zoológico. Pudo darse un sopapo. No le interesaban los leones ni los tigres. Quería ver un rinoceronte. Decidió pedirle a Minnie que le comprara una buena figura de rinoceronte. Luego se preguntó dónde la pondría. Junto a la cama, sin duda. Él era un rinoceronte. Iba a embestir a la muerte y mandarla mucho a la mierda. Lalo tenía tatuajes; tal vez él también se haría uno. Cuando mejorara su salud.

Se formó una fila en la salida. Primos abrazaban a primos. Grandes abrazos.

Angelote hacía inventario. En su mente desplegó una hoja de cálculo: se arrepentía de un pecado por día, y lo pasaba de la columna de «debe» a la de «haber». Ese día se arrepintió de su gusto por comer sopa de caguama. Qué deliciosa era. Con limón, cilantro, un poco de chile y tortillas recién hechas con sal para absorber un poco del caldo. No le gustaba mucho el chile, pero su padre le enseñó que un hombre debía comer chile hasta comenzar a sudar. Se supone que prevenía el cáncer. El viejo don Antonio estornudaba siempre que se enchilaba; estornudaba hasta ponerse morado. Pero siempre volvía a por más. Sufrir era su religión. Angelote negó con la cabeza, pero la lengua culebreó solo de pensar en esa sopa. Ahora simplemente quería nadar con las tortugas y pedirles perdón por todo el tiempo en que sus aletas le parecieron tan deliciosas.

—Muchos problemas —dijo—. Y muchos cabrones.

Los observó a todos desde la atalaya de su silla. Había días en que no podía recordar pecado alguno. En esos días pensaba que tal vez ya había agotado todas sus transgresiones. Claro. Pero él era un tipo listo, tan listo que no podía tragarse sus propios cuentos. Siempre habría otro pecado a la deriva entre las sombras, en espera de despertar para pinchar el corazón.

Cuando Minnie se acercó para preguntarle cómo se sentía, él dijo:

—Mija, un rinoceronte tiene la piel muy gruesa, los mosquitos no pueden picarle. Se les dobla el pico.

—Qué maravilla —dijo ella.

3:30 p. m.

En casa por unos minutos. Tenían que cambiarle el pañal antes del entierro. *Pobre Minnie,* pensó Angelote. *Tener que lidiar con esto. Pero hay que cumplir con el deber. Es la familia, pues.*

Su amigo Dave le había regalado un bonito juego de tres libretas Moleskine y le había pedido que escribiera en ellas su gratitud.

—¿Gratitud de qué?

—Eso depende de ti. Yo no puedo decirte de qué debes estar agradecido.

—Qué estupidez.

—Atrévete a hacer estupideces. Te tomas demasiado en serio.

—¿Gratitud?

—Inténtalo. La gratitud es una oración. Siempre se puede orar un poco más.

—¿El gusto por los mangos y las papayas es una oración?

—Depende de ti, Ángel. ¿Lo dices sinceramente? ¿Vas a extrañarlos?

—Claro que sí.

—Entonces lo es. Además, ¿qué hay de malo en hacer estupideces si te dan felicidad?

Las libretas tenían título. *Mis estúpidas oraciones.* Llevaba una en el bolsillo de la camisa, cuando usaba camisa con bolsillo. O la acomodaba bajo su nalga izquierda si estaba en la cama o en su silla de ruedas. Aterrorizaba a su hija con exigencias de un suministro constante de bolígrafos G2 de tinta azul. Se negaba a escribir con otra cosa. Esos habían sido los bolígrafos que utilizaba en el trabajo, y eran los bolígrafos que utilizaba ahora.

mangos

fue lo primero que escribió. Y luego:

(pinche dave)

por si su amigo llegaba a verlo.

matrimonio
familia
caminar
trabajar
libros
comer
cilantro

Eso le sorprendió. No supo de dónde había salido. *¿Cilantro?,* pensó. Luego:

Cada día le parecían más ridículas sus gratitudes. Pero había muchas, y se reproducían como flores silvestres del desierto después de la lluvia. No podía parar; su hija tuvo que comprarle un segundo, luego un tercer juego de libretas.

flores silvestres después de la lluvia
el corazón se abre y salen pequeñas semillas chispeantes

Entonces se dio cuenta de que era poeta, entre sus muchos otros atributos.

Echaba de menos el sexo, incluso masturbarse. Todo lo que ahora podía agarrar era una suave ternura que lo llenaba de desaliento. Había sido famoso en la alcoba por volumen, trayectoria y alcance. Pero esas cosas se fueron apagando hasta que el mismo tronco flaqueó para no volver a brotar.

—¡Ay, chiquito! —Perla gritaba cuando hacían el amor—. ¡Eres tremendo!

Él recordaba los pezones oscuros. Flotaban a lo largo de sus días como extrañas sombras de deliciosos pajarillos que no podía tocar. Eran casi mantequilla en su lengua. Con dedos y palmas sentía vientres y espaldas de canela aunque tuviera las manos quietas sobre la colcha. Saboreaba el mar dentro de su amante, y su leche.

Extrañaba caminar, extrañaba sus incansables flirteos con las hermanas de Perla, aunque se arrepintiera de esa parte. Especialmente con la Gloriosa. Santo Dios, incluso ahora ella podría detener el tráfico con solo mostrar la pierna. Llevaba siglos sin sentir arrebatos en el *palo,* pero pensar en la Gloriosa con un vestido colorido y tacones peligrosos le recordó la hinchazón y el pulso entre las piernas. Por un momento, creyó que se había curado y que tendría una florescencia, pero acabó por menear la cabeza con pena.

Caminar, se dijo a sí mismo. *¡Céntrate en un solo tema!* Pasear en el parque, caminar hasta el McDonald's, coger a Perla de la mano y deambular por Playas de Tijuana, mirar los helicópteros de la Patrulla Fronteriza justo al norte del oxidado muro de la frontera, comer tacos de pescado en los puestos junto a la plaza de toros al lado del mar. Caminar con la armonía y el vigor de su cuerpo fuerte. Con zapatos cómodos.

Sobre todo echaba de menos su cuerpo sin romper.

De algún modo Perla se daba cuenta cuando Angelote pensaba en esas cosas. En especial cuando pensaba en mujeres. Así es que puso su mente en blanco. Él había sido el primero en la familia que usó ordenadores, y ahora se dijo a sí mismo: *Reinicia. Reinicia, cabrón. Control-Alt-Suprimir. Definitivamente, suprimir.*

—Es muy sexy, mi Ángel —solía pregonar Perla cuando se reunían todos.

Era difícil sentirse sexy con todos los huesos convirtiéndose en tiza y las piernas que le dolían noche y día, además de usar pañal. Su valiente hija le preguntaba con frecuencia: «¿Ya hiciste pipí, papá?» Por Jesucristo. *Disculpa, Señor.* Pero ¿cómo se volvió más pequeño que su hija?

ser más alto que mis hijos

Angelote siempre había sido el líder. Desde que don Antonio los abandonó para que se murieran de hambre en La Paz, sus hermanos lo vieron como la figura paterna. Ahora era el bebé de su propia hija. Ahora ella le ponía talco para bebé en las nalgas. Sonaba a uno de los chistes que le gustaba contar cuando se reunía la familia.

—¿Estás bien, papá?

—Nunca volveré a estar bien.

Él perdía la mirada por largos períodos, y aunque ella sabía que muchas cosas le pasaban por la cabeza, no tenía idea de cuántas.

Minerva. Odiaba ese nombre. Pero sus amigas de inmediato se lo cambiaron por Minnie, que se convirtió en Minnie Mouse. Eso facilitó comprarle regalos en Navidad. Tenía toda una colección de Minnies y Mickeys de peluche y de plástico; también sudaderas y almohadas.

Angelote hizo una seña a dos de los niños para que se acercaran. *Nietos,* pensó. *Tal vez bisnietos.* Siempre había un par de ellos alrededor. Todos sus hijos habían tenido hijos, y esos hijos estaban teniendo hijos. También sus sobrinas y sobrinos tenían hijos. Los chicos se amontonaron en torno a la silla.

—Sí, Jefe.

—La última vez que estuve en el hospital —dijo en su inglés delicadamente acentuado, modelado en Ricardo Montalbán (les hablaba en inglés, porque los críos apenas sabían decir «taco» y «tortilla» en español)—, ¿saben lo que ocurrió?

—No, Jefe.

—Había un tipo muy enfermo.

—¿Más enfermo que tú, Jefe?

—Ay, sí. Tan enfermo que tuvieron que cortarle la mitad del cuerpo.

—¡Qué asco!

—¡Le cortaron todo el lado izquierdo!

—¿Qué? O sea, ¿todo?

—Todito. Su brazo izquierdo, su pierna izquierda, su oreja izquierda. Su nalga izquierda.

Los niños gritaron. Les encantaban las menciones casuales al culo.

—Pero adivinen qué.

—¿Qué, Jefe?

—Ahora es un hombre derecho.

No le entendieron.

Otra vez va a llover

4:00 p. m.

> *duchas calientes*
> *conducir*
> *Perla subiéndose las medias*
> *huevos fritos en manteca*
> *tortillas de maíz, ¡no de harina!*
> *Steve McQueen*

Lalo vino por él.

—Limpio y fresco —dijo Angelote—. *Feeling fresh.*

Hablaba en inglés con su muchacho. Se sentía muy bien. Se metió la libreta bajo sí mismo. Él iba a ganar la partida.

—Estoy vivo.

—Eso seguro.

Lalo se había quitado el uniforme. No iba a admitir delante de nadie que le apretaba. Además, sabía que le quedaba de maravilla su mejor traje. Su único traje. Angelote lo había llevado al centro comercial y le encontró uno azul oscuro de dos piezas con finas rayas blancas. Camisa blanca con corbata color marrón. Zapatos negros de piel.

Minnie se había adelantado con Perla y Angelito, que las había estado esperando en el aparcamiento. *Falta un día,* pensó Angelote mientras Lalo lo llevaba en la silla de ruedas sobre el pavimento hacia el césped del cementerio. *Falta un día para la pachanga.*

—Con cuidado, hijo.

—Te llevo bien agarrado, Jefe.

—No me vayas a tirar aquí.

—Sería una buena broma.

—¿Es que me has perdido el respeto?

—Nada más lejos. Respeto por el VIP.

—¿VIP? ¿Eso significa «viejo inútil pendejo».

—Buena broma, Jefe.

—Lo sé. Apresúrate.

¿Por qué coño tenía prisa el Jefe? Lalo pensó que el viejo necesitaba una infusión de pasiflora, y pronto. ¿A qué tanta prisa, chaval? Si Lalo fuera rumbo a la tumba, arrastraría los pies, fumaría unos porros, se pondría cómodo y tomaría las cosas con calma. Bueno, eso mismo estaba haciendo, porque ¿adónde más se dirige todo el mundo? Al pinche agujero en la tierra. Ve con calma, amiguito, no hay prisa, camina despacio.

En el brazo izquierdo tenía una comezón hija de puta. Era su nuevo tatuaje: una imagen de su padre en mejores tiempos, con aquel bigote mexicano de la vieja escuela. Decía JEFE XSIEMPRE. Le había costado 260 dólares en San Ysidro. Quería rascarse, pero no deseaba ensangrentar su ropa nueva.

Lalo era el último de los muchachos. La vida se había llevado a los otros. Uno estaba ahí, cerca de donde pondrían a la abuela a descansar. Le dieron ganas de llorar. *Maldita sea, Braulio,* pensó. La sangre quedó en la acera durante días, hasta volverse negruzca, como un lago seco. Él y sus colegas se quedaron ahí mirando, mirando, llorando, jurando venganza. Las moscas llegaron cuando se volvió morcilla bajo el sol.

¿Cómo fue que nadie pensó en lavarla? Moscas, caray, odiaba las moscas. Iraq estaba lleno de malditas moscas. Aunque allá la tierra absorbía la sangre. Los charcos no duraban mucho. Se hundían en la tierra y la grava. Se podía ver algo parecido a una sombra, pero lo que más se notaba era el olor.

Meneó la cabeza.

Cuando se secó la morcilla, llegaron las avispas a refocilarse sobre ella, picoteando y mordisqueando pizcas de la costra en los extremos de la mancha. Braulio. Todo se relacionaba en su mente con la guerra. Le ardía la cicatriz en la pierna. Se preguntaba si su propia sangre continuaba allá en la tierra o si un perro había escarbado para lamerla hasta no dejar nada.

Y su otro hermano, el mayor, se había marchado para no volver nunca, ni siquiera de visita. Yndio. *Sí, de acuerdo, tú te lo pierdes. Culero.*

Continuó empujando a su padre.

—Soy el hijo bueno, Jefe.

Angelote levantó la mano tanto como pudo por encima de su cabeza, y Lalo se la estrechó suavemente, dejando que escaparan los dedos de su padre.

—Gracias, mijo —dijo el Jefe.

Angelote estaba negociando con Dios: *Dame un cumpleaños más y lo haré en grande. Nadie olvidará ese día jamás. Estarán pensando en ti para siempre, Dios. En todos esos milagros que haces. ¿Verdad? Como el que me harás a mí. Darme un día más. Está en tus manos, Dios. Tú puedes hacerlo.*

La mente se le quemaba con eventuales momentos de gloria. Puestas de sol en La Paz. Sombras en una catedral mexicana en ruinas después de que los albañiles recogieran con palas las palomas muertas y el guano. Infinidad de sombras plegadas entre los muslos de su mujer. La ballena que vio en el mar de Cortés surgiendo en medio de una pared de agua como de añicos de cristal e irguiéndose como si el aire sostuviera en lo alto su imposible volumen, mientras peces voladores tan pequeños y blancos como periquitos pasaban bajo su vientre arqueado y se perdían en la espuma.

Alzó la mirada. Continuaba lloviendo. Perla odiaba la lluvia, pero Angelote reconocía una señal cuando la veía. Viene una nueva vida. La vida continúa. Le guiñó el ojo al Señor.

Más adelante, Angelito sostenía un paraguas sobre Perla. Ella se apoyó en él mientras caminaban sobre la hierba mojada. Angelote no se chupaba el dedo. Sabía que su hermanito siempre le tuvo ganas a su mujer. ¿Quién no? Se preguntó si alguna de esas noches de fiesta, cuando fluía el tequila... Pero no. Eso nunca. ¿Para qué ponerse suspicaz ahora?

Perla y Angelito se desviaron a un lado. Angelote sabía que iban en busca de la tumba de Braulio. Pero no consiguieron llegar. Tal como él lo esperaba, Perla comenzó a desfallecer. En diez años nunca había alcanzado a recorrer todo el camino. Angelito la sostuvo y la redirigió hacia el entierro correcto. Sus lloriqueos fueron bajos y ahogados. Angelote se sintió atormentado como en medio de un sueño terrible. Giró la mirada, apreció el panorama —tumbas, estatuas, árboles, lluvia—, luego volvió a mirar a su mujer y a su hermano.

Él también había encogido. Como Angelote. Todos encogidos. Pobre Flaca, con vestido y chal negros. Seguía teniendo una piel bellamente morena, muy morena para los gustos de su madre. Mamá América prefería tonos más pálidos. Pero él y Perla se habían ganado a pulso sus manchas y cicatrices y lunares y arrugas. Ella tenía piernas varicosas y torcidas, pero él bien sabía que Angelito había admirado esas piernas cuando Perla estaba en plenitud. Lo mismo su hermano mayor. Lo mismo su padre. Pero ella le había sido fiel. Y él la admiraba tal como era.

Ella tuvo que enseñarle dónde poner la lengua cuando eran jóvenes, y una vez que lo supo, no volvió a fallar.

—Gané —dijo.

El único otro paraguas que pudieron hallar en casa durante su frenética salida para el funeral fue uno ñoño e infantil. Angelote lo abrió. Intentó ignorar la impresión que seguramente daba bajo el parasol rosa con estampados de Hello Kitty. Apenas caía una leve llovizna, evanescente y apropiada para un funeral.

Angelote aguzó la vista entre la neblina, y ahí estaba el viejo. El fantasma de don Antonio, muy bien vestido, reclinado en un árbol, esperando que Mamá América cumpliera con la ceremonia para que pudiesen ir a Saturno a bailar. Angelote saludó a su padre. Don Antonio sonrió y se ocultó tras el árbol con el índice sobre los labios.

—Lalo —dijo Angelote, girándose hacia su hijo—. La muerte no es el final.

—¿Sí? Lo voy a investigar.

A mí me parece muy final, Jefe.

Por lo general, Lalo pasaba el día en pantalones cortos de deporte y una vieja camiseta de Van Halen. Pero había ocasiones como esta, cuando el mundo necesitaba recordar qué clase de hombre era. Un día especial exigía trapos especiales, y a él le gustaba la ropa fina para exhibirse. *Trapos para el Jefe,* se dijo a sí mismo.

Pero ¿a qué venía esa parida de «No existe la muerte»? Sí. No.

La muerte sin duda fue el fin de su hermano. *La muerte* era la hija de puta que se llevó a la mitad de sus compañeros en ese callejón de Allahu Akbar. *La muerte,* ni duda cabe, se lo debió llevar a él en vez de llevárselos a ellos y a uno de sus huevos. Solo le abrió la pierna, utilizó su escroto como asa de cremallera que abrió desde muslo hasta la rodilla, alrededor de la rodilla y más allá de la bota. Solo para echar un vistazo. Parecía un bistec allá dentro. Yndio le llamó Monohuevo cuando llegó a casa. Lalo no captaba por qué le resultaba tan gracioso, pero rio tanto que lloró, mientras le decía a su hermano: «¡Eso no tiene gracia, imbécil!».

—¿Muerte?

Hacían falta dos manos para contar los camaradas que había perdido aquí en la ciudad. En el McDonald's, en el parque, bajo la rampa de salida hacia la autopista 805. Y ese policía que Braulio y el Guasón habían vapuleado a cadenazos. Ese güey ya no se iba a levantar. Ya no iba a bailar si es que llegaba a despertar.

Lo de ellos fue de verdad.

Sí, ya no se les volvió a escuchar ni mu. Ninguno de esos camaradas regresó. Esas chorradas místicas del Jefe brujo no eran sino pura mierda cósmica mexicana. ¿Que la muerte no es el final? Tal vez, si se toman en cuenta las pesadillas. Había mucho muerto parlanchín en las pesadillas. El Jefe sabía muchas cosas, sin duda, pero él no había visto sesos en la acera. Como cualquier tío, Pantagruel era filósofo. Joder, le dolía la pierna; esperaba meterse algo para quitarse el dolor.

Y Angelote pensaba: *Estos muchachos son muy estúpidos; creen que son los primeros en descubrir el mundo.*

Lalo era consciente de su elegancia con ese traje azul de rayas blancas. Estoico como estatua dejaba que las gotas cayeran sobre su semiafeitada cabeza, desnuda ante los elementos ahora que se había quitado la boina. Imaginó que su rostro parecía labrado en madera oscura. Todo un guerrero chichimeca, cabrones. Firme.

El bigote le colgaba un poco, y la barba mosca bajo el labio inferior le daba un toque auténtico de bandido. Las gafas de sol no revelaban nada, aunque siempre vigilaba a uno y otro lado, por si aparecían esos pendejos de la Mara o del Hoyo Maravilla. Esos pandilleros siempre estaban buscando problemas. No podías ser del barrio equivocado.

Además, estaba alerta por si aparecía la maldita Patrulla Fronteriza. O los drones del gobierno. Siempre acechando a la raza de bronce.

¡La migra! Por alguna razón sus colegas de Tijuana llamaban Estrellita Marinera a la Patrulla Fronteriza. ¿Por qué, chingados?, quería saber Lalo. Pero no podía ir a Tijuana para preguntarle a nadie. No en ese momento.

La Patrulla Fronteriza había estado merodeando últimamente. Le habían contado que los agentes fronterizos se apostaban fuera de las reuniones de padres de familia y a la salida arrestaban a los morenos. ¡Ni se acerquen! No iba a aceptar que viniera un puto de la migra a detener a un tío o una tía. Hoy no. Mucho menos a él mismo.

Nada de policías, a los que él llamaba «la chota» o «la placa» en la lengua que su padre no entendía. Braulio e Yndio le habían enseñado. Ese Yndio era más temible que los demás. Tan alto, tan moreno y, caramba, esos músculos. No era lo que parecía. Era el mejor de todos. Braulio los había engañado. Él era hilarante. Era muy meloso con papá y mamá. Solo Minnie se daba cuenta de la verdad. No fue Yndio a quien nunca arrestaron. Fue Lalo.

Él ya había estado dos veces en prisión. La última vez fue terrible, con federales y todo. Pero lo peor fue que hizo quedar mal al Jefe. El Jefe le había advertido una y otra vez. Si seguía metiéndose en líos, no solo haría quedar mal a la familia, sino que la policía se daría cuenta de que era un inmigrante ilegal y lo echaría a patadas de los Estados Unidos. «No te preocupes, Jefe. Soy un veterano herido.» Sí, claro.

Y él nunca les había pedido que lo llevaran cuando era bebé al otro lado del río Tijuana. Pero así ocurrió. Lalo recién nacido en 1975 y el Jefe decidió que era hora de cruzar la frontera hacia San Diego, donde él había estado escondiéndose y trabajando, ilegal hasta los topes, refugiado en casa del abuelo. «Construyéndoles una vida mejor», solía decir los fines de semana cuando volvía arrastrándose a México. Lalo sentía lástima de sí mismo. El tío crece en San Diego, piensa que es un gringo «viva la raza», y de pronto se entera de que tiene que esconderse de la Patrulla Fronteriza. Qué mierda.

—¿Por qué siempre yo? —dijo.

—¿Qué? —respondió Angelote.

Lalo se alegró de que les respondiera, pues por el modo en que el Jefe estaba apachurrado en su silla, comenzaba a pensar que estaba dormido o muerto. Más vale que no te mueras, Jefe. *No mientras estés bajo mi cuidado.*

Lalo se obligó a mirar la lápida de Braulio al otro lado de la hierba húmeda. Triste en verdad. No podía hacer más por el momento.

—Hola, Carnal —susurró.

Eso habría de bastar.

Fue Braulio quien supuso que se había dado cuenta del asunto de la inmigración. Minnie no tenía que preocuparse. Toda una gringa, parida por completo en National City, como una auténtica estadounidense. Ella no tenía que ocuparse de esas cosas. Podía votar.

Quizá Braulio había intentado ser bueno. Hacer bien las cosas. ¿Quién sabe? Darle algún sentido a su vida junto con sus papeles. Lalo había aprendido que todo era posible.

Cuando lo echaron de la escuela por broncas, Braulio se mantuvo cada vez más alejado de casa para evitar la decepción de Angelote y Perla. Hasta 1991, cuando cumplió veinte años. De tanto andar vagando por la calle se topó con unos reclutadores del ejército. Tenían un pequeño puesto en el centro comercial, como esos personajes que vendían pósteres 3D de «visión mágica» y pequeños helicópteros que volaban en círculos como temibles insectos.

A Braulio le gustaba ir con Lalo al centro comercial, echarles un ojo a las chicas, zamparse unas galletas en Mrs. Fields. Deambulaban entre las tiendas con el Guasón, el compadre de líos de Braulio, pero esta vez iban solos, solo ellos dos. Braulio buscaba unos vaqueros ajustados, y al Guasón, siendo un tío tradicional, no le gustaban esas chorradas para emos. Se habría burlado todo el día de Braulio por vestirse como un gringo e intentar pasar por un blanco cualquiera.

Salieron de The Gap, con el vigilante echándoles una mirada atenta de ciborg. Reían e intentaban decir alguna lindura a unas filipinas de minúsculos pantalocitos cortos. «¡No mames!», fue lo mejor que se les ocurrió, pero lo importante era cómo se decía. «¡Do babes!» Como si las palabras fuesen un caramelo que se pegara a los labios. «Do babes, bi reina», con un chasquido en la comisura de los labios y un leve meneo de la cabeza. «Te juro que sí.» Quizá la mano brevemente en la polla. Pobre Lalo, pensaba que era seducción de alto nivel.

Fue cuando Braulio vio el tanque.

El puesto del ejército tenía montado un M14 de plástico en el muro posterior. El cartel de dos metros de altura mostraba un tanque rampante a medio vuelo sobre una distante y exótica duna. Un joven soldado rubio se dejaba ver en el fondo de esta escena de acción, como la Mascota del Mes. Le enseñaba al mundo un entusiasta visto bueno. El sargento cabezón en el mostrador tenía un bolígrafo hecho con una bala calibre 50. Sus dientes eran brillantes como plástico blanco. Una hatajo de muchachos curioseaba en torno al puesto. Detrás de esos muchachos, Braulio y Lalo escucharon expresiones de asombro como las siguientes, que brotaban de sus labios: «Órale, güey»; «Firme, tío» y «Chingón» (a los muchachos ya no les gustaba decir «chido»).

Arrastrado como por un rayo abductor, Braulio desertó de los años ochenta para ingresar en un futuro de metal y de motores. Lalo sintió que su hermano abandonaba a la familia en los cincuenta pasos que hicieron falta para que lo absorbiera el ejército de los Estados Unidos. Nunca entendió la alquimia de tal transición.

Para cuando Lalo lo alcanzó —para él la caminata fue más larga que un kilómetro—, Braulio ya se había abierto paso entre colegas y jugadores de fútbol y se había sentado frente al mostrador, devanando sus chorradas barriobajeras ante el sargento.

—O sea, no le voy a mentir, señor.

—No me llames «señor». Yo trabajo para vivir.

Como Braulio no sabía que se trataba de un cliché, le pareció una frase de macho.

—Estoy en un berenjenal —dijo.

—Por «berenjenal» asumo que no hablas de ricas berenjenas rellenas —se echó a reír para remarcar su chiste—. Por «berenjenal» voy a asumir que estás metido en problemas de pandilleros, con eso de que eres latinoamericano y esas cosas —volvió a reír—. Mírala —apuntó su bolígrafo de bala al rostro delgado de Braulio—. Los mejores compañeros que tuve en el ejército fueron los malditos frijoleros, con todo respeto.

—También tengo asuntos con la migra...

—No digas más —una mano enorme formó un muro fronterizo miniatura frente al rostro de Braulio—. Ni siquiera pronuncies la palabra. Me importa una mierda si eres espalda mojada o seca. Y tampoco le importa al Tío Sam.

—¿No me estás vacilando?

Lalo vio que el sargento sonreía. Aparentemente no entendía bien la jerga de los chicanos.

—Si estás dispuesto a luchar por tu país —mintió el sargento—, tu país estará listo para luchar por ti. Que uno ponga su vida por sus amigos, y esas cosas. Lucha por los Estados Unidos, hijo. Tú te enlistas y nosotros te arreglamos los papeles. Para cuando te des cuenta, ya serás un estadounidense. Automático.

Braulio miró a Lalo con gran emoción en el rostro.

—Es lo menos que podemos hacer —dijo el sargento, y estrechó la mano de Braulio.

Braulio le dedicó dos años, sobre todo en Alemania, nunca combatió, y regresó con heroína en las venas.

Papeles. Una vil mentira, pero Lalo no lo sabía, y Braulio no vivió lo suficiente para enterarse. Muchos colegas mordieron el anzuelo y al final se encontraron malviviendo en refugios para veteranos en Tijuana, preguntándose cómo los echaron del país.

Lalo recordó al sargento cuando se metió en líos años después. Poca cosa, meras gamberradas de pandilleros, pero quería detener la cosa antes de que empeorara. A sus veintiséis años se sentía viejo para ser soldado, pero el gobierno estaba desesperado y reclutaban casi a cualquiera. También sabía que un tipo cercano a los treinta años encontraría mayores problemas por delitos menores que un mocoso estúpido. Un poco de maría, una navaja en el bolsillo, una pelea callejera. Él quería ser tan bueno como el Jefe. Nunca lo lograría, pero al menos podría ser tan bueno como su bróder. El ejército lo convertiría en hombre, algo que parecía no lograr por sí mismo. Así es que fue a buscar el puesto de reclutamiento. No pensaba que de verdad habría una guerra, mucho menos en un sitio del que nunca había oído hablar.

Tampoco esperaba que lo abatieran en su primera misión, en ese callejón que olía a carne quemada. Pero una vez que el Jefe vino a recogerlo al Departamento de Veteranos —durante un tiempo caminó con bastón— se sintió a sus anchas. Tenía la ciudadanía. Le dijeron que le bastaba con su identificación militar. Y estaban en lo cierto, eso creyó, hasta que en verdad la cagó y se metió en un lío gordo. Entonces supo que le habían mentido. Los reclutadores, el ejército, todos habían dicho lo que hacía falta para meter un cuerpo más en la línea de fuego.

Aunque se consideraba un estadounidense, seguía yendo a Tijuana para juntarse con sus amigos. En 2012, andaba muy valentón, muy fanfarrón con sus cuates de Tijuana. Había un tío de la colonia Independencia que quería ir a San Diego. Le habían prometido empleo como palafrenero en el hipódromo Del Mar. Le dijo a Lalo que si le ayudaba le conseguiría trabajo, le daría algo de pasta. Quizá un empleo a tiempo completo, dependiendo de lo que diga el patrón. ¡Firme! Lalo se dejó engatusar. Se volvió un experto instantáneo en migración para indocumentados.

—Eres un chicano, del barrio Logan —instruyó a su pupilo—. No menciones que eres mexicano. Solo di eso, colega. Yo seré quien habla —le dio al chico una gorra de los Padres de San Diego y unas gafas Vuarnet de surfista—. Cuando te pregunten dónde naciste, di que en Detroit, Michigan.

—¿Por qué?

—Suena más gringo, güey. Muy lejos de Tijuana.

—Órale, ya entendí.

—¡Chicano! ¡Logan! ¡Detroit, Michigan! ¡Lo pillo! ¡Estados Unidos de cabo a rabo!

—Di «Detroit, man». Así, suena como gringo.

—Detroit, meng.

—No «meng». *Man.*

—Mang.

—Olvídalo. Solo di «chicano» y «Detroit». *All right?*

—Al rai.

—Yo me encargo del resto. Soy yanqui hasta los huesos.

En aquellos días remotos, no hacía falta pasaporte para regresar a los Estados Unidos. Lalo conducía su Impala convertible 1967. Bajo hasta el nivel del suelo, color azul metálico y vestiduras blancas. Aún le debía a Angelote por el coche. Conseguiría empleo, se dijo a sí mismo. Cualquier día de estos.

Eligió la fila de coches más larga, pensando que el agente fronterizo estaría cansado y sería poco exigente. Él traía puesta su gorra de los Raiders de Oakland, una lata de Mountain Dew en el regazo, la radio con música pasada de moda y una banderita de los Estados Unidos en la antena. Cuando llegaron a la caseta, resultó que el agente era una mujer, y ya tenía cara de pocos amigos antes de que Lalo le sonriera.

—¿Ciudadanía? —preguntó.

—Estados Unidos, señora —mostró su identificación militar—. Corazón púrpura.

—Ajá —torció un labio para advertirle que se atuviera a responder las preguntas—. ¿Qué hacían en México?

—Tacos el Paisano. Y, ya sabe, compras.

La agente se inclinó y chasqueó los dientes cuando miró al colega.

—Chicano, meng.

—Ya lo veo.

—¡Yu Es Ei, al di güey!

Ella asintió y toqueteó su radio.

Lalo comenzaba a ponerse nervioso.

—¿Todo en orden? —preguntó sonriendo como el Jefe para desarmarla.

—Señor —dijo al colega—, ¿dónde nació?

—¡Detroit! —dijo él.

Ella asintió y retrocedió. Lalo estaba a punto de arrancar el coche y alejarse de la caseta migratoria cuando el menso a su lado decidió agregar algo.

—Detroit —dijo—, Michoacán.

A tomar viento.

Los escoltaron al área de inspección secundaria y a continuación los esposaron. No vio a la Jefa ni al Jefe hasta el juicio por tráfico de ilegales. A Lalo le sorprendió lo mismo que a los demás enterarse de que, bueno, en realidad no era un ciudadano de los Estados Unidos. Pese a su mejor esfuerzo, trajo más vergüenza a la familia cuando fue sumariamente deportado.

Y ahora vivía en el garaje de su padre después de arrastrarse y correr para cruzar el río Tijuana en la oscuridad como un pinche mojado. Las cosas iban bien en Tijuana, pero necesitaba regresar para cuidar al Jefe. Tan pronto como llegó Yndio para avisarle de que Angelote estaba enfermo, Lalo se dirigió al norte. Tenía que rehacerse. Ahorrar un poco de dinero. Ahora tenía hijos. Responsabilidades. No podía caer de nuevo.

—¡Chale! —dijo en voz alta.

—¿Qué? —preguntó Angelote.

—Nada, Jefe.

—¿Otra vez hablas como un pandillero?

—Estaba diciendo «No way». Eso significa «chale». Es como decir «no».

—¿No a qué?

—A la muerte.

—Entonces dilo en español correcto. ¿Por qué no dices «no», como un ser humano?

—No seas racista.

—Un mexicano no puede ser racista con otro mexicano.

—Eso no lo sé —Lalo buscaba a sus hijos entre la gente—. Soy chicano. Hablo como chicano.

—¿No te dije que «chicano» venía de «chicanear»?

Chorradas, pensó Lalo.

—Hemos llegado, Jefe —dijo y aparcó a su padre.

Vaya choque de culturas.

Lalo sonrió mientras miraban la carpa que habían levantado para guarecer a los deudos de la lluvia: la regla era que todos vieran que Angelote era el capitán y que sus soldados se pusieran manos a la obra. ¿Por qué no? La vida era bella. Él estaba orgulloso de conducir a su padre sobre el césped.

—Se ha posado el águila —dijo.

Pisó la palanca del freno para que el Jefe no se fuera rodando.

Angelote echó un vistazo a su alrededor y notó los elegantes pantalones de su hijo. También la chaqueta. Lástima por los tatuajes. Esa maldita cruz de cholo en la mano.

Había pensado esto sobre el traje nuevo de su hijo: *Quiero que mi muchacho luzca bien en mi funeral. Quiero que Lalo vea las fotografías y se sienta orgulloso de haberse vestido como un señor. Que sepa que se vistió como un mexicano, no como un vato. Y que sepa que su viejo le eligió el traje, que su viejo estableció el código de vestimenta para su propio funeral. Entonces se quedará asombrado.*

Era todo lo que Angelote quería: provocar asombro.

La tumba era una modesta zanja entre lápidas planas tendidas como un mosaico en la hierba. Se agruparon los hermanos de Angelote junto con la demás gente que había venido a dar el pésame a la familia. Marilú, César, Angelito.

Enemistades y escándalos internos se dejaron de lado durante ese día. En otras ocasiones, se entretenían censurando las mínimas atrocidades de los demás o se reunían clandestinamente en la cocina para tijeretear a sus víctimas *in absentia*. Para cuando terminaban, sus víctimas quedaban tan pisoteadas como un felpudo. Las lealtades cambiaban como las estaciones del año. Las armas retóricas estaban siempre bien lubricadas.

Minerva se paró sobre la lápida de su hermano para despejarla de hojas y lluvia. Como si pudiera protegerlo ahora que se hallaba bajo la luz esmeralda de las melancólicas hojas de arce.

El cabello de Minnie destellaba con mil diamantes de lluvia.

Angelito se hallaba junto a ella e inclinó la cabeza.

—Minnie —dijo.

—Mi hermano mayor, tío.

La inscripción decía: Braulio de la Cruz, 1971-2006.

—Casi diez años, tío.

Ella moqueó. Él le dio uno de los clínex de Marilú.

—A veces vengo a hablar con él. Era un niñote —se limpió la nariz—. Yo siempre comía mi desayuno de pie. Cuando todavía iba a la escuela. Él se acercaba en secreto y me gritaba en la oreja y me hacía tirar los Cheerios por toda la cocina —rio—. Tonto —dijo a la lápida.

—Siento mucho no haber estado aquí —dijo Angelito.

—Me alegra que no estuvieras. Fue terrible —miró alrededor—. No tienes necesidad de esto. Es mejor que tengas tu mundo lejos de aquí —pensó un momento—. Perdona por haberte escrito borracha.

Él le dio palmaditas en la espalda.

—Me hizo sentir especial.

Angelito le había tenido pavor a Braulio. El chico era delgado, pero musculoso como Bruce Lee. A veces parecía un dóberman tembloroso antes de atacar.

—¿Es bonito allá donde vives? —preguntó Minnie.

—Sí, maravilloso —dijo—. Y allá vive Pie Grande.

—Me haces reír, tío —lo estrechó contra sí con un brazo—. A veces odio esta ciudad.

—Vente a Seattle.

—No. Esta es mi casa. Aquí tengo mi vida hecha —dejaron de mirarse a los ojos—. ¿Quién se encargará de todo si me voy?

—Así es que de eso se trata.

—¿Sabes qué? —dijo ella—. Me gustaría que aquí estuviese mi hermano. El mayor. Él y papá no se llevan bien.

Angelito la miró.

—Yndio —continuó ella—. Eligió... cierto estilo de vida.

—Comprendo.

Pero no comprendía. Angelito se perdonó por no recordar los detalles, si es que alguna vez los conoció. Prefería no enterarse.

Aparentemente, Minnie no había acabado con él. Sacó su teléfono móvil.

—Mira su Facebook, tío.

Abrió su perfil. La foto era de Marilyn Manson hacía unos años, travestido y con un par de tetas de plástico. El nombre de usuario era Yndio Gerónimo.

Sin saber cómo responder, Angelito dijo:

—Caramba.

—Sí —dijo Minnie—. Pero lee lo que dice.

«Guerrero de liberación cultural no cisgénero, no heteronormativo.»

—Ese es mi hermano.

—Minnie, ni siquiera sé qué significa todo eso. Pero entiendo por qué tu padre no lo puede aceptar.

—Si crees que papá tiene problemas con él, deberías preguntar a mi madre. Actúa como si Yndio estuviera muerto. Finge que ni siquiera lo extraña. Luego nos vamos a escondidas a comer tortitas con él, para que papá no se entere.

Intentó manifestar su sabiduría patriarcal, pero terminó silbando un suspiro. Luego carraspeó.

Francamente, Angelito apenas había notado la existencia de Yndio. Ninguno de sus sobrinos le había parecido un pariente verdadero. Cuando Yndio aparecía y desaparecía en la mezcolanza de los años, Angelito apenas lo notaba. Mal tío, pensó.

Observó a Minnie caminar hacia su hombre y tomarlo del brazo. No recordaba si estaban casados.

Angelito fue hacia la concurrencia y ocupó su lugar tras ellos. Yndio, pensó, parecía un actor o modelo. Lo recordaba con la melena hasta el culo. Le había regalado discos de Bowie. Eso no le agradó ni a Angelote ni a Perla. Se preguntó si él había sido un catalizador para su revolución sexual. Y en tal caso, ¿fue algo bueno o malo?

La herencia familiar, pensó. *Un drama sin fin.* Por eso vivía en Seattle. Por la familia. Todo era muy complicado.

Angelote susurró a su madre:

—Perdona si no derramo lágrimas por ti, madre. Ya se me agotaron. Sé que lo comprendes.

lluvia

La mayoría de las personas estaban hacinadas bajo la carpa. Empujaban para alcanzar a poner la mano sobre la urna azul de las cenizas que se hallaba sobre una pequeña plataforma plegable. Bonitas coronas de flores rodeaban el hoyo abierto. Más gente llegaba. Los maridos de diversas señoras marchaban esforzadamente con las flores de la capilla Bávara. Un empleado de UPS acarreaba coronas mortuorias enviadas desde México. Ningún cura estaba presente.

Había una lona azul sobre el montón de tierra excavada. La Minnie se acercó, enjugándose las lágrimas. Nunca los Ángeles la habían visto tan bella. Su hombre se quedó torpemente detrás de ella, con las manos enlazadas delante de la bragueta como si quisiera orinar.

Angelito lo notó, aunque los demás no: ella era la nueva columna vertebral de la familia. Iba vestida de negro y azul, su cabello era una cascada de trenzas y olas, y las uñas tenían dos colores. Dijo «Dios te bendiga, abuela» a la urna. Su hombre la miró como si lo hubiesen golpeado con una silla en un combate de lucha libre. *The Look of Love*.

Angelote observaba. No podía recordar el nombre del tipo. ¿Qué más daba? Lo conocía desde hacía años. Luego comprendió que tampoco podía recordar el nombre de aquel tipo de la televisión. El negro de las noticias de la noche. El de gafas. Y no podía recordar el nombre del pinche gringo de la camisa fucsia casado con Lupita, la hermana de Perla. ¡Por Jesucristo! *Perdón, Señor*.

Echó un vistazo a la gente. Las muchachas habían venido casi todas de tacón alto. Se hundían en el lodo e iban recolectando las hojas como jardineros con pinchapaleles. Lupita no se dio cuenta de que exhibía tres hojas montadas artísticamente en su zapato izquierdo.

Notó que algunas mujeres se pararon sobre las lápidas planas para no hundirse en la hierba. Meneó la cabeza. Imaginó a los muertos debajo mirándoles las bragas.

La Gloriosa se hallaba atrás bajo su propio paraguas con zapatos planos baratos, una gabardina Burberry negra y enormes gafas francesas. Un poco molesta. Lloriqueando en silencio. Lloraba por todos. Lloraba por sí misma. Había una tumba como a cien metros de la familiar que no se atrevía a visitar. Ni siquiera miraba en esa dirección. Sí, Braulio fue una enorme tragedia, pero no fue el único en morir esa noche. Le dio la espalda a esa otra tumba. Luego soportó el embate de culpa y vergüenza por su cobardía. Observó a Angelito. Siempre opinó que era un chico guapo. Las mexicanas, recordó, las mujeres de cierta edad, no pueden resistirse a los ojos azules. Torció el labio. *Estúpida,* pensó. Solo era su corazón roto que deseaba lo que no necesitaba.

Ella pensó que él estaba flirteando. *Todavía lo tienes,* dijo para sí. Se ajustó la gabardina. Viejas curvas, tal vez, pero siguen siendo curvas. Siempre que le echaba un vistazo, lo pillaba desviando la mirada a otro sitio, como si le hubiese interrumpido su contemplación. Qué infantil. Cualquier hombre de verdad le clavaría los ojos hasta hacerla sonrojar. Y después de sonrojarla vendría a pararse junto a ella.

Ella quería que él la acaparara. Solo por esa tarde. Que no la dejara ahí sola y mojada como un perro mugriento.

Hubo un tiempo en el que todos estaban a sus pies, en el que ella podía echar a cada uno a patadas. Lo menos que Angelito podía hacer ahora era ofrecerle el brazo y acompañarla. Ella se sacudió el pelo para darle volumen, por si él se volvía de nuevo a verla.

Julio César, el hermano de en medio, y Paz, su esposa *djinn,* estaban junto a Marilú. Él se puso en guardia entre el par de mujeres en guerra. Una zona desmilitarizada de un solo hombre. Sus hijos nunca dejaban de decirle Pato Donald; era una vieja broma. Él no podía evitar el sonido de su voz.

Era un cara o cruz que las mujeres pudieran aguantar todo el entierro sin pelear. Cuando Paz inclinaba la cabeza para echar una mirada ponzoñosa a la hermana de César, él gallardamente daba un paso al frente y bloqueaba los golpes oculares con su mentón. Su exquisita segunda exmujer estaba aparte con sus hijos y ni siquiera lo miraba. ¿La primera mujer? En un rancho en algún sitio de Durango. Angelote percibía todo y pudo ver los pensamientos de su hermano trazados en el rostro: ¿En qué hostias estaba pensando? *Peor para ti,* pensó Angelote. *Yo me quedé todo el tiempo con mi Flaca.* Alzó la barbilla.

Había comprado para él mismo y para su mujer una tumba cercana a la de la madre, al otro lado del arce que le daba sombra, al lado de Braulio. Él y Perla yacerían juntos. Así es que no podría andar mirando bragas. FLAQUITO Y FLAQUITA, diría la lápida, con sus nombres y fechas abajo. Aunque Perla tenía la intención de mentir sobre su fecha de nacimiento cuando grabaran su lápida.

Pasarían la eternidad uno al lado del otro. El resto de sus hijos caídos dormirían un día a su alrededor como una constelación de estrellas extinguidas.

Lalo se acercó a Angelito.

—¿Qué hay, tío? —susurró.

—Cumpliendo con mi deber.

—Ya lo veo.

—Tu abuela se portó bien conmigo. Me decía: «Soy tu madre número dos».

Lalo rio por la comisura de los labios al estilo del León Melquíades, con leves chasquidos de agradecimiento: *Chic, chic, chic.*

—Nunca conocí a tu madre, ¿verdad?

—No.

—¿Era blanca?

—Tanto como se puede. ¿Y tú estás bien?

—Sí, tío, soy dueño de mi vida.

—De eso hablo —Angelito se entusiasmó con espíritu de barrio.

—Caray, tío, ¿dónde está tu mujer?

—Se marchó.

—¿A otro sitio o al más allá?

—A otro sitio, con todos los muebles.

—Maldita sea. ¿Era blanca?

—Sí.

—Híjole —dijo Lalo—, búscate una morena la próxima vez. No traiciones a la raza —*chic, chic, chic*—. ¡Chiquita y morena! —Lalo le dio un codazo.

—Órale —dijo Angelito, porque ¿qué más podía decir?

Lalo se rio levemente y chocó los nudillos con su tío. Se arremangó la camisa para mostrarle el tatuaje del JEFE.

Angelito asintió sabiamente.

—Me hace falta uno de esos —dijo.

—El tuyo diría CARNAL.

Miraron a la gente.

—Esta familia —comentó Angelito— sin duda habla mucho. No hay modo de registrar todo lo que dicen. Ni de saber quiénes son.

Le mostró su libreta. A Lalo le agradó mucho.

—Vaya que si hablamos —dijo al fin a su tío—. Hablar es todo lo que nos queda.

Lalo volvió a su posición de guardaespaldas detrás de la silla de ruedas.

Hubo un leve bullicio, la gente se apartó y el pobre Ookie Contreras se abrió camino a trompicones. Aún jugaba con muñecas Barbie, la mayoría desnudas y algunas sin cabeza. Ookie llevaba puesto un enorme traje de chaqueta que alguien le había dado. También un fedora marrón de algún antiguo tío ladeado contra la lluvia. Podía tener trece años o quizá setenta. Los ojos le bizqueaban. Lucía una barba rala y púbica en el mentón. Le llamaban Ookie porque nunca pudo decir «galleta» en inglés. Y a ese compadre le encantaban las galletas. Era conocido por meterse en casas ajenas para robar Legos. Ookie adoraba los Legos por encima de las Oreos o las Barbies sin cabeza.

Llegó adonde estaba la urna.

—Buela —dijo—. Tú la mejor buela del mundo —miró a la gente—. ¿Cierto? —dijo.

—¡Cierto! —vocearon los compadres.

—¿Lo hice bien?

—¡Bien hecho, Ookie! —dijo Angelote—. Estamos orgullosos de ti, mijo.

Entusiasmado, Ookie se quitó el sombrero.

—¡Angelote! —clamó—. Tú el mejor Angelote del mundo. Lástima que vayas a morir.

Silencio y desconcierto. Alguien tosió.

—Todos tenemos que morir, Ookie —dijo Angelote—, pero hoy no.

Ookie sonrió.

—¿Era mi abuela? —preguntó.

—No, Ookie —dijo la Minnie.

—¿Somos primos?

—Vecinos, Ookie.

Ookie alzó el puño. Luego recordó que debía enjugarse una falsa lágrima del rostro antes de marcharse.

—Foxy lady —dijo—. Purple haze.

Angelito se permitió respirar. Se había evitado otro desastre. La familia era una enorme responsabilidad. Ese margen de seguridad de mil quinientos kilómetros era lo único que funcionaba.

Un verdadero nieto empujó a su hija de catorce años a pasar adelante para que tocara una pieza en su violín. La facción que se pasaba living la vida loca no podía creer que una de las suyas tocara el violín. Les gustó. Su padre la había puesto a estudiar porque quería que tocara con unos mariachis, pero ella prefería la música clásica y se las arregló para ingresar en la orquesta de la escuela. Debussy le fascinaba, no Selena. Los niñatos se morían por ella. En cambio los universitarios, irónicos y *hipsters,* sonreían burlonamente con cada nota errada.

—Hermoso, mija —dijo Minnie.

Hubo aplausos.

Un grupo de hombres de la familia cantó una balada temblorosa que les hizo un nudo en la garganta a los demás. Tuvieron que mirar a otro lado. Mirar la lluvia. Tomarse de las manos.

—Joder, qué mierda —declaró Lalo, pues no le gustaba llorar.

Angelote miró a sus espaldas, tratando de hallar a su hermano menor.

Muchos de los jóvenes adoptaron la Nueva Pose Americana: cabezas inclinadas, manos a medio pecho, con aspecto de monjes rezando, texteando a mil por hora en sus teléfonos. Se sacaban selfis furtivos y los publicaban en sus redes sociales: Yo, EN EL FUNERAL DE LA ABUELA. Gente con nombres como la Wera y Viejo Bear decían cosas como KE MLA ONDA, MIJA :-(

Angelote divisó a Angelito. También estaba texteando.

4:48 p. m.

De vuelta en casa. ¿Cómo se puede concluir toda una era y enterrar una vida de un siglo y regresar a casa antes de la cena? Angelote no podía reconciliarse con este sucio contrato que todos habían pactado. La muerte. Qué broma tan ridícula. Todos los viejos comprenden el desenlace que los niños son demasiado ciegos para ver. Tanto esfuerzo, sufrimiento, lujuria, trabajo, esperanza, dolor, tanto ansiar y soñar de pronto se convierte en una acelerada cuenta atrás hasta el anochecer.

Cuando tenías setenta años por delante, nada importaba, aunque pensaras que todo era muy importante. Pero no se sentía la opresiva necesidad de hacer algo al respecto. De pronto, sin embargo, llega un cumpleaños en que se piensa: *Me quedan veinte años, si todo va bien.* Y esos años se desvanecen en la oscuridad hasta que se piensa: *Me quedan quince. Me quedan diez. Me quedan cinco.* Y tu mujer te dice: «Vive, no te inquietes. Mañana te podría arrollar un autobús. Nadie sabe cuándo llegará el final».

Pero sabes que está acostada en la penumbra junto a ti contando los años que le quedan, aun cuando no lo admita, y preguntándose si cada punzada en el hombro izquierdo es el infarto definitivo. Al final, te enteras de que ya no te restan años. Apenas días.

Tal es el premio: comprender al final que valía la pena luchar por cada minuto con cada gramo de sangre y fuego; pero que la mayoría se fue por el váter, sin darse cuenta. Él había visto solo sesenta y nueve amaneceres de Navidad. ¡Me cago en Dios! *Perdón, Señor.* No era suficiente. Muy lejos de ser suficiente.

Así es que se llenan las horas con barullo, como ahora. La casa parecía hincharse elásticamente como en los viejos dibujos animados: la música y el polvo emergían por las grietas de las paredes que saltaban y bailoteaban.

Angelote sondeó sus dominios.

Los chicos habían alquilado una carpa. Una empresa de fiestas de boda estaba montando con altas patas de aluminio un techo blanco de vinilo sobre el porche de Angelote y sobre parte de su patio trasero. Colocaban largas mesas plegables y sillas plegables. En la parte posterior, bajo un toldo azul de plástico, erigieron un pequeño escenario con amplificadores para ofrecer discursos o recitales musicales espontáneos.

La calle estaba saturada de coches, pero siempre había familias en torno a los capós, de modo que era difícil saber quiénes estaban ahí por la fiesta de Angelote y quiénes se habían reunido en la calle para ver el fútbol o para gozar de una fiesta de tamales. La furgoneta estaba aparcada en la rampa de acceso. Llevaron a Angelote en su silla por el garaje. A Lalo no le gustaba, pues en cuanto abrían el portón surgía toda la pared frontal de su cuarto, exponiendo su cama y sus objetos personales a la calle. Por lo general había un par de vehículos en la rampa, de modo que nadie llegaba a ver su imperio. Pero se desprendieron los pósteres de los Chargers que había fijado al portón.

Era una casa en el clásico estilo rancho del sur de California construida en 1958 en Lomas Doradas, un vecindario mexicano al sur de San Diego, entre National City y Chula Vista. Antes era un barrio de marineros, lobos de mar de alguna guerra, trabajadores de los astilleros de National City y pescadores vascos de atún. Poco a poco fueron llegando los filipinos y luego ellos dejaron el barrio para la raza.

Todas las casas tenían barrotes en las ventanas que atemorizaban a los foráneos, pero que los residentes ya ni notaban. Ninguna de las abuelas en la calle deseaba que un imaginario pachuco entrara a robar sus platos de colección Franklin Mint. Por toda la calle pendían de las paredes de las cocinas imágenes de John Wayne y de ángeles que defendían a niños rubios con espadas flamígeras.

Palmeras. Muros beis con molduras de ladrillo. Tejas de asfalto y grava en los techos. Cada casa de 120 metros cuadrados. Cinco modelos y, para variar, cada una orientada en diferente ángulo sobre su terreno. Lantanas y geranios, aves del paraíso resecas, cactus. Frente a casa de Angelote, una yuca torcida en el centro de un pequeño círculo de piedras en un jardín ralo.

Todas las casas tenían cuatro habitaciones y un salón. Dos baños y una agradable área de cocina y comedor con una puerta corrediza que daba al patio trasero de mil metros cuadrados. Incontables garajes se volvieron viviendas a medida que los hijos desempleados regresaban a casa con mamá.

Los Estados Unidos, pues.

La casa de Angelote tenía una terraza de hormigón junto al patio trasero, el cual se extendía en una pendiente hasta superar la altura de la casa. En el jardín había hiedra asesinada por la sequía, parches de chamizo y un nopal psicótico en camino de convertirse en un árbol prehistórico. Si se iba allá donde estaba el cactus, podía verse el sur y observar el parpadeo de las luces de las torres de radio de Tijuana. En la oscuridad, hasta Tijuana parecía un desparrame de diamantes.

Todo lo había pagado Angelote.

Había una segunda edificación allá atrás, con el tamaño y la forma de otro garaje para un solo coche. Se le conocía como «el taller de Angelote», pero nadie había entrado en años. Tenía un candado en la puerta. Hubo un tiempo en que criaron pollos en el patio, y el muro trasero del taller era el muro del gallinero en que habían montado los nidales con sus lechos de paja.

Huevos frescos cada día. Y Perla ni siquiera parpadeaba al torcerle el cuello a las gallinas para echarlas al caldo. Hasta que los vecinos se quejaron y vino el municipio a retirar el gallinero.

Lalo apodó a los vecinos «delatores avícolas».

Perla se sentó en una mesa en el patio y se sobó las doloridas rodillas. Sus pequeños perros correteaban como empanadas animadas con metanfetaminas.

—Ay, qué perritos —dijo.

Eran chihualchichas. Cruce de chihuahua y salchicha. La Minnie los llamaba «ratas topo desnudas», pues llevaba con frecuencia a sus hijos al zoológico y conocía esos animales. Minnie incluso había ido al museo de arte.

Perla vio que los perros dejaban ocasionalmente la tierra para ir a brincar entre las piernas de los instaladores.

No iba a pensar más en ese cementerio por el resto del fin de semana.

—Mija —llamó a su querida Minnie—. ¡Minerva! Café, ¿sí? Por favor, mi amor.

Minerva, pensó la Minnie. *¿Por qué tenía que tener un nombre tan raro?*

—*You got it, Ma!* —respondió en inglés—. *Comin' right up!*

—¿Qué dices?

Perla llevaba apenas cuarenta y un años en los Estados Unidos, no era de esperarse que aprendiera inglés de un día para otro.

—Gracias, mija.

Por ejemplo, cuando intentaba llamar «*la honey*» a su hija, lo convertía al español. Le decía «la jonis».

Perla envió un lento suspiro hacia Nuestra Señora de Guadalupe. Sabía que las verdaderas plegarias, las plegarias de mujer, ni siquiera necesitaban palabras. ¿Qué madre no entendía los suspiros de su hija? Su plegaria decía: *Esta fiesta es mucha presión.* La virgen solo asentiría. Ella lo sabía todo acerca de hombres complicados.

Por supuesto, las hermanas de Perla ayudaban. Lupita, la Gloriosa. Siempre estaban para apoyar a Perla y a Angelote en festejos, funerales, bodas, nacimientos, bautizos y cumpleaños. También para el café de la tarde. Después de algún divorcio. Los acompañaban en la cena o el desayuno o al abrir una botella o al jugar dominó.

Ella observaba el ajetreo y a los niños correr por el jardín con las ratas chihualchichas. Lupita se encargaba de la cocina. A la Gloriosa se le hizo tarde. Era su tarea liderar a los niños en sus locas correrías para mantenerlos entretenidos en todo momento. Gloriosa era la directora de eventos. Llevaba la música por dentro. Siempre llegaba tarde. Cuando eres gloriosa haces lo que tengas que hacer. El mundo puede esperar.

Perla encendió un cigarrillo. Llevaba cincuenta años dejando de fumar. Se encogió de hombros. Hasta la Gloriosa fumaba a veces.

Perla aguzó la vista.

¿Quiénes eran esos críos? Nietos. Bisnietos. Sobrinas. Sobrinas nietas. Vecinos. Había un negrito larguirucho holgazaneando en un rincón.

Llamó a Lalo.

—¡Mijo! ¡Juan! No, ¡Tonio! ¡No! Digo, Tato. Como te llames, pues. ¡Ven!

Ya no podía acordarse del nombre de nadie, y poco le importaba.

Lalo estaba en el garaje, mirando las viejas cintas VHS de Angelote. Había toda una videoteca en cajas de cartón. Estaba a la mitad de la película de monstruos de los años ochenta *C.H.U.D.*. La puso en pausa. Salió sin ganas de su cochera y caminó lentamente. Había guardado su traje y ahora se había puesto la camiseta de los Chargers y unos enormes pantalones cortos de pandillero. Calzaba unas Chuck Taylor negras, sin calcetines. Le dijo a un gordito:

—Órale, mijo, no seas un *chud*.

Se dirigió a Perla.

—Soy Lalo, ma. No Tato. ¿Qué pasa? —le besó la cabeza.
Minnie trajo café y dijo:

—Con permiso, cabeza huevo.

—No tengo cabeza de huevo. Échate un vistazo, títere.

—Es como un huevo cocido —observó Minnie.

—Te voy a patear.

—¿Quién es ese negro? —dijo Perla.

—Es tu sobrino, ma —dijo Lalo.

—¿Qué tiene en la cabeza?

—Una gorra de los Padres.

—¿Cómo se llama?

—Rodney.

Minnie colocó la taza de café delante de ella.

—Con permiso, bola de billar —dijo Minnie a Lalo, y le acarició la cabeza rasurada.

—Títere —dijo él—. Cuida que nadie te corte los hilos.

—Cállate, pinche niño.

—La vida es maravillosa, Minerva —le dijo Perla—. Llena de maravillas. Yo veo fantasmas.

—Buena onda, ma.

Minnie regresó a la casa para esclavizarse en la cocina. Un poco desconcertada, pero eso era lo que provocaban los ancianos. Ya era malo que papá hablara como un loco, pero ahora mamá lo hacía también.

—No seas culo de *chud*, Minnie —bramó Lalo.

Se rascaba con frecuencia el tatuaje de Jefe Xsiempre.

—Pobre Rodney —dijo Perla—. ¿Tú crees que se siente incómodo?

—¿Por qué? —dijo Lalo—. Así es el pinche Rodney. Siempre ha estado aquí, ma.

—Yo nunca fui suficientemente blanca para la familia de tu padre —dijo Perla—. O sea, no es que Mamá América fuera blanca. Era morena como el café con leche. Pero más blanca que yo. Sí, mijito. La escuché que me llamaba india. Sorda no soy —sorbió su café—. Muy caliente —declaró—. ¿Quién lo hizo? En fin. A tu abuela nunca le agradé. Me consideraba de baja categoría. Me llamaba puta.

Él no sabía qué decir.

—Caramba —dijo, luego volvió a su película en el garaje.

Lalo intentaba desconectarse de todo. Su hijo le había llamado una hora antes. Ya sabían quién lo había hecho.

—¿Hacer qué?

—Despachar al tío Braulio.

—¿En serio?

—Te lo juro, jefe —dijo su hijo—. ¿Qué vas a hacer al respecto?

Y Lalo dijo:

—¿Yo?

5:00 p. m.

Angelito aparcó su coche al final de la calle. El barrio era húmedo en las alcantarillas, pero habitualmente polvoriento y azotado por el sol. El césped estaba amarillento, y las paredes, desteñidas. Él había crecido en el lado blanco de la ciudad. Los chicos de la escuela pensaban que su familia era francesa.

Pero su casa podría haber estado aquí: un cajón de 120 metros cuadrados. Buganvilias. Triciclos y patinetes abandonados en los accesos para los coches. Aros de baloncesto sobre las puertas de los garajes. *Estrato social similar,* aleccionó el profesor en sus adentros. Aunque la música era distinta.

Avanzó por la calle. Sintió que una cámara lo observaba, que había ojos en todas las ventanas, que los vecinos miraban el Crown Victoria y pensaban: *¡Cerdos!* Inclinó la cabeza y hundió los hombros, como si pudiera encogerse y volverse invisible.

¿Quién es ese gringo?

Es el gringo-mex.

El tío parece un narco.

Siempre le cohibía caminar frente a la puerta de Angelote y Perla, como si no hubiera conseguido ser socio del club. Pero cuando tocaba la puerta o el timbre, todos lo regañaban. ¿Qué clase de hermano llama antes? Así es que se armó de valor y abrió la reja de malla de acero y entró. La gente estaba alrededor de la mesa grande instalada en el salón. Algunos con gorras de béisbol de visera recta. Algunos fumaban.

La Gloriosa acababa de llegar y se quedó junto al bien iluminado cenador; la luz le daba por la espalda, tenía las manos en las caderas. La falda dorada hacía gala de sus piernas morenas. Él vio las sombras de esas piernas a través de la tela. El pelo, ondulado sobre los hombros, fulguraba eléctricamente, como brillantes en un mar de tinta.

Ella lo miró. Él sonrió. Ella parecía tan magnífica como un retrato de una diosa azteca en una taquería. Tenía músculos.

—Mi amor —dijo él.

—Ay, tú.

La Gloriosa no tenía tiempo para tonterías. Echó la cabeza hacia atrás, para rechazarlo con la barbilla. Los bucles volaron: un reproche.

Angelito respondió con un veloz rebote de sus cejas.

Ella agachó la cabeza. Los bucles se derramaron sobre los hombros: una posible reconciliación. Afiló la mirada bajo sus cejas como una lobezna. Él se ruborizó, puso cara de mosquita muerta.

La Gloriosa alzó la ceja izquierda. Él le miró la clavícula. Más abajo, pero no indecentemente. Subió los ojos con lentitud para encontrarse con los de ella. Sonrió con una comisura.

—No seas insolente —dijo la Gloriosa.

Perla vino del patio en busca de más café.

—¡Es mi beibi! —se acercó tambaleante a Angelito y le acarició el rostro; luego miró alternativamente a ambos—. Otra vez no —dijo.

La Gloriosa hizo un gesto de labios succionadores que le arrugó la nariz, luego desapareció tras la alacena para meter ruido en el fregadero con enojo fingido. Si él hubiese nacido con cresta, se le habrían erizado las plumas y habría volado para conseguirle una bella ramita.

—Tu hermano está en la cama —dijo Perla, haciendo una seña a la habitación trasera—. Siempre tumbado.

—Debe de estar exhausto —dijo Angelito.

—Siempre. Pobre Flaco.

Ella observaba su taza de café vacía pendiente del dedo. Él cogió la taza y condujo a Perla a la mesita de aluminio para que se sentara.

—Te traeré más —dijo.

—Tenk yus —dijo ella—. Leche plis. Y azúcar.

—Sí.

—Azúcar, mucha azúcar.

La Gloriosa le daba la espalda mientras fregaba las ollas de la noche anterior. Él dio un paso hacia ella y captó su dulce aroma cuando se inclinó hacia ella para coger la cafetera de la encimera. Ella sintió su cercanía y le subió un rayo azul de electricidad por el cuello, pero no dejó que se notara.

—Disculpa —Angelito puso una mano en la espalda de la Gloriosa.

Ella respingó.

—Tengo sesenta años —dijo.

—Los sesenta son los nuevos cuarenta —dijo él—. Y yo casi tengo cincuenta. Así es que tú eres más joven que yo.

Ella tenía que considerarlo. La cafetera dijo *Glup*.

La Gloriosa entornó los ojos.

—No juegues conmigo —dijo.

Angelito hirvió como la cafetera. La tenía tan cerca que pudo sentir el calor de su cuerpo. Olía a almendra y vainilla.

Intuyó que la Gloriosa no recordaba la ocasión en que, cuando eran bastantes años más jóvenes, ella había bebido demasiado vino Thunderbird en una de esas poco comunes reuniones en casa de sus padres. Ella había enseñado algunos pasos de baile latinoamericanos a la madre de Angelito. Cumbia. Rumba. Chachachá. Para el final de la noche, ya estaba hilarantemente borracha. Entonces encontró a Angelito en el pasillo fuera del cuarto que utilizaron esa noche para guardar los abrigos, se apoyó en él y dijo: «Dame un beso de buenas noches, golfo». Él le dio un pico en la mejilla. «Así no se besa a una mujer», ella lo besó en la boca. «Así se besa a una mujer.» Cogió su abrigo y desapareció como un espíritu del más allá.

—No estoy jugando —dijo él ahora.

—Tú crees que es tan sencillo.

Es sencillo.

—¿Sí, cabrón? ¿Y qué quieres de mí? —sopló el cabello de su rostro.

Qué pendejo.

—¿Quieres que me detenga? —preguntó él.

Ella golpeó el fregadero con una olla. Miró por la ventana de la cocina a los chavales que estaban en la acera. Meneó sus rizos. Suspiró.

—No —dijo.

Él llevó al salón el café, la lata de leche Carnation y el azúcar.

—¿Instantáneo? —preguntó Perla.

—No, de cafetera.

Ella hizo un gesto. A esos de la vieja guardia les encantaba el café instantáneo.

Perla ni siquiera lo miró. Solo hizo una seña a la Gloriosa con las cejas.

—Picaflor —le dijo.

—¿Yo?

Le sopló al café.

Él pensó en cómo se lo explicaría a sus estudiantes. Una de esas palabras mexicanas. *Honeybee? Bumblebee?* No, esas eran abejas. *Hummingbird?* Sí, un colibrí, una criatura que va de flor en flor, probando un néctar y otro.

—Yo... —carraspeó.

—Ve a hablar con tu hermano —dijo Perla.

Se detuvo en el salón para inspeccionar los documentos de nacionalidad de Angelote. Estaban enmarcados en la pared para que todos los admiraran. En las esquinas había pinchado unas banderas estadounidenses en miniatura. Al lado pendía un retrato desteñido de Yndio y Braulio de pequeños. Angelito entornó los ojos; había sido un niño muy hermoso, ese Braulio. Un querubín. También aparecía el pequeño Lalo, todo ricitos y mofletes. Probablemente Minnie aún no había nacido.

Al lado podía verse el retrato familiar en un enorme marco blanco con vides de filigrana dorada labradas en la madera. Una foto en color tomada en Sears. Mamá América sostenía una foto de papá. Angelote, Marilú y César en torno a ella. Y nadie más. Se les había olvidado invitarlo. No fue por hacerle el desaire. Lo cual le hizo sentir peor.

Minnie vino a su lado y miró la foto.

—Toda la familia, tío —dijo.

—La mayor parte.

Ella lo miró, luego a la foto, a él, a la foto.

—Caray —dijo.

—Ya ves.

—Vaya —dijo.

—Una pequeña omisión —dijo con autocompasión falsa.

—Tienes una crisis de identidad, ¿eh?

—Ahora ya lo sabes.

—No eres el único que se siente solo. Algunos de nosotros sabemos cómo es sentirse así.

Ella fue a la puerta principal y continuó derecha hacia la calle.

Él dio los catorce pasos que le faltaban para llegar al dormitorio.

Sintió pánico.

Angelito tuvo la certeza de que su hermano estaría muerto. O estaría pasando por una nauseabunda crisis corporal. O apestaría con un olor vergonzoso.

Pero nada fue cierto. Angelote estaba sentado, con la espalda contra una pila de almohadas. Llevaba una camiseta blanca y pantalones de pijama holgados. Gruesos calcetines de gimnasio. Olía a talco para bebé y un poco a sudor.

Angelote hablaba con un pequeño grupo de alumnos del noveno grado al pie de la cama. Parecían incómodos. Las chicas tenían un brazo cruzado sobre el vientre y sujeto a las costillas; el otro brazo colgado como sin vida. Los chicos tenían la punta de los dedos clavados en los bolsillos del pantalón. Angelote decía:

—Un oso panda entra en un restaurante.

—¿Y luego, Jefe?

—Se sienta en la barra y pide comida y una Pepsi.

—¿Y qué ocurre, Jefe?

—Come, bebe, saca una pistola y mata al cocinero.

—¿Qué?

—Cuando va saliendo, grita: «¡Búsquenlo en Google!».

—Angelote sonreía como un loco de la calle, con ojos destellantes y feroces.

Los chicos se miraron entre sí.

—¿Y lo buscaron, Jefe?

—Por supuesto. ¿Y saben qué decía?

Ellos negaron con la cabeza.

—Decía: «Oso panda: Mamífero vegetariano que come tallos y hojas» —se carcajeó.

Ellos se miraron otra vez.

—Abuelo —dijo un chico gordo con los ojos en el teléfono—. Tu chiste no funciona en español. Ya lo busqué en Google en inglés. Dice que el oso panda es un *«vegetarian mammal that eats shoots and leaves»**.

—Largo, mocosos —dijo Angelito.

Todos salieron.

—No tengo mocos —protestó el gordo.

Había periódicos desparramados sobre la cama. Angelote había rodeado con círculos la nefanda fotografía de un niño muerto bocabajo en una costa europea. Ahogado y tirado como una bolsa de ropa vieja. Angelote vio que Angelito la miraba. Cogió el periódico, lo dobló con cuidado y lo acomodó en su mesa de noche.

—Nadie quiere al inmigrante —dijo Angelote—. Ese niño se ahogó.

—Lo sé.

—Buscaba una nueva vida.

—Lo sé.

—Así se ve nuestra gente en el desierto —dijo Angelote.

---

* Juego de palabras intraducible. Se pronuncia igual que «Mamífero vegetariano que come, dispara y se marcha» *(N. del T.)*.

Nuestra gente.

—Eso tengo que pensarlo —dijo Angelito.

Se le ocurrió que a fin de cuentas Angelote no era republicano. Comprendió que conocía muy poco a su hermano.

—Me parece que hemos estado aquí durante muchísimo tiempo —dijo—. Me parece que hay muy pocos cuerpos De la Cruz en el desierto —no podía detenerse, aunque la cara de su hermano se ensombreció—. Somos bastante estadounidenses ahora, ¿verdad? Esta es una familia postinmigrante. ¿Desde hace cuánto? ¿Cincuenta años?

—Yisus.

—Sigo siendo mexicano —dijo Angelito—. Mexicoamericano. Pero debemos aceptar que no vivo en, digamos, Sinaloa.

Angelote se frotó los labios. Pensó que estaban mojados, pero estaban cortados.

—Debe de ser bonito, Carnal, elegir quién quieres ser —dijo.

Angelito miró hacia un rincón fascinante de la habitación.

—No nos metamos hoy en ese tema.

—¿Cuál?

—Tu rollo de «Yo soy más mexicano que tú».

—Pensé que acababas de decir que tú eres gringo.

—No jodas —murmuró Angelito.

—Culero.

De pronto tuvieron once años.

—De acuerdo —Angelote encogió un hombro—. Mañana estaré muerto, así es que no importa.

Jesús, María y José. Angelito sonrió fraternalmente.

Angelote palmeó la cama.

—Siéntate.

Parecía que la guerra civil étnica había pasado como una de las lentas nubes de lluvia que vuelan al este para chocar contra las montañas Cuyamaca.

—Carnal —dijo Angelote con los ojos tan brillantes como fogatas negras—. ¿Recuerdas cómo pelaba naranjas mi padre?

Angelito asintió.

—Recuerdo a nuestro padre, sí.

Angelote notó la alusión.

—Nuestro padre. Ponía chile en polvo a las naranjas.

—Y sal.

—¡Tajín!

Por alguna razón les parecía gracioso.

—Pelaba la naranja en una sola tira —gritó Angelote—. Hacía serpientes con la cáscara. Siempre.

Rieron un poco más. Reír les sentaba bien. Dos simplones. A salvo.

—Me aseguró que eran solitarias —dijo Angelito.

—¿Te conté alguna vez que...? —espetó Angelote, y se embarcó en una plétora de relatos. Alegrías y tristezas. Cuentos raros sobre sus ancestros. Preguntas sobre Seattle. Cuando comenzó un *tour* detallado sobre los múltiples frascos de medicina en su mesa y las dosis y horarios de administración, Angelito renunció a seguir ahí burdamente de pie y se subió a la cama junto a su hermano.

silencio
buena conversación
ostras
un día sin dolor

La noche antes de la fiesta

10:00 p. m.

Angelote se había quedado dormido cuando Perla vino a la habitación. Sus días parecían interminables. Tanto trabajo, tanto por organizar, tanto que rezar. A veces sentía que ella era quien cargaba con los tumores. Pero no se atrevía a reconocer tal pensamiento. Se dijo que no merecía autocompasión. Muy pronto habría tiempo para eso.

Casi todos se habían ido a casa. La Gloriosa había ahuyentado a Angelito como gato callejero. Bastante que no lo hubiera echado a escobazos. Ahora ella podía partir. Se puso el abrigo y se apresuró hacia el coche con el puño apretado y las llaves saliéndole entre los dedos en caso de que le apareciera algún pendejo. Llevaba espray de pimienta en el bolso y un Taser que compró en Tijuana. No estaba para bromas.

La Minnie fue a Dunkin' Donuts y compró una caja para su hombre, el Tigre. Sin duda le gustaría hartarse de donuts. No comprendía cómo podía él mantener su tableta de chocolate comiendo toda la basura que comía. En cambio ella tenía que gastarse una fortuna en parches para adelgazar.

El hijo mayor de Minnie era marinero y le contó que en Portland había una especie de tienda de donuts vudú. Se podía comprar un féretro lleno de donuts. Pinches jipis. Los muchachos de su barco eran fanáticos de los bollos con sirope de arce envueltos en tocino. Ella deseaba conseguir uno de esos. Le encantarían a su hombre.

En casa de Angelote, los infatigables murmuraban en el salón. Los videojuegos daban pitidos y aullaban tras la puerta cerrada del garaje. Varios críos roncaban y resollaban en la habitación trasera cobijados por un montón de perros.

Perla fue al baño, se cepilló los dientes y se desvistió en la oscuridad. No le gustaba verse en el espejo. Ahora utilizaba enormes bragas blancas de abuela y su sujetador retenía un desbordamiento de carnes. En fin, viejos los cerros y todavía reverdecen. Setenta años pesaban para una mujer que se imaginaba de treinta y cinco con una cadera un poco achacosa, pero por lo demás en buena forma.

Se puso el camisón y se arrastró lentamente a la cama. Hacía falta habilidad para acostarse sin que el colchón trepidara. Angelote se comportaba dulce y amigable todo el día..., a menos que tropezaran o chocaran inesperadamente con él. Entonces explotaba. Todos lloraban un poco cuando él gritaba «¡Idiota!».

La mandíbula le dolía de tanto apretar los dientes. Una rodilla, luego la otra. Crujían. Gesticuló.

Acomodó el culo y recostó muy lentamente la cabeza. Dormía en el lado izquierdo de la cama. Él estaba en el lado de la mesita, así todos sus frascos de pastillas quedaban al alcance de la mano. Parecían un modelo de ciudad futurista. Rascacielos de plástico cargados con píldoras coloridas. Perla pensaba en el siguiente día. *Diosito lindo, dame fuerzas para sobrellevar el día de mañana.*

Cuando hundió la cabeza en la almohada, escuchó que Angelote decía:

—Flaca, ¿ya se fueron todos?

¡Maldición!

—Flaco, pensé que estabas dormido.

—Estoy dormido —dijo—, pero te miro incluso cuando sueño.

Llevaba tiempo diciendo cosas extrañas. O siempre las había dicho. Era un genio y los genios dicen locuras. Pero últimamente se había vuelto más raro, parloteando como un brujo en la selva. Le había dicho a Minnie: «Los ríos creen en Dios». ¿Qué demonios podía significar tal cosa? Le había dicho al pobre Lalo: «Las aves siempre han conocido el lenguaje de los muertos». Una vez, en el desayuno, miró a Perla y dijo: «El universo cabe en un huevo». Ella respondió con timidez, porque no sabía cómo manejar esos arranques sin inflamarlos. «¿De veras, Flaco.» «Sí. Pero la gallina que empolla el huevo debe de ser tan grande que no podemos verla. Me pregunto qué va a salir cuando se rompa el cascarón del universo.» Ella respondió: «Qué bonito», mientras pedía en silencio a Dios y a la virgen que la auxiliaran.

—Flaca —dijo sonriente, como si estuviesen comiendo en un día de verano.

—¿Sí?

—¿Te acuerdas cuando nos conocimos?

—¿Cómo podría olvidarlo? Duérmete.

—Y después no te vi durante un año.

—Sí.

—Pero luego te encontré en el cine.

—Lo sé, Flaco. Yo estuve ahí. Duérmete.

—Era esa pésima sala de cine que llamábamos Las Pulgas.

—Sí, ahí agarraste pulgas. Era un asco de lugar.

—Vimos esa película de marionetas animadas. Tú estabas en la fila de delante de mí.

—*El ataque de los títeres*, Flaco. Aún tengo pesadillas.

—Te invité a una Pepsi-Cola.

—Un 7UP. Tú le llamabas «siete up».

Ambos rieron.

—Y luego... —dijo.

—Detente.

—En la playa.

—¡Cochino! —ella se tapó el rostro con las manos y gimió.

—Tenías un vestido blanco. Te echaste sobre la arena. Y yo te acaricié la espalda.

—¡Oye, Ángel! ¡Ya basta!

—Te recostaste sobre mi chaqueta. Y mientras te acariciaba la espalda, se te subió la falda.

—¡Dios!

—Temblaste. Vi que tus manos se hundían en la arena.

—Ay.

Él tenía diecisiete años; ella, dieciséis.

Esa noche la luna era un rizo de la uña de Dios. Un grupo de chicos de secundaria había encendido una fogata a doscientos cincuenta metros de ahí. El agua era negra con brillante espuma blanca y una larga carretera de monedas de plata lanzadas a lo largo de los oleajes por la luz del firmamento. Comenzó con un beso. La lengua de Perla invadió la boca de Angelote. Era suave y fresca y tenía el sabor del agua de fresa que acababan de comprar en el malecón. Él comprendió de inmediato el asunto de la lengua. Ella ya tenía camino recorrido.

Primero se arrodilló a su lado. El agua brotaba de la arena y le mojaba las rodillas del pantalón. Nunca antes había puesto las manos en la espalda de una chica. Se sintió hipnotizado por la sensación de esos hombros firmes y el modo en que se relajaban con sus caricias. Y esos suspiros. Cómo se sentían sus costillas a través de la exquisita elasticidad de su piel. El calor que radiaba por el algodón. Las correas del sujetador que cruzaban su espalda. Y las leves turgencias ahí donde comenzaban los senos. Él tembló apenas un poco, como si hubiese cargado fardos pesados por un largo camino.

De pronto se halló montado sobre el dorso de esas piernas sin saber bien cómo había llegado hasta allá. Se inclinó hacia ella. Olió su cabello y su perfume. A través de sus pantalones sintió el alarmante calor de esos muslos de mujer. Y luego, ese vestido blanco de una pieza, subiendo cada vez más. ¿Le llegaba otro aroma? La garganta le dolió al igual que la mandíbula por apretarla con tanta fuerza. Miró abajo y observó la falda que escalaba por encima de las piernas. No podía detenerse. Se reclinó y observó. Ella sabía que él estaba mirando sus muslos tensos. Entonces tembló. Y él supo, sin saber, lo que estaba ocurriendo entre los dos. Luego, la doble curva del culo desnudo se descubrió ante Angelote.

—Y yo te vi las nalgas.

Ella rio en lo profundo de su garganta. Era su risa maliciosa.

Él llevó las manos más allá de los muslos hasta encontrarla. Perla se sacudió y gimió, y él tomó aire. Con cuidado llevó sus dedos hacia el húmedo calor, temeroso de traspasar la frontera. El rostro le quemaba, las manos le temblaban. Ella era como un océano.

—Tengo un manantial —dijo—. Para ti.

Él tenía los pantalones empapados. No sabía qué estaba pasando. ¿Le ocurría esto a los hombres? Intentó disimularlo. Luego ya no le importó.

Para el resto de la vida, ese sería su momento favorito.

Siguieron recostados, al mismo tiempo en la cama y en aquella cálida playa. Ella recostó la cabeza cerca de su hombro.

—¿Y luego qué? —dijo ella.

—Fuiste la primera.

—Ay, qué ángel.

Él le tocó el rostro.

—¡Te besé el culo!

Orgulloso de sí mismo, cruzó los brazos detrás de la cabeza. El fresco temblor de su curva de canela. La peligrosa sombra entre sus nalgas. El suave aroma de su espalda y su piel.

El regusto del licor que nadaba en sus extremidades y cabeza. Las manos temblorosas de Angelote.

Necesitaba fumar un Pall Mall.

Después de un rato, ella dijo:

—No fue todo lo que hiciste.

Ese viejo y cómodo silencio se posó entre ellos, tan cálido y suntuoso como un gato bien alimentado.

—Estoy cansado —dijo él.

—Duerme —ella lo acarició.

—Tengo viajes astrales —dijo—. Así es que no descanso.

—¡Ah, cabrón! —dijo ella.

—Puedo dejar mi cuerpo y caminar por ahí.

—¿Que qué? —dijo ella.

Fue como si ella pudiese escucharlo sonreír en la oscuridad.

—Para eso no me hace falta silla de ruedas, Flaca.

—¿De qué hablas? Te volviste loco. Primero mis nalgas. Luego que abandonas tu cuerpo. Deja de decir locuras.

—Besar tus nalgas me hizo dejar mi cuerpo —dijo él.

—Te lo advierto...

—Angelito llegó bien a casa de Marilú. Lo acabo de ver. Va a dormir en el sofá.

—Me das miedo.

—No estoy loco —dijo él—. Solo me pongo a mirar para enterarme de lo que ocurre. Así es que ya sé adónde irá mi alma cuando llegue mi hora.

El aire que Perla aspiró tembló en su pecho.

—No se te ocurra mirar en el baño de mi hermana.

Él rio.

—¿No puedo visitar a la Gloriosa en su baño de burbujas?

—¡No! —dijo ella.

Permanecieron acostados. Sobre ellos flotaron cien escenas borrosas.

—Una buena vida —dijo él.

Ella le cogió la mano.

—Gracias a ti, Ángel.

—Gracias a ti, Perla.

—Lo hicimos juntos.

—Eso sí —él bostezó y la miró en la oscuridad—. Pero ahora estoy cansado.

—Duerme —dijo ella.

—Más cansado que eso.

Hubo una larga pausa.

—No, Flaco.

—Quizá llegó el momento, mi amor.

—No. No.

—Ya hice mi trabajo, Flaca. Nuestros hijos crecieron. Creo que se acabó.

—Ángel, no digas eso —lo regañó como lo hacía su madre—. Otra vez hablas como un loco. ¡Tenemos nietos! ¡No has acabado tu trabajo! ¿Y qué hay de mí?

Él suspiró, apretó la mano de su mujer.

—No me cabrees —dijo ella.

—¿O qué?

—Te voy a dar unos azotes con la chancla.

—No estaría mal.

Él sonrió; ella lo sintió sonreír.

Después de un momento, Perla dijo:

—Flaco, no es cierto que puedes ver desnuda a mi hermana. ¿O sí?

Pero él ya roncaba.

10:30 p. m.

Angelito se había tumbado sobre el sofá de Marilú. Ella no permitió que durmiera en un hotel. Ni siquiera porque él ya había dejado todo su equipaje en la perfecta habitación con aire acondicionado. Marilú le dio un cepillo de dientes y una toalla. Incluso le compró un paquete de calzoncillos y una bonita camiseta de Bob Dylan en Target. Un Dylan de 1965, en anfetaminas, con una armónica, gafas Wayfarers y cabello cardado. Ella pensó que le hacía falta un corte de pelo.

Sus hijos vivían en Los Ángeles. Iban a la universidad. Emprendían negocios. Le daban nietos. Esparcían la simiente.

El sofá de Marilú no estaba mal. Bueno, no era de ella, sino de su madre. La asombrosa América. Cada vez que Angelito pensaba en ella casi siempre le daba risa. Nadie más pensaba que la abuela fuese tan graciosa. Pero nadie más había visto lo que él y Angelote habían visto.

A veces, cuando la cosa se ponía aburrida, uno o el otro acabaría diciendo: «Loro». Los demás no podían entender qué les resultaba tan gracioso. Preguntaban una y otra vez, pero ningún hermano confesaba. Era un recuerdo que se había vuelto un secreto sagrado. Solo para ellos. De hecho, Angelito llegó a pensar que se lo contaría a Marilú, pero decidió que no era el momento. Después.

Ahora se moría de ganas de contárselo. Todo estaba cambiando. Se delineaba un nuevo paradigma de la dinámica familiar transfronteriza: un teorema.

Marilú había vivido con la anciana durante tres años. La cuidaba. Tras divorciarse no tuvo modo de pagarse su propio techo. Sí, era una vergüenza acampar en casa de la madre a los sesenta y nueve años. Pero nadie más estuvo disponible para ofrecerle un techo. En verdad, Dios tenía su manera de ordenar las cosas.

—Hermanita —dijo Angelito.

A ella le gustaba que la tratara como si fuera una airosa quinceañera.

—Hermanote —respondió.

—¿Qué va ocurrir con todo esto? —abrió los brazos en el aire.

Ella se sentó en una silla de la cocina y comió M&M's de cacahuete que tenía en un cuenco sobre su regazo. Llevaba cuarenta años haciendo dieta. La Gloriosa intentaba que fueran juntas al gimnasio. En fin, la Gloriosa no estaba ahí ahora. Comió uno más. Ella y Angelito eran dos pálidas almas en la oscuridad del mundo, silenciosos en su refugio. Como si todo marchara bien. Como si la noche no fuese aterradora y las estrellas circularan silentes y glaciales en torno a ellos.

Siempre se hablaban en inglés, excepto por algunas chispas de español. Quien mirara a Angelito no notaría que era mexicano. A menos que lo mirara con mucha atención. Paz, su cuñada, le llamaba «nariz de apache» cuando no le estaba bufando insultos. No sabía que ese semiatractivo corcovo en la nariz venía de un puñetazo de Angelote.

Marilú lo observó desde la cocineta. Gringuito. Después de todo, su madre fue una gringa. A todos les molestó que papá Antonio los abandonara por una gringa. Angelote lo denominó «la compra de un Cadillac». Ella sonrió un poco. Luego meneó la cabeza.

—Ay, Dios —dijo como ha dicho cada generación de mujeres mexicanas a través del tiempo.

Ella y Angelito fueron desconocidos íntimos. No se conocieron hasta que él cumplió diez años. Entonces era un regordete de nariz pecosa.

—¿Y tú? —preguntó ella—. ¿Cómo te llamas?

—Ángel.

—¿Cómo te vas a llamar Ángel? Ángel está allá —señaló a su hermano mayor.

Él se encogió de hombros.

—Supongo que a papá se le olvidó que ya había usado el nombre.

A todos les pareció gracioso. Era la pura verdad. Incluso ahora Marilú sonrió. Luego se le esfumó la sonrisa y comió más chocolate.

A Angelito no le agradaba el sonido que ella hacía al masticar. Al haber crecido en aislamiento, no le gustaban esos ruidos. Al resto del clan parecía no importarle.

—Hermanito, tú sabes que Angelote no resistirá mucho.

—Lo sé.

—Quería un cumpleaños, pues. Un último cumpleaños.

Ella se incorporó —la espalda le punzaba— y trajo un plato de bollos mexicanos. Él no se podía resistir a las galletas de jengibre en forma de cerdo. Marranitos. A ella le gustaba el bollo pegajoso color arcoíris con coco rallado. Le sirvió un vaso de leche. Él lo cogió.

—Todos sabemos que no cumplirá uno más, ¿verdad? —dijo él.

—La mayoría. Sin duda —ella encogió los hombros y mordió su pan—. Algunas personas no son tan listas.

—Ya verás como Angelote asiste a su propio funeral —dijo Angelito.

Se bebió la leche. Estaba pensando en lo que Lalo le había dicho: «Hablar es todo lo que nos queda». Vieron el programa de Jimmy Fallon antes de ir a dormir. Angelito pensaba: *¿Así es esto? ¿La vida se acaba y nosotros vemos la televisión?*

Angelito meditaba en el sofá cama. Tenía encima esas sábanas tijuanenses multicolores que tanto les gustaban a los turistas. *Soy un cliché*, pensó. *¿Dónde está mi sombrero?*

Su novia de Seattle no estaba enterada del nombre por el cual lo conocían. Para ella no era «Ángel». En el norte usaba su segundo nombre. Gabriel. Era tan romántico.

La legendaria mamá Meche, la abuela de la tribu, siempre llamó Ángel a su papá grande, don Antonio. Era su niñito, lo que llaman «chiquearlo». Un niño consentido y sobreprotegido que nunca hacía las cosas mal, a quien la saliva de su madre sanaba cada rasguño. Ni Angelote ni sus hermanas pasaron por alto que esta cruel mujer, que tenía a todos a su merced, se llamaba Mercedes.

Los hermanos consideraban a su padre el Primer Ángel. Era como una novela latinoamericana en que cada hombre de la familia tenía el mismo nombre. Al menos se habían librado de que alguna hermana se llamara Ángela, aunque una de las sobrinas nietas se llamaba Angelita.

Se sintió en un remolino. Captó destellos de la historia familiar como tiras de papel volando en el viento. Hasta que un asalto masivo de revelaciones y confesiones salió de la nada para destruir cualquier reunión familiar.

Puso las manos en la nuca.

Angelito Gabriel era el Tercer Ángel, después de Angelote y de don Antonio, el Primer Ángel. Quedó atrapado como una polilla en la telaraña del matrimonio de sus padres. Don Antonio, con una extraña truculencia, pasaba su degradada vida de inmigrante en un rincón del apartamento, furioso por las ofensas racistas que le dirigían los gringos cabrones. Echaba el humo del cigarro por la boca y la nariz como un granero incendiado. Sus dientes se habían desgastado hasta volverse dolorosos tocones de tanto que los apretaba durante la noche. Las pesadillas de culpa y arrepentimiento por sus muchos pecados le hicieron consentir el inextinguible dolor en la boca. Le exasperaban los hombres que no se dejaban tocar por el dolor, y aquellos que temían al dolor, que no sufrían tan valientemente como sus víctimas. Esos debían ser denigrados, no compadecidos.

Don Antonio había visto hombres apaleados con bates que hacían menos escándalo que sus hijos cuando tropezaban y se raspaban la rodilla. Lastimar a sus hijos era adiestrarlos para la vida. Miró a Angelito con desdén y temor. No le gustaba maltratarlo, pero era su deber.

—No sé —don Antonio confesó a Angelote— si es un genio o un psicópata.

—Es un gringo —dijo Angelote.

—Chingado.

Don Antonio se enfurecía con la madre de Angelito, tan gringa. Betty. Había buscado a la gringa *non plus ultra,* y la encontró. Toda leche y miel de Indiana. Ojos azules de clavelina. Se sentía tan extraordinaria. Convirtió a su hijo en un gringuito maricón. Le compraba cómics y discos para jipis. Aun así le pedía a Antonio que le diera con el cinturón al niño cuando se portaba mal. Había mejores castigos que el cinturón. Mejores modos de transmitirle amor y hombría. Don Antonio dio una buena calada a su cigarro y lo miró con furia y pensó: Y *sin embargo me salió duro el cabroncete.* Angelito siguió siendo como era sin importar lo que don Antonio hiciera.

Papá. Muerto y más inalcanzable que nunca. Y ahora Angelote se iba a morir.

Su hermano siempre tuvo una voz profunda, no de bajo, sino de barítono. Fuerte. Quizá lo más impactante de su condición no era la delgadez esquelética ni la disminuida estatura, sino su voz: extraña, aflautada, de contratenor. Sonaba como si el hermano mayor de la familia hubiese inhalado helio, o como si la edad fuera marcha atrás a medida que el cuerpo colapsaba. Le venía a la memoria la voz de Ángel niño. Esa voz y esos ojos de un niño de seis años. Su rostro destrozado mantenía dos carbones ardientes: el par de ojos negros que brillaban con luz enloquecida, con ansias de comerse el mundo, de divertirse y entusiasmarse. Esos ojos rabiaban de placer por todo.

Angelito nunca había visto tan entusiasmado a su hermano. Parecía tan cargado de energía que si sus piernas pudieran sostenerlo, saltaría fuera de la silla para jugar a la rayuela con los nietos. Pese a su obvio dolor, tenía una sonrisa en todo momento. Uno de los tíos había alzado las cejas y meneó el índice en círculos al lado de la cabeza, pero Angelito pensaba que su hermano era todo menos un loco.

Cuando compartieron las almohadas en el lecho de enfermedad, Angelote le preguntó:

—¿Qué enseñas, Carnal?

—Reynolds Price.

—¿Quién es?

—Un novelista, poeta.

—Dame un verso.

—*I am waiting for Jesus in a room made of salt.*

—En español, güey.

—Espero a Cristo en una alcoba hecha de sal.

Angelote reflexionó un instante.

—Qué hermoso —dijo—. Ese soy yo.

—Dice que si llora, la alcoba se disolverá.

—Sí —Angelote se frotó los ojos.

—Ya murió —dijo Angelito.

—Lo supuse por el poema.

El pelo grueso y oscuro de Angelote ahora era una pelusa blanca posquimioterapia. Se notaban algunos lunares en el cuero cabelludo. Al mismo tiempo, eso le hacía parecer alarmantemente joven. Don Antonio siempre exigió en sus hijos cortes de pelo militares. Angelito fue el primero en dejarse crecer el cabello y deshonrar a todos cuando se perforó una oreja. Pero no pasó mucho tiempo para que los sobrinos descubrieran a Van Halen, alargaran sus melenas y se hicieran tatuajes. Otra generación arruinada.

Angelote y su padre habían impuesto el español en Angelito a las bravas. Aun así, se volvió un angloparlante. Era la lengua en que hablaba con su madre. Tras mucho esfuerzo, declararon un empate.

—Te di libros —observó Angelote—. No lo olvides.

—Nunca lo olvido. Pero yo también te di libros.

—Novelas policiacas de Travis McGee.

Angelito sonrió.

—Perla las tiró porque salían muchachonas en las portadas.

No hubo nada que agregar.

1:00 a. m.

La Minnie finalmente se arrastró al sofá. Su hombre dormía en la habitación. No le pareció cruel esperar hasta que él empezara a roncar. Estaba muy cansada como para refocilar con él. Dio un trago al vino. Él seguía roncando. De algún modo eso la arrullaba. Así que ahora no lo tocaría, sino más tarde, tal vez.

Estaba muy cansada por muchas cosas. Permaneció sentada en el enorme salón, fumando y pensando y escuchando a John Legend y Prince muy bajo. Una copa de vino blanco, con una tajada de melocotón dentro. Se pintaba las uñas en tres tonos de morado. Oscuro, claro y lavanda pálido. Un delgado brazalete de oro rodeaba holgadamente su muñeca izquierda. Decía «Ratona» con letra cursiva de la vieja escuela. Volvió a poner *Little Red Corvette*. La Minnie no lloraba, pero algunas noches no deseaba más que la oscuridad sobre su piel.

2:00 a. m.

El dolor lo despertó, como de costumbre.

Perla emitía leves ruidos al dormir. Hacía suaves sonidos flatulentos con los labios. Él estiró la mano en la oscuridad, tentó las pastillas de codeína y tomó dos con tragos de agua tibia. Se dio cuenta de que odiaba el sabor del cloro. Al menos una cosa que no echaría de menos.

—Muy tacaño para comprar agua embotellada —dijo.

—Prrt —dijo Perla.

Escuchó los sonidos de la casa. Sin duda sí la echaría de menos. Cierto que ya estaba un poco deteriorada. Necesitaba pintura. Necesitaba alfombras nuevas y mejores muebles. Cortinas. En fecha reciente le sorprendió ver una sábana clavada con tachuelas en una de las ventanas de atrás. Había agujeros de clavos y grietas y desprendimientos en las paredes. El techo en la que fuera habitación de Braulio aún tenía una mancha parda en un rincón por una gotera.

Angelote recordó la ocasión en que había trepado al tejado durante un aguacero con un bote de alquitrán y una espátula. Cuando podía trepar. Se había subido al descalcificador de agua exterior y al techo del pequeño armario del calentador de agua conectado a la parte trasera de la cocina. Y allá en las alturas, bajo la lluvia, rellenó el agujero en las tejas con láminas asfaltadas hasta asegurarse de que hubiese cesado el goteo. Ahora mismo, ahí tendido en la oscuridad, podía oler el aroma de la lluvia californiana, el perfume de la tierra mojada sobre el techo, la esencia de las tejas y del alquitrán.

Por un momento ya no estuvo en cama, sino allá arriba, reviviendo el asombro de sentarse a horcajadas en el techo y mirar el mundo desde las alturas, mirar los rayos que caían en los cerros de Tijuana, mirar el mundo esparcido allá adelante, solo posibilidades y oportunidades.

Ah, esta humilde casa había parecido entonces un palacio. Aún daba esa apariencia. Cada día, incluso en el más desgastado rincón de la casa, Angelote podía recordar que una vez se había colado desde Tijuana hacia el norte. Y ahora poseía una casa en los Estados Unidos.

En silencio, salió de sí mismo y de la cama. Caminó por el pasillo. La brisa fue maravillosamente refrescante al filtrarse a través de él. Sabía encontrar los tumores para enfriarlos. Qué alivio. Como agua fresca en una quemadura del sol. Buenísima. Gracias. Vio dos sofás, uno al lado del otro, en el salón.

Habían comprado el primero mucho tiempo atrás en unos saldos de Montgomery Ward, y nadie salvo Perla sabía que sobre él habían engendrado a Minnie. Estaba seguro por la simple razón de que no habían tenido suficientes camas para todos en aquellos días, y él y su waifa habían compartido el sofá para que Braulio pudiese dormir en una cama y así le fuera bien en sus estudios. Pero, por supuesto, lo echaron de la escuela. Así es que recuperaron la cama. Ahora Minnie dormía en ese sofá cuando se quedaba con ellos, y su cuerpo se volvía un eco de su propia creación.

El segundo sofá estaba en mal estado, por eso mismo le gustaba más a Angelote. Lo habían recogido del triste apartamento de su padre después de su muerte. Tenía quemaduras de cigarrillo en los reposabrazos. Cuando lo trajeron a casa descubrieron una revista porno de 1967 bajo uno de los cojines. Perla la tiró, pero Angelote la rescató y la escondió en su taller. Volvía a tener trece años cada vez que la hojeaba, embelesado con esas mujeres blancas que se desnudaban para el mundo. Mujeres cansadas sobre bancos de piano, que gesticulaban a la cámara como si hubiesen olvidado cómo era una sonrisa. Mujeres jugando a voleibol sin ropa en una miserable playa, captadas para la eternidad a media levitación, con tetas que parecían querer volar. Era una galería de tristezas, y él había encontrado la huella digital del pulgar de su padre embarrada en la vulgar prosa de un cuento erótico titulado «El pícaro gorro de dormir».

Le gustaba sentarse en el sofá y rascar las quemaduras de cigarrillo con los dedos. El respaldo y los cojines tenían manchas de la gomina que usaba su padre. Angelote recordaba la marca: Dixie Peach.

—Recuerdo todo —dijo en voz alta.

Recordaba la barandilla ornamental de hierro a lo largo del borde del salón, donde había un desnivel de un peldaño hacia el recibidor. Era una valla inútil. Le puso la mano encima y recordó al Yndio persiguiendo a Braulio y al pobre Lalo por la casa. Qué pequeños eran. Lalo chocó de frente contra la barandilla y se cortó la ceja. ¡Ah, el llanto! Sangre por doquier. Los aullidos de Lalo hicieron que Minnie comenzara a llorar. Luego iban en coche. Perla limpiaba la herida de Lalo con servilletas. Fue la primera de muchas veces que Angelote tuvo que conducir hasta la sala de emergencias del hospital Paradise Valley. Las dos puntadas le dejaron a Lalo una endemoniada ceja partida que después utilizaría como arma con las muchachas. Ahora Lalo lo llevaba al hospital cada vez que se acercaba la muerte.

El patriarca acarició el sofá. Cuando la madre gringa de Angelito echó a su padre por dormir con su mejor amiga en su propia cama, tuvo que venir acá. Se sentaron en esa misma mesa de la cocina. Bebieron café y se miraron el uno al otro.

Angelote se puso de pie, avanzó hasta el centro del salón e invocó a todos los recuerdos para que vinieran a él y lo vistieran de belleza.

137

En aquel entonces

Angelote aún era un niño cuando vio por primera vez a Perla. Apenas dieciséis años. Llevaba unos vaqueros negros *made in USA* y una ridícula americana amarilla a cuadros que le envió la tía Cuca de Mazatlán. Llegó por barca de pesca, algo que parecía normal en La Paz, pero que asumiría proporciones míticas más tarde, en San Diego. «Toma nota, güey, al Jefe le llegaban sus trapos en barca de pesca. De veras.» Sería la misma chaqueta que bautizaría en la playa antes de un año.

Su padre siempre lo obligaba a arreglarse cada vez que lo llevaba a la comisaría de policía. «Un caballero», le dijo, «siempre se viste bien y anda con el pelo corto y bien rasurado, excepto por el bigote; las uñas siempre cortas y limpias. De lo contrario no es un caballero.» También obligaba a Angelote a que llamara «maestro» al limpiabotas, aunque llevara un trapo atado en la cabeza y un horrible cajón reposapiés.

Ángel ya estaba muy mayor para montarse detrás de su padre en la mayúscula moto de policía, pero como ya no tenían ninguna intimidad física, se aprovechaba de esos raros días en que don Antonio le permitía abrazarlo con fuerza mientras recorrían las calles a toda velocidad. Algunos días eran así. Inexplicables días de gracia.

Era emocionante recorrer La Paz con su padre. El uniforme de policía tenía su esplendor, junto con la brillante placa de bronce y cerámica con la imagen del águila y el nopal, las botas negras hasta la rodilla que relucían como espejos, la inmensa pistola en una funda crujiente con aroma de aceite y los inescrutables pozos gemelos de nada cuando las gafas de aviador ocultaban los ojos de su padre.

Pero pertrecharse tras la amplia espalda de roble de su padre, con la Harley Davidson retumbando bajo ellos, mientras esquivaban el tráfico, esa era la mayor emoción de sus días. Observaba a los conductores bajar la velocidad y detenerse, temerosos de don Antonio, admirados del Jefe de Patrullas Motociclistas que rugía por los caminos. Su pensamiento se proyectaba al mundo como el haz de luz de un faro: *Mi padre, mi padre.*

—¡Sirena! —gritaba al viento.

Su padre oprimía el botón con el pulgar y el claxon plateado al frente del guardabarros daba espeluznantes alaridos, atemorizando a toda la gente y a los animales de la manzana. Ellos dos irradiaban fuego por la ciudad entera como dioses furiosos.

Ángel podía pasear con su padre cuando se granjeaba el favor, pero el pequeño Pato y María Luisa tenían prohibido siquiera tocar la máquina. Todos le llamaban el Pato Donald a César, porque su voz oxidada sonaba como la del Pato Donald; y cuando se enojaba, los demás reían hasta el llanto. César se ponía furioso con esas burlas, y su parpar se volvía frenético y los hacía reír aún más. Para su desgracia, a medida que fue creciendo, la voz se le engrosó hasta convertirse en un profundo graznido patuno, por lo que nunca perdió el apodo.

Pero ni el Pato Donald podía tocar la Harley. Don Antonio la mantenía impecable, lustrada. Como muchas casas en La Paz en esos días, la suya tenía una desvencijada verja de madera que ocultaba un patio de tierra con un ciruelo, una palmera, una palapa hecha de hojas de palma y una hamaca. La motocicleta se guardaba bajo la palapa, envuelta con una lona impermeable, como una bestia mítica que durmiera de pie, que podía despertar para devorar a cualquiera de ellos a la menor provocación.

Temprano por la mañana, cuando Mamá América preparaba el desayuno en la cocina abierta —el humo brotaba de la estufa de leña, las tortillas se calentaban en la plancha sobre las llamas, el loro verde y las palomas aleteaban en sus jaulas de madera—, los niños hacían una pausa afuera del corral de las gallinas y miraban a la Harley dormir. Los ronquidos de su padre eran audibles incluso allá afuera, de modo que podían acercarse sin riesgos al corcel.

Lo llamaban el Caballo Mayor.

La madre era consciente de su curiosidad, pero les daba la espalda. Se fingía muy interesada en los frijoles hirvientes y en cortar tomates y cebollas. Derretía un charco de manteca en la enorme sartén y vertía frijoles y sopa con un salvaje rugido de grasa y una vívida nube blanca de vapor y olor. El loro atenazaba su percha embarrada de guano y aleteaba frenéticamente hasta que la jaula se columpiaba en el clavo que la sostenía, dando gritos para advertir al mundo que el fuego estaba fuera de control. Ella continuaba en lo suyo.

Aplastaba los frijoles sobre la grasa y removía la grasa otra vez sobre los frijoles hasta que todo se friera en una masa viscosa. Los niños se ocupaban de sí mismos. Tenían trabajo que hacer antes de la escuela: barrer, alimentar a los animales, tender la ropa o quitarla del tendedero. También debían recoger los huevos que hubiesen puesto las tres gallinas. Ella sabía que perderían tiempo antes de ir a la escuela, buscando iguanas o jugando con la estúpida pava, la Chichona.

Tenían un interés fatal en la motocicleta prohibida, así es que ella prefería no supervisarlos y dejarlos curiosear. Sin embargo, los observaba con los poderes sobrenaturales de una madre mexicana. Oídos que podían escuchar variaciones en la pisada de un niño o el modo de respirar o, peor aún, los susurros. Si los pillaba portándose mal podía descalzarse en menos de un segundo y de inmediato la temida chancla estaría dándoles unos buenos azotes en el culo.

Ángel era flaco. Moreno. Ya no tenía edad para darle azotes, pero eso no detenía a la chancla. Siempre andaba con cara de enojado porque había heredado las flagrantes cejas de su padre: una jungla sobre los ojos y el entrecejo. Se peinaba el tupé al estilo Elvis, aunque aún no le salían patillas.

Con el índice sobre los labios condujo a sus dos hermanitos de puntitas bajo la palapa y alzó el extremo de la lona para que pudieran ver la enorme rueda frontal de la motocicleta, ladeada como si fuese la pata delantera de un corcel dormido. Por encima descollaba el grueso guardabarros. Suspiraron.

—¡Muchachos! —dijo mamá, y los tres huyeron.

La motocicleta era ruidosa como una tormenta de verano. Los policías en sus patrullas con alerones y la sirena de luz roja en el techo les dedicaban un escueto saludo. Don Antonio apenas meneaba la cabeza. Llevaba la gorra medio caída al frente y el pelo denso y plástico con Dixie Peach importada de Los Ángeles u otro exótico pueblo gringo donde tenía tías. Nunca se quitaba esa gorra de policía de corona alta y aspecto germánico. Se la ponía siempre sesgada hacia el ojo derecho, apenas tocando con la visera las inescrutables gafas de aviador.

Para Ángel, La Paz era sobre todo luz y olor.

La luz del sol rebotaba en el mar y el dorso de las ballenas, se volvía plateada al reflejarse en los peces vela, en las olas y en la arena, reverberaba sobre las rocas y en la arena del desierto, lo llenaba todo como una inundación. Amarilla, azul, clara, blanca, vibraba por doquier, siempre franca y directa y sin matices. Flores rojas, amarillas, azules como el plástico. Luz en cataratas.

Ángel también amaba los días de lluvia cuando las sombras se enseñoreaban de rincones y callejones. Todos amaban las puestas de sol. La luz perdía su cordura cuando caía más allá de los cerros en el Pacífico. Se volvía roja y más roja, naranja e incluso verde. Los cielos parecían derretirse como lava que muerde las rocas y va dejando marcas de una candente dentadura. A veces toda la ciudad se detenía para mirar al poniente. Los comerciantes salían de sus tiendas. Las familias traían a sus inválidos en catres o carretillas para que ondearan un adiós a la locura que consumía los cielos. Como remolinos, como nieve, como confeti de Dios, bandadas de gaviotas y pelícanos recorrían esa sublevación de los cielos.

—¡Sirena!

A Ángel le daba miedo caerse de la motocicleta. Envolvía sus hombros en torno al gran torso de su padre, recostaba la mejilla en su espalda y solo entonces cerraba los párpados. Si se agarraba bien a su padre, no caería. Con los ojos cerrados, casi creía que su padre los había hecho volar sobre la Tierra e intentaba tirarlo desde las nubes hacia el desierto allá abajo. Pensaba que su padre lo atraparía antes de caer al suelo.

Aspiraba profundamente porque de veras podía oler el mundo si se concentraba. Ya había formulado muchas teorías, por lo que don Antonio a veces le llamaba «el filósofo», pues su filosofía ya había tomado forma. Y este era uno de sus teoremas: para conocer el mundo en todas sus partes, un explorador debe bloquear los sentidos innecesarios y centrarse en el objetivo.

Ese día, el día en que estaba destinado a conocer a Perla Castro Trasviña en la comisaría de policía del centro a las ocho treinta de la mañana en el año mágico de 1963, el mundo era todo olores.

Comenzó con la espalda de su padre. Oloroso a humo de cigarro y cuero, a la lana de su túnica y al agua de colonia y espuma para afeitar que despedían sus mejillas. El olor del viento y del sol en el uniforme, así como del jabón de lejía con que lo lavaba mamá. Y hasta un vestigio de ella.

Tras estos olores, y alrededor de ellos, el mar, el implacable mar. Sal y algas y camarones y distancia. El amargo tufo de delfines encallados convirtiéndose en pantanos grises sobre las rocas. El misterioso olor de Sinaloa que de algún modo cruzaba el mar de Cortés. La sofocante pestilencia del guano y el delicioso aroma de un millón de kilómetros de viento claro y apresurado.

—¡Sirena!

—¡Cómo chingas, mijo!

Y el olor del humo; por todos lados había humo. El mundo estaba hecho de humo. El cielo recolectaba todos los holocaustos y construía palacios de aromas sobre ellos y a su alrededor. Humo de pan con levadura de las panaderías. Humo de azúcar. Tacos de camarón en la brisa.

Quema de basura. Incienso de las tiendas y de las casas de ancianas y de las iglesias. Cigarros.

Y polvo.

Si llegaba la lluvia, la acompañaba el olor rastrero del desierto mojado. Diésel y gases de los tubos de escape, en especial de camiones eructantes y vetustos autobuses. De los callejones venía la peste del drenaje y la fruta podrida. Flores, sí. También flores. No solo eran coloridas; sus aromas pintaban el aire. Emergían aromas de cebolla y tomate, chiles y el olor un poco jabonoso y extraño del cilantro. Hojas de menta. Carbón. Perfume y cerveza rancia en las ráfagas tibias que manaban de las cantinas.

En algún sitio de ese vasto tapiz de olores entretejidos, Ángel estaba seguro de que podía oler a los muertos. No sus cuerpos, sino sus almas. Su teoría más nueva era que los muertos volvían como fantasmas en repentinas brisas tan delgadas como un dedo, infiltradas por olores de perfume o tabaco o del jabón de cabellos recién lavados que ahora se secaban bajo el sol...

Dejaron atrás el centro de la ciudad con sus cables festoneados con luces que quedaron desde la Navidad. En la plaza se oían tubas. Ángel abrió los ojos cuando las trompetas empezaron a tocar una fanfarria nacionalista. Los truenos y bramidos del motor se volvieron enérgicos y reverberantes mientras padre e hijo avanzaban entre los muros de las calles más angostas rumbo a la estación. La motocicleta se sacudió cuando don Antonio bajó la velocidad sobre la calle repleta de cascajo, adoquines y baches hasta detenerse delante del complejo de la cárcel y la comisaría. De las ventanas en el fondo con barrotes escapaba olor de orines. Voces monótonas y sin esperanza salían de las ventanas enrejadas y alambradas de arriba. Don Antonio revolucionó la máquina y la apagó; esta cesó su rumor tras dar un leve aullido. Ambos permanecieron un rato sobre la motocicleta, como pasmados por su propio silencio.

—Ya aprenderás —le dijo a su hijo, como si viniera pensándolo durante todo el trayecto— que los pezones rosas son más embriagantes que los marrones.

Ángel miró el rostro de su padre, que ahora era apenas una sombra contra el sol, y pensó: *¿Qué?*

La bota lustrada de don Antonio se levantó y pasó por encima de la cabeza agachada de Angelote. Su padre se irguió, se ajustó el cinturón, revisó la gorra. Se pellizcó los huevos a través del pantalón y se pasó la minga al lado izquierdo. Miró al chico y se quitó las gafas oscuras.

Parpadeó.

Dentro de la comisaría bullía el tumulto habitual. Picaba el olor de amoniaco y pino del limpiador. Surgían ásperos ecos de las descascarilladas baldosas. Los policías jóvenes presentaban sus respetos a don Antonio con tímidas miradas y ligeros vaivenes de la cabeza. Los zapatos chirriaban en el suelo. Los policías viejos palmeaban la espalda de don Antonio y fingían puñetazos a Angelote. Él se agazapaba y su padre se ponía furioso. ¡Agazaparse! Su hijo era un oscuro gnomo. No tocaba la guitarra ni jugaba al béisbol. Cavilaba como un... poeta. Sí, él era duro con el chico. Eso era amor. Prepararlo para el mundo.

Recordó haber azotado a su hijo. Parecía apenas ayer. Había pasado más de un año, pero el remordimiento lo hacía parecer reciente, aunque se negara a aceptar que sintió otra cosa que una justa aplicación de la fuerza. Él era un hombre, pues. Tenía que hacerlo hombre. Había obligado a Ángel a quedarse desnudo en el cuarto de atrás.

—Agáchate —dijo.

—¡No, papá!

El cinturón pendía del puño de don Antonio.

—De acuerdo, mijo. Desafíame. Empeora las cosas.

Mientras le dejaba veinticinco marcas en el culo y espalda, le ordenó:

—No llores, cabrón.

Una sílaba por cintarazo. No-llo-res-ca-brón. El silbido y el chasqueo en cada azote. Las manos del chico intentando bloquear el cinturón.

—Levanta las manos otra vez, pendejo. Levántame las manos. Eso significa que quieres pelear conmigo. Así es que agregaré veinticinco. ¿Sí? Es lo que quieres. ¿Te gusta?

Y le echó un vistazo, porque sabía que cuando azotaba a hombres desnudos en la cárcel a veces tenían erecciones que surgían como pequeñas ramas mientras gritaban. Su hijo se cubrió con las manos. Don Antonio de pronto perdió las fuerzas. Se agotó su voluntad. Dejó caer el brazo y miró la red de equis rojas por todo el cuerpo de Ángel como si hubiesen aparecido milagrosamente, como el rostro de Cristo en una nube.

Ahora miró a su hijo. Un poco arrepentido. Cogió a Ángel del hombro y le sonrió.

—Te toco el hombro —dijo magnánimo— para darte buena suerte.

—Gracias, padre.

Acarició la cabeza de Ángel.

—Hijo mío.

Ángel no sabía ni qué pensar. Estaba seguro de que su padre no lo quería gran cosa. Se inclinó alrededor de don Antonio y miró fijamente al banco del sospechoso. El padre se volvió y miró hacia allá también.

Ahí estaba la familia Castro, abandonada en la tierra de nadie entre el vestíbulo y el temible bloque de celdas al fondo. Nadie los había esposado a la madera ranurada del banco. Un joven delgado derramaba sangre con gotas gordas, espesas, lentas por un corte en la mandíbula, se cogía las manos entre sus temblorosos muslos. Tenía un ojo morado. A su lado se hallaba una muchacha —Perla— con rodillas delgadas y huesudas y cortes en la cara que aún chispeaban con añicos de vidrio. No tenía más de quince años, y llena de miedo tomaba la mano de una niña más pequeña. Esta resultaría ser la pequeña Gloriosa, que jugaba con una muñeca desnuda, le torcía los brazos como si quisiera desmembrarla.

—¿Qué ha pasado? —preguntó don Antonio.

—Accidente de coche —dijo el oficial tras el escritorio.

—¿Ha habido muertos?

—No.

Don Antonio tronó los dedos.

—Informe —gritó.

No había informe.

—¿Cómo que no hay informe?

El agente se encogió de hombros.

—Es temprano, jefe. Esto acaba de pasar.

Los chicos en el banquillo miraban el suelo. Un policía se acercó.

—Este pendejo —dijo apuntando al muchacho ensangrentado— se estrelló contra una *pickup* llena de jornaleros.

—Ah, cabrón —dijo don Antonio, echándoles un vistazo.

Perla comenzó a llorar.

—Lo siento —dijo el muchacho.

—¿Dónde están los vaqueros?

—Huyeron.

—Pero tú no huiste.

—No, señor, se detuvieron justo frente a mí, no tuve oportunidad de parar.

—No pudiste parar.

—No pude.

Hasta Ángel sabía que en cuestión de accidentes de coche en la península arrestaban e investigaban a todos. Incluso a los heridos. Culpables hasta que se demuestre lo contrario.

—¿No sabes que tú también debiste huir?

—Lo sé, señor, pero no iba a abandonar la *pickup* de mi padre.

Ángel vio llorar a la muchacha de en medio. Inconsolable. Se enamoró de inmediato. Se transformó en un caballero como si supiera que ese era su deber. Sacó el pañuelo de su bolsillo trasero y se lo acercó. Extendió la mano. Ella miró el cuadrado blanco y luego miró los ojos de Ángel. Él asintió. Ella lo cogió.

Un policía joven se burló de ellos en espánglish.

—Evribody pa la cárcel —se rio y continuó—. Pa la yeil.

—Ya pues —dijo don Antonio cuando vio que su mucha-cho galanteaba con la chica.

Ángel estaba embelesado. Ella era un poco más joven que él. Don Antonio lo notó de inmediato. Lo notó cachondo. Ella tenía esa mirada especial de quien ya sabe lo que es tener un hombre. Él mismo pensó en ir a por ella.

Miró de nuevo a su hijo. Vio que Ángel estaba pensando con su pistolita. Hizo un inventario de la muchacha. Sus ojos eran grandes como los de una cervatina. La melena salvaje aún derramaba guijarros de vidrio. Tenía la nariz grande.

Ángel llevó la mano a ese cabello negro para tomar unos añicos. Ella lo miró. Él le sonrió. Ella respondió con otra sonrisa.

Don Antonio pensó: *Mijo no alcanza a ver el vapor que sale de ella.*

—¿Puedo pagar una multa? —dijo el joven herido.

Don Antonio creció en altura e infló el pecho.

—¿Qué estás sugiriendo?

—Yo...

—Cierra el hocico.

—Sí, señor.

—¿Acaso sugieres que aquí aceptamos mordida?

—No, señor.

—¿Somos perros que muerden?

—No, señor.

—¿Me estás llamando así? ¿Te parezco un perro, pendejo?

—No. Nunca.

Ángel miró a su padre y él le devolvió la mirada. Por Dios. Estaba enamorado. Él imploraba a su padre con los ojos. Don Antonio sonrió, miró al oficial. Ambos rieron. La chica había tomado a su hermano de la mano. Estaba dispuesta a protegerlo. A don Antonio le gustó verla así.

—Está enamorado —dijo el oficial—. Tu hijo.

—Tú —don Antonio señaló a la chica—. ¿Cómo te llamas?

—Perla Castro Trasviña.

—Podrían ir a la cárcel ahora mismo.

Ella se cubrió el rostro con las manos. Los otros continuaron mirando el suelo. Retrato de una familia intentando descubrir el don de la invisibilidad. El idiota de su hijo se allegó a este desaliñado grupo familiar y puso su brazo sobre los huesudos hombros de la muchacha. Como si pudiese defenderla.

—Perla —dijo al fin don Antonio—. ¿Qué hace tu familia?

—Restaurante, señor.

—¿Cómo se llama?

—La Paloma del Sur.

—Si los visitamos, espero comer bien. ¿Tú nos vas a preparar la comida?

—Sí.

Ella se apoyó en Ángel. ¡Ah, cabrón!

Don Antonio se puso en jarras.

—Hoy es tu día de suerte —dijo—. Lleva a tu hermano a un doctor.

Perla y su hermano lo miraron con extrañeza. También los otros policías.

—Órale —dijo—. Váyanse.

Se pusieron en marcha.

—¡Me gustan los tacos de camarón! —voceó cuando la puerta se cerraba.

Todos los policías rieron.

Don Antonio metió las manos en los bolsillos e hizo tintinear llaves y monedas.

—Mijo, yo soy la ley. Nunca lo olvides.

—Lo recordaré —prometió Angelote.

La última vez que Angelote vio a su padre en La Paz fue en su propia fiesta de despedida.

Todos habían conspirado a sus espaldas para deshacerse de él.

Los padres eran criaturas misteriosas, llenos de intrigas y planes y secretos. Ángel intentó ser el guía de Pato y María Luisa en los extraños paisajes del matrimonio de su padre. Pero a veces su astucia era superada por las rarezas de ellos. Ángel sabía que todas las familias eran extrañas. No le gustaba visitar a otras familias porque siempre se sentía incómodo. Por ejemplo, la familia vasca que vivía al final de la calle ponía salsas insólitas en la comida. Y los conversos aleluyas cristianos se lo pasaban diciendo «Gloria a Dios» y «Amén» y siempre intentaban endilgarle una Biblia. Hizo buenas migas con el Fuma (así le decían por su pretendido bigote a la Fu Manchú), pero se mantuvo alejado de su familia. Daban las gracias antes de comer y Ángel no conocía los rezos. Don Antonio se acomodaba en la cabecera con el codo en la mesa y una tortilla enrollada en la mano izquierda en espera de que Mamá América le sirviera de comer. Levantaba la tortilla al lado de la oreja como un arma a punto de atacar.

Sin embargo, tras su noche erótica en la playa, vio a Perla y a su familia cada día. Don Antonio podría haberlo encerrado en una de las celdas con barrotes de la comisaría y él hubiese escarbado un túnel para huir. Apenas terminaba sus clases en la preparatoria, ya estaba recorriendo cinco calles y cuatro avenidas y una polvosa plazuela para arribar a la entrada de La Paloma del Sur. Luego intentaba actuar despreocupadamente, como si pasara por ahí de casualidad en su trayecto a casa. Manos en los bolsillos, se volvía a mirar a uno y otro lado de la calle. Luego miraba la ventana del restaurante, como si estuviese sorprendido de encontrarse ahí. Echaba un vistazo al interior, habiendo ya adiestrado el rostro para que representara una expresión de indiferencia. Y todo ese tiempo, las Castro lo miraban desde dentro muertas de la risa.

Perla no iba a la escuela. La Paloma era su escuela. Su padre se había ahogado en un accidente de pesca y su hermano, que trabajaba para los grandes barcos atuneros, se había marchado al Pacífico. Así es que quedaron ella y sus hermanas, Lupita y Gloriosa. Chela, la aterradora madre, las cuidaba y mantenía ocupadas. Era implacable como un matamoscas y hasta sabía meter zancadillas cuando alguna de las chicas trataba de escapar. Tenía la voz de una rana que, en cuclillas, parecía un puño apretado. Era de cabello prematuramente blanco y hacía los más exquisitos frijoles refritos con manteca en toda La Paz.

Angelote entraba como no queriendo la cosa, sonrojado como un letrero luminoso, y las mujeres lo ignoraban al estilo de las mexicanas que observan a un hombre con detenimiento. Excepto Perla, que se agitaba y ruborizaba y corría a su lado para servirle Pepsis y limones y nachos. Chela le decía y le decía y le decía:

—Obliga a los hombres a pagar. Vienen aquí para mirarte; tienes que hacerlos pagar. Cuando le das gratis algo a cualquier cabrón, ya no te lo quitas de encima y nunca va a pensar en comprarte un anillo. Míralo, está saltando de un lado a otro de la sala cada vez que te ve.

—Ay, mamá.

Atrás había un pequeño patio y una escalera metálica desvencijada que conducía a uno de esos apartamentos que se encuentran en todo México. Un lavadero exterior con agua amarillenta y, dentro, dos cuartos y un baño. Ángel nunca subió a verlo. Chela le hubiese roto las piernas.

Pero Chela sabía reconocer algo bueno cuando lo veía: el hijo de un policía. *Sí. Mucho dinero,* pensó. Ella podría meter a su hija en ese rebaño y las cosas marcharían sobre ruedas. *Era pésima suerte tener una casa llena de hijas,* pensó, pero fue educada para ser una ranchera, por lo que sabía comprar y vender ganado y proveer vaquillas de cría para que todos estuviesen contentos. Así es que permitió que continuara este bobo romance.

Eso no significaba que fuera a sonreír a ese cabroncete cachondo.

Perla ni siquiera estaba presente cuando cambió el mundo de Ángel. Pasarían años antes de volver a encontrarse. Y sería en Tijuana.

La tía Cuca se había casado con un pirata. Bueno, así es como don Antonio le llamaba. Era medio sinaloense, del legendario pueblo de Chametla. ¡Chametla! Donde Cortés supuestamente se sentó sobre una roca en un día tan caliente que la piedra se estaba derritiendo y el culo se quedó marcado para siempre. Y era medio de otro origen, de una de las muchas incursiones anglo-celtas en busca de trabajo en las minas. Vicente o Chente. Chente Bent.

¡Chente Bent! Capitán de la atroz barca de pesca *El Guatabampo*. Traqueteaba y pedorreaba en los muelles de La Paz en una galaxia miasmática de hedor, escoltado por una histeria de aves marinas metidas en batallas aéreas por ganarse las vísceras de Chente Bent. Don Antonio llamaba «los cochinos» a la familia de Chente Bent, y esto hacía reír a los niños. Mamá América fruncía el ceño; Chente Bent se había agenciado a su hermana menor, y ella no era cochina. Ahora su hermana era Cuca Bent, a secas, pues Chente Bent se presentaba así siempre que hablaba de sí mismo. Convirtió el nombre en una especie de marca, todo de corrido: Chentebent. Podía tratarse de un aerosol nasal o de un nuevo modelo de Chevy. El flamante Chentebent.

Cucabent, después de soportar las tóxicas atenciones del pirata, no merecía que don Antonio le faltara al respeto llamándola cochina. Su hija era Tikibent. Tenían un pastor alemán llamado Capitán Bent. Capibent.

Más que un nombre, el apellido Bent era un pronunciamiento: «Los pinches Bent», se quejaba don Antonio.

El Guatabampo navegaba por el mar de Cortés dos veces al año, en busca de langostas espinosas y del dulce abulón de La Paz. Era costumbre celebrar cada vez que el bote regresaba a los muelles. Chentebent traía lenguado y camarón y erizos de mar (cuya carne anaranjada hacía vomitar a Ángel) y pulpos y grandes filetes de marlin. Don Antonio mandaba matar un cabrito y lo asaba en una cama de carbón bajo tierra. Comían y bebían cerveza y eructaban y conversaban durante varios días.

La tía Cucabent y Tikibent, la prima de los cabellos crespos, a veces abordaban el viejo bote y volvían al patio familiar oliendo a pescado podrido y perfume. Ángel no la consideraba especialmente atractiva, aunque Tikibent mostró un interés alarmante por él durante la última visita, y cuando los adultos no miraban, le daba cerveza a hurtadillas y se le arrimaba. Tenía un ojo morado.

—Hijo, parece que le gustas a tu prima —susurró don Antonio.

—Huele a Chentebent.

—¡Ah, cabrón! —don Antonio lo llevó a un lado—. Ponte Vicks Vaporub en la nariz.

Funcionó.

Bailaron.

Ese día, Cucabent y Tikibent se unieron a Mamá América para arrinconar a Ángel. Lo arrearon hasta la habitación de sus padres como a un recalcitrante becerro. No le gustó tener a tantas mujeres hostigandolo.

—¡Qué cejas! —dijo Tikibent—. Parece que un cuervo se te encajó en la cara.

Comenzó la tortura: las mujeres desenvainaron sus inmisericordes pinzas para las cejas, pelaron el exceso de matorral sobre sus ojos y lo pellizcaban e insultaban cada vez que gritaba o intentaba escapar. Hostigaron su pobre rostro hasta que esculpieron su extravagante maraña para convertirla en dos arcos de Rita Hayworth con expresión de sorpresa. De ahí en adelante, este ritual formaría parte de su vida secreta con Perla. Nadie más llegaría a saberlo.

Don Antonio y Mamá América se sentaron con él después de su experiencia con la Inquisición Quitacejas y le informaron de que iría a Mazatlán en *El Guatabampo*. Protestó indignado y complacido. No quería dejar a Perla, pero no le desagradaba faltar a las clases. Además, nunca había hecho un viaje largo en barco. Ni conocía Mazatlán. ¡La gran ciudad! Donde vivían todos los sofisticados.

Pensaron que era estúpido, tal y como suelen pensar los padres. Pues bien, sí fue un estúpido, tal como suelen ser los hijos. Ángel no tenía ni idea de que lo estaban alejando para facilitar la separación de sus padres.

Don Antonio llevaba años realizando misteriosas visitas a la frontera norte para hacerse cargo de ciertos «trabajos policiales». Mamá América sabía que visitaba a una prima: una amante «secreta» en Tijuana. Pero lo cierto es que tenía los ojos en el otro lado. En aquellos días, los mexicanos deseaban dos cosas: coches y mujeres de los Estados Unidos. Esa misma semana le había advertido a su mujer que la dejaría por otra. Pero ella sabía lo que la otra mujer no: que también la dejaría a ella.

Nunca habló con sus hijos sobre la traición de su marido. No le iba a rogar que se quedara ni iba a mostrar su angustia. Sin embargo, sabía que no podría enfrentarse a las tormentosas emociones de Ángel una vez que conociera la traición de su padre. Ya sería bastante difícil lidiar con los pequeños. Ella y don Antonio tendrían que sacar a Ángel de la casa antes de que el mundo colapsara. De ahí la idea de que se fuera con Chentebent.

Mamá América llegó a pensar en envenenar a su marido. Un poco de veneno en el café...

El plan era que don Antonio abordara el autobús en cuanto Ángel el Marino se hiciera a la mar. Para cuando se enterara, el daño ya estaría hecho y el tiempo habría pasado. Las cartas eran lentas. Don Antonio solo exigió una cosa a su mujer y a su cuñada: que nunca llamaran Angelbent a su hijo.

Mamá América pensó en el viejo piano vertical gris de don Antonio instalado en un rincón de la casa. Él lo había comprado en una miserable cantina en las afueras de la ciudad, donde las ratas canguro se agazapaban en la oscuridad para beber pulque y mezcal. El propietario se lo había vendido por cien dólares. Estaba tapizado de manchas y quemaduras de cigarro. Don Antonio lo tocaba todos los días para la familia. En las fiestas tocaba algunas piezas de Agustín Lara. Mamá América decidió que cuando él se marchara, lo convertiría en leña.

A lo largo de esa nebulosa última cena con los Bent arracimados en torno a la mesa bajo el ciruelo, América nunca dejó su frágil sonrisa. La Harley estaba estacionada junto al muro trasero del jardín, exudando energía malevolente por debajo de su velo. Ella sonreía porque planeaba arrojarla al mar tan pronto como el hijo de puta de su marido se acomodara en el asiento del autobús.

Chentebent contaba chistes tan terribles que Mamá América tuvo que enviar a los más pequeños a la cama. A Ángel le embelesaban esas noches en que su padre bebía. Entre otros atributos, Chentebent era un célebre parrandero, y empujaba a don Antonio a beber tequila, cosa fuera de lo común. Y, de ser un rígido pilar de enérgica disciplina, don Antonio se transformaba en una criatura suave y bailonga de muchas voces y arranques libertinos. Durante el resto de su vida, Ángel añoraría convertir una casa llena de gente en un desparrame de alcohol y barullo como lo hacían esos hombres. «¡Ay, Chente!», gritaban las mujeres, «¡Ay, Tonio!», con rostros colorados quizá por la risa o quizá por la vergüenza, pues eso Ángel nunca lo pudo captar.

—Y luego —clamó Chentebent—, ¡el elefante le metió el cacahuete a Pancho por el culo!

Muerta de risa, Cucabent cayó de su silla, y don Antonio saltaba y se tambaleaba por el patio, agarrándose la panza e intentando respirar entre las carcajadas. El loro gritaba en la jaula, como si también entendiera el chiste.

—¡Oigan, oigan! —dijo don Antonio cuando retomó el aliento.

La hilaridad se apagó. La carne aún chisporroteaba en el pozo al rojo vivo. Por toda la mesa había cabezas de camarón, mirándolos con sus ojos negros de punta de lápiz. Tikibent sonrió a Ángel con una boca húmeda y brillante con sabor de lima y sal y aceite de pescado. La mesa y el suelo estaban tapizados con latas de cerveza y botellas de tequila y vasos. Mamá América pensaba en todo momento en cuchillos afilados y testículos.

—Oigan —repitió don Antonio, tambaleándose en medio de su sombra, que a su vez se bamboleaba en las baldosas bajo las lámparas colgadas en el árbol—. Les voy a contar un chiste... Pepito estaba jugando en el jardín.

—¿Qué Pepito? —dijo Chentebent.

—Pues, Pepito. ¡Cualquier Pepito!

Chentebent se cruzó de brazos.

—No sé de quién hablas.

—Estoy hablando de Pepito. Óyeme, cabrón. ¡Es un chiste! No existe ningún Pepito.

—Y si no existe Pepito, ¿por qué hablas de él?

—Vete a la mierda, pinche Chente.

—Te imaginas cosas —dijo Chentebent, apurando su cerveza y eructando suavemente con una suntuosidad que solo un litro de gas de camarón podría crear.

—Escúchame, hijo de puta —dijo don Antonio.

Este coloquio quedó grabado en la mente de Ángel como el momento más divertido de la noche. Fue mejor que los chistes. En ese instante, como en una iluminación zen, descubrió que era un absurdista. Se reclinó en su silla. Tikibent arruinó el hechizo al abrir las piernas por un instante para exponer una vista panorámica de sus bragas.

—Pepito —don Antonio retomó el hilo— estaba jugando en el jardín.

—¿Dónde vivía?

—Vete a la mierda, pendejo. Y llegó su abuelo y se sentó en un banco a verlo jugar. Le llamó a Pepito y le dijo: «Mira esta lombriz en la tierra. Acaba de salir de un agujero».

Chentebent alzó un dedo.

—Disculpa —le dijo—. ¿Cómo se llamaba el abuelo?

—¿A quién le importa? Es un pinche chiste. ¡Deja de interrumpir!

Ángel y las mujeres reían.

Herido en su orgullo, Chentebent dijo:

—Hace rato parecía importarte que todos en este cuento tuviesen un nombre.

Expresó su inutilidad con el labio inferior y encogiendo un hombro. Don Antonio soltó un grito de protesta cósmica a los cielos y dijo:

—¡Carlos! ¡El abuelo se llama Carlos! ¿De acuerdo? ¿Ya están todos contentos?

—Yo sí, papá —dijo Ángel.

Chentebent bostezó.

—El abuelo Carlos le mostró a Pepito que había una pinche lombriz en el suelo, retorciéndose junto al agujero, y le dijo a Pepito: «Te doy un peso si vuelves a meter la lombriz en su agujero».

—Maldito tacaño —comentó Chentebent—. Rata.

Sabiamente, don Antonio ignoró a Chentebent, lo que acabó por silenciarlo.

—Así es que Pepito se puso a pensar —continuó don Antonio—, y corrió a casa. Luego volvió con la laca de su madre. Cogió la lombriz y la roció hasta que quedó tiesa, entonces la metió de vuelta en el agujero. Su abuelo le dio el peso y se marchó de prisa. Al día siguiente, Pepito estaba jugando de nuevo. Su abuelo salió de la casa y le dio otro peso. «Pero, abuelo», dijo Pepito, «ya me pagaste ayer.» Y el abuelo Carlos dijo: «No, Pepito, este peso te lo manda tu abuela».

Don Antonio se irguió con los brazos en alto. Las mujeres se carcajearon; incluso Mamá América.

—¡Ay, Tonio! —gritó Cucabent.

Tras una pausa, Chentebent dijo:

—No entendí ni pizca de lo que dijiste.

En ese preciso instante entró el diablo por la puerta, y don Antonio le demostró a Ángel que era un loco y un Pancho Villa. Mientras todos reían, la puerta se abrió y un pescador ebrio apareció en el patio esgrimiendo un enorme cuchillo para destripar tiburón y atún.

—¡Chentebent! —gritó.

Era uno de los múltiples enemigos de la odorífera corporación Bent.

—¡Te voy a filetear como a un pinche pescado, cabrón!
—oscilaba el cuchillo en lo bajo, como un genuino navaje-
ro—. ¡Te tiraste a mi mujer!

Las mujeres gritaron.

Tikibent se refugió detrás de Ángel y gritó como una sirena de policía.

Don Antonio continuaba con los brazos abiertos. No estaba uniformado, así que no llevaba pistola en la cadera. Se
sorprendió al tratar de empuñarla para hacer volar al imbécil
fuera de la puerta.

Por su parte, Chentebent dio un trago de tequila y fijó sus
ojos acuosos y rojos en el agresor. No parecía que fuera a defenderse. No conocía al pendejo ese, ni podía imaginar cuál
de todas sus amantes podía ser su mujer.

—De todos modos, tu mujer no valía nada —dijo, y luego
eructó.

Mamá América corrió para proteger a Ángel con su cuerpo. Tikibent se hizo a un lado para poder ver la pelea. El loro
verde intentó volar; sacudió tanto la caja que comenzó a llo-
ver alpiste. Don Antonio se dirigió al mortífero marinero.

—Pedazo de mierda —dijo.

—¿Qué?

—Gusano. Cerdo.

—Ojo con lo que dices.

—Hijo de puta. ¿Vienes a mi casa a amenazar a mis invitados? ¿Te atreves a blandirme un cuchillo? Te voy a matar a
ti y a toda tu familia. Voy a matar a tus hijos, voy a matar
a tus nietos. Voy a desenterrar a tus ancestros y voy a cagar
en sus hocicos.

—Oiga.

Don Antonio se abrió la camisa.

—Apuñálame, chingado. Si crees que me puedes matar,
clávame el cuchillo. Aquí en el corazón. Pero asegúrate de

que muera. Porque estoy a punto de dar rienda suelta a toda mi ira contra ti, perro de mierda.

El marinero lo vio con verdadero terror en su rostro. No tenía idea de quién era ese maníaco, pero sin duda era justo el hombre en La Paz que más valía no provocar. El marinero ni siquiera hizo una pausa para salvar su dignidad. Se dio la vuelta y salió a la calle, y corrió hacia el mar tan velozmente como pudo, derribando en su carrera un par de cubos de basura.

Para el resto de su vida, sin importar lo que pensara de su padre, sin importar las adversidades o las penas, las humillaciones o salvajadas que sufriera, Angelote recordaría ese momento como el evento más heroico que llegó a presenciar. Pensó que nunca llegaría a ser tan hombre como su padre.

Hasta Chentebent aplaudió, si bien con levedad.

Al día siguiente, Ángel abordó *El Guatabampo* y navegaron hacia el brumoso azul. No tuvo la oportunidad de decirle adiós a su Perla. La familia de ella no poseía el milagro tecnológico del teléfono. Él se fue alejando de la tierra, ahogando sus lágrimas oscuras. Chentebent hacía ulular incesantemente el silbato de vapor a pesar de su resaca. Después de todo, la vida era dolor. Ángel estaba seguro de que dejar a Perla era peor para él que para ella.

Lo último que le dijo su padre fue:

—Necesitamos saber si te acostaste con Tikibent.

—¿Qué?

—¿Te acostaste con ella?

—¡Padre! ¡No! ¡Es mi prima!

—Idiota —respondió su padre—. Podrías haber hecho lo que hubieras querido con ella.

Tan pronto se perdió de vista el bote, don Antonio y su pequeña familia volvieron a casa. Cogió sus dos maletas, abrazó a sus hijos con formalidad y, ante la extrañeza de todos, estrechó la mano de Mamá América.

—Si aún pudieras tener hijos —le dijo—, no me vería forzado a dejarte.

Ella tenía un rostro por completo inanimado. Pensó: *Maldita alimaña.*

—Cuiden mi moto hasta que mande por ella —fue lo último que dijo.

Marchó hacia el centro de la ciudad, silbando.

América había planeado asesinar esa condenada moto, pero no era estúpida. Caminó hacia la máquina y le quitó la lona.

—Jueguen —le dijo a los niños, que no tenían idea de que su mundo acababa de perecer.

Más tarde, ese mismo día, mientras su hijo mayor vomitaba operáticamente grandilocuente en el mar de Cortés, le vendió la moto a un doctor de Cabo San Lucas, pues sabía que debía alimentar a la familia. Pero incluso ese dinero se acabaría. Ella y ese par pasarían hambre. Llegarían a comerse las palomas que tenían en las jaulas y se arrepentirían por no armarse de valor para matar y cocinar el loro.

Entretanto, al otro lado del mar, Ángel trabajaba cada día y ahorraba sus centavos para cuando pudiera escapar de ese infierno en el que se había metido sin querer. Chentebent apenas le pagaba. Cucabent le lavaba la ropa y le cocinaba, y ellos opinaban que, por Cristo bendito, eso era más que ser generoso.

Ángel había imaginado reuniones nocturnas y broncas tal como las había conocido cuando los Bent invadían su casa, en cambio se halló sumido en la oscuridad. Solo. Miserable. Hambriento. Asediado.

Al principio dormía en un cobertizo en el huerto de la familia, recostado entre plátanos, dos árboles de mango y una

palmera llena de iguanas y enormes arañas que le aterroriza-
ban. Ahí al lado estaba la caseta con baño y retrete, donde se
duchaba con agua fría. En Mazatlán casi siempre hacía calor
para ducharse con agua fría, así que no le molestaba tanto el
agua como las cucarachas que surgían del desagüe.

Una de sus tareas era fregar la aborrecible letrina. Tenía
que vaciar la papelera de latón, ya que la tubería no tragaba
papeles sucios. Le asqueaba. Aguantaba la respiración. Chentebent enrollaba enormes bultos de repugnante papel mientras que a Angelito le daba cinco hojas al día.

—Límpiate el culo con una esponja —le dijo el tío.

Ángel comenzó a darse cuenta de que algo andaba mal
cuando supo que a los vecinos no les agradaba el clan Bent y
tendían a evitarlos. El comportamiento de Chentebent era ina-
ceptable para los buenos mazatlecos. La gente en la calle evi-
taba darles los buenos días o las buenas tardes, lo cual era
raro en Sinaloa, donde la descortesía era un gran pecado. Se
dijo que los golpes no eran tan malos; don Antonio sabía golpear con más fuerza que Bent. Al menos no le daban tundas
cada día. Y Tikibent recibía más golpes que él.

Limpiaba el retrete cada mañana y cada noche, rastrillaba
la huerta y barría la casa; también lijaba, pintaba, limpiaba la
embarcación e izaba las redes. Estaba siempre hambriento.
Los gruñidos del estómago no le permitían dormir. Cucabent
y Tikibent llenaban la cubeta del retrete con «los secretos» y
luego se dio cuenta de que Tikibent le dejaba otras cosas: bragas al parecer olvidadas sobre el borde del lavabo. O la puerta medio abierta cuando se duchaba. Echaba de menos a sus
padres, y lloraba por las noches pensando en Perla.

No supo por qué tardó tanto en escribirle. Tal vez fue por
timidez. O por vergüenza. No podía dar con las palabras
para dirigirse a ella. De pronto habían pasado seis meses
cuando pidió papel y un sobre a la tía Cucabent. Se encorvó

sobre las hojas en blanco como un simio que transcribe un texto, agonizando en cada línea y desechando borradores hasta que le quedó el último folio y hubo de redactar la carta.

«Mi dulce Perlita», escribió, y luego agregó un nuevo inicio:

Perla de Gran Valor:

Te extraño como un ave enjaulada extraña el cielo. Estoy en una jaula. Pero seré libre e iré por ti porque sé que me extrañas tanto como yo a ti. ¡Y haremos un mundo nuevo!

Continuó con ese tono un par de líneas más y terminó con lágrimas y besos y exhalaciones de fervor. Tembló al llevar la carta al buzón cercano a los muelles. Por supuesto, en aquellos días solo existía el sonámbulo servicio postal mexicano para entregar mensajes. Su carta de diez centavos tardó casi dos semanas en llegar a La Paz.

Se tomó su tiempo para redactar la respuesta, seguida de una glacial entrega. De modo que transcurrió un mes antes de que él supiera algo de Perla. Un mes que transcurrió en medio de una ansiosa espera, lo cual, según él, era el epítome del romanticismo, una angustia cargada de nobleza. Sentía que sufrir por ella lo enaltecía cada día, pues se trataba de sufrimiento de mayor profundidad y calidad que el de esos días escuálidos como siervo de Chentebent. Pero al igual que muchos amantes antes que él, en espera de una carta de amor llena de enjundia, recibió las palabras que más temen los soñadores:

Estimado Ángel:

Maldita sea, no, por favor, pensó. Lo captó de inmediato. Con eso bastaba. La vida llegó a su fin con esas dos anémicas palabras de saludo. Lo mismo pudo decir: «Hola, pelmazo».

Mironeó la mala caligrafía para dar con la línea que le hizo falta a Perla para explicarse: «Pero nunca me escribiste, y yo encontré a otro». De inmediato quemó la carta. Fue hacia Tiki contra su voluntad. Pecó. Era como si su pértiga lo hubiese arrastrado, el imán más poderoso de la tierra. Bastaba mirar a Tiki para que comenzase a brincar como la batuta de un director de orquesta que cuenta las pulsaciones de su corazón roto. Pensó que Tikibent huiría de él si percibía estos brincos, así es que usaba las camisas desfajadas. Cuando ella le veía los faldones de la camisa, pensaba que Ángel ondeaba un estandarte militar para anunciar sus intenciones. Ella cogió con las manos esa rama saltarina y la estranguló hasta que se relajó.

Él sentía vergüenza de estar vivo. Le temblaban las manos. Estaba seguro de que Dios lo iba a vapulear. Su vida era una pena. Traicionado y abandonado por todo y por todos.

Pero antes de que Dios pudiese acrecentar su ira, Chentebent dio el primer golpe.

Fue hacia la choza de Ángel, apestando a camarón podrido y ron. Cayó encima de él. Le echó el aliento en la cara. «¿La traes tiesa?», decía. «¿La traes tiesa? ¿Te la pelas? ¿Eh?» Tentaleaba en busca de la bragueta de Ángel. «Vamos a ver esa carne. Vamos a ver lo que le das a mi hija.» Chentebent, pesado y aplastante, reía y exhalaba la peste en el rostro de Ángel, que ni pataleando se lo quitaba de encima.

Ángel pensaba: *Creí que eras un buen hombre. Creí que eras gracioso.*

Chentebent se desvaneció con ronquidos de trueno encima de él.

Al día siguiente se tomó la primera venganza contra el pirata.

Cuando nadie miraba, extrajo enormes cucharadas de manteca de las latas rojas de Cucabent —la manteca que guardaban para freír frijoles— y la untó dentro de las perneras de los pantalones de lona favoritos de Chentebent. Pronto comenzaron los aullidos iracundos. Chentebent arremetió contra él con las piernas abiertas, tambaleándose, el rostro colorado y chapoteando con cada paso. Ángel resistió los golpes y le sonrió a Tikibent, que miraba desde su ventana, mesándose los cabellos y riendo. Ese día Ángel perdió un diente.

Chentebent lo llevó a rastras a *El Guatabampo*. Con sus grandes dedos callosos dejó unas lívidas huellas moradas en los brazos de Ángel, como si les hubiese tatuado lirios oscuros.

—Gánate el sustento, maldito gorrón —dijo—. Ya te enseñaré.

Ángel tenía sangre en el rostro, en la boca.

—Vas a aprender tu lección, pinche zángano.

Todo lo que Ángel debía hacer era esperar. Podía soportarlo todo. Aguantó los golpes de Chentebent. Aguantó las visitas nocturnas de su iracundo tío.

Apenas lloraba cuando estaba solo. Se le embarraba la cara de mocos. Dormía en un montón de viejas sábanas en la mugrosa caseta, acurrucado bajo el lavabo. Y lijó y pintó y frotó y destripó, pescó peces y cangrejos y remendó redes y sirvió como insomne perro guardián del insomnio todas la noche, solo. A veces, arpón en mano, tuvo que repeler bandidos y marinos borrachos de barcos extranjeros que querían meterse en el fétido bote en el muelle. Escuchaba las juergas y peleas en otros barcos, la música que venía de la costa, la risa de las prostitutas y los amantes, el ladrido de perros. Cuando sonaban las campanas de la iglesia, le daba la impresión de que la vida que había conocido se hallaba en otra tierra, demasiado lejana para volver a encontrarla. Le mostraría a Perla la magnitud de su error. «Soy digno de ella, soy digno de ella», recitaba como en una oración.

Un viejo y flaco marino le metió un tajo en el pecho; él respondió con un arponazo en el rostro del enemigo, y lo vio huir por la borda entre el aceite derramado y los peces muertos. Ángel sangraba. Miró al viejo subir por una escalera en el siguiente embarcadero, mugriento y tembloroso mientras se perdía en la noche. Goterones de sangre caían a sus pies. Ángel nunca dijo nada, pero recordó siempre el momento. Lo guardó en sus adentros.

Se envolvió el pecho con trapos y lo sujetó con cinta adhesiva. La fiebre le enrojeció la frente y lo hizo temblar como si cayera nieve, pero no dijo nada. Robó ron de la caseta y lo roció, ardiente, en la herida con pus. Se mordió los labios y chilló y pataleó.

Cargó durante días con su conmoción y miedo, en espera de la ira de Dios o de los camaradas del marino. Ninguno llegó. Sospechó que toda esa vida había atenuado el disgusto de Dios.

Ocultaba su exiguo salario en una lata de café detrás del lavabo de la caseta. En un gabinete del puente de mando halló el cofre donde Chentebent guardaba sus grasientos pesos, el presupuesto para sus expediciones pesqueras. Chentebent comenzó a cobrarle los frijoles y las tortillas.

Ángel prefería pasar hambre. Solo comía lo que hallaba en el bote, incluso sardinas crudas que usaban de carnada. Ahorraba cada centavo que podía. Las noches más oscuras eran aquellas en que comía y las tripas se le torcían y rugían, y Perla se hallaba tan lejos, y temía que su madre y su hermano y su hermana pudiesen estar hambrientos y abandonados al otro lado del mar.

La siguiente vez que Chentebent vino por él, ya tenía listo el arpón. El pirata lo había abordado y ya tenía su sucio pantalón abierto. Ángel empujó el arpón con los ojos cerrados. Ciego, agitado, no pensó que iba a hacer contacto con la parte lateral de la cabeza de Chentebent. Fueron espantosos el crujido de la estaca contra el cráneo, el gruñido de sorpresa, el inmediato olor fecal, el incapacitante pinchazo de dolor en su propio brazo después de golpear a ese hombre corpulento. Y el chapoteo.

Para cuando abrió los ojos —había apretado los párpados un momento con la esperanza de que no hubiese ocurrido lo que acababa de suceder—, Chentebent ya se hundía en el agua aceitosa con el pantalón abierto a la altura de las rodillas.

Ángel esperó en vano a que emergiera.

El resto de esa noche la pasó sumido en el pánico. Su recuerdo nunca fue claro. Aún era un muchacho, y aunque le aterró lo que había hecho, más miedo le tuvo a meterse en líos por sus actos. Pasaron mil mentiras por su cabeza. Una parte de él creyó que el pescador treparía alguna escalera a la mañana siguiente para maldecirlo. Corrió a uno y otro sitio, pero no había en *El Guatabampo* una puerta mágica que lo condujera a un nuevo mundo en el que las cosas fueran bellas otra vez.

La lata de pesos fue a parar a su mochila junto a un par extra de pantalones, calcetines, pantalones cortos y tres camisas. Cogió el cofre del dinero del camarote principal. Fue difícil levantar las latas de combustible adicional, pero el pánico le daba fuerza. Solo eso se le ocurrió en ese momento: un accidente fraudulento. Se imaginó interrogado por la policía, tal vez por su propio padre. ¡No, no! Estaba borracho. Me echó del barco y me dijo que no volviera. Tomé mi indemnización y me compré un billete de autobús. No sé qué ocurrió después. No vi nada. Yo quería irme con mi padre.

Mamá América al fin le había confesado en una concisa carta que su padre se había marchado al norte. Que tal vez ella iría allá con César y Marilú. Ángel se enfrentaría a su padre por abandonar a la familia, aunque fuese lo último que hiciera en la vida.

De modo que cogió un autobús hacia el norte. Expreso a Tijuana. Serían veintisiete horas sentado, oliendo a gasolina. No pudo dormir. Pensaba en las florecientes llamaradas naranjas que se distinguían desde la ventana del autobús cuando se iba alejando por la noche.

Era 1965, y Ángel ya sentía que había vivido cien años. Durante una década, le dijo a su madre que había huido. Que no tenía idea de la suerte de *El Guatabampo* ni del tío Chente. Repitió tantas veces su mentira que casi se convenció a sí mismo: se había hartado del trabajo y de los abusos, así es que ahorró dinero y cogió el autobús. Suponía que Chentebent había descubierto su fuga, se había emborrachado y por alguna razón prendió fuego al bote.

Pensó pasar página, pero la culpa y la mentira le fueron quemando por dentro durante toda la vida.

Angelote se hallaba entre las sombras del salón, invadido por las historias del pasado, cosas que recordaba y cosas de las que se había enterado. O tal vez cosas que le llegaron en sueños. Ya no podía diferenciar. Las historias lo asaltaban como el viento por una ventana abierta y hacían torbellinos a su alrededor. Casi podía sentir que lo levantaban del suelo. Parecían llegar por voluntad propia, saltándose años, ignorando décadas. Angelote se halló en medio de una tormenta de tiempo. Vio todo aquello como si el pasado fuese una película en el cine Las Pulgas.

Angelito nació en 1967.

Angelote estuvo viviendo con su madre y sus hermanos en la colonia Obrera de Tijuana hasta que se infiltró por la frontera para unirse a su padre tras una de las raras visitas del viejo a casa. Le pareció fácil. La gente pasaba casi a la altura de la costa por el turbio y poco profundo río Tijuana o se sumaba al gentío que corría de la colonia Libertad en Otay hacia el este. Había rutas habituales en esos días, y los jornaleros iban y venían diariamente por los barrancos. Angelote rehusó salir con otras chicas. Enviaba postales a Perla; ella nunca las respondía.

Yndio nació en 1970. Para entonces, Angelote acampaba en casa de su padre y elaboraba donuts en el turno de noche con pagos que se hacían estrictamente por debajo de la mesa. Fue una de sus primeras frases en inglés: *«Under the table»*. Parecía tan elegante.

Braulio nació en 1971. Angelote no lo sabía, pero ese mismo año escribió a Perla una carta en la que le rogaba que fuera al norte. Aunque la carta se perdió, ambos recordaban la línea: «Ven a mí ahora que todavía tenemos vida y podemos luchar contra el destino». Era lo más noble que Perla había escuchado. Por eso vino, dejando todo para estar con él.

Braulio creció rápidamente. Los tenía a todos engañados. Minnie era apenas una niña boba y adoraba a sus tres hermanos. Pero Yndio lo sabía y Lalo sabía de qué iba el asunto. Y cuando Minnie fue creciendo, les hizo creer que no lo sabía. Mamá Perla... bueno, Braulio era su ángel. El Jefe adoptó su acostumbrada pose de nobleza. A veces los chicos se burlaban de él cuando no estaba: tan altanero, nariz alzada. Siempre haciendo patente que Yndio y Braulio eran sus hijos. El hombre más sabio del mundo, según su propio juicio, estaba ciego con respecto a ese par. Pinche Braulio, su mismo apodo, el Socarrón, debía de haber sido evidencia suficiente.

Yndio no soportaba a Angelote. Él era quien se acordaba de su padre verdadero, pues Braulio era aún muy pequeño. El hombre había sido pescador de perlas. Abría las ostras con una navaja gorda y curva y las engullía con limón y salsa picante. Se reía sonoramente, y siempre que lo hacía le brillaba el diente de oro. Un día se sumergió en las aguas al este de La Paz y nunca salió a la superficie. Yndio se acordaba.

Este Ángel apareció un día como si siempre hubiese estado ahí.

A Yndio le sorprendió de veras que su madre tuviese un secreto romántico. Un pasaje tenebroso en su pasado. Luchó contra su rabia. A veces pensaba *Puta* cuando veía a su madre.

Braulio no. Él era un bromista. Cuando se juntaba con Guillermo, el hijo de la Gloriosa, se daba una especie de comunión perfecta. Era de la misma edad, del mismo tamaño. Podían haber pasado por gemelos. Las chicas llamaban «el Guasón» a Guillermo. Había una clara sintonía: Socarrón y Guasón, colegas de por vida. 4LIFE. Cuando apareció el pobre Lalo, nunca pudo ser parte de esa sociedad de dos.

La familia no siempre tuvo una vida de clase media. No siempre vivieron en Lomas Doradas, en los felices barrios de San Diego. En esos años de lucha, cuando Angelote no permitía a nadie aceptar la ayuda del gobierno —nada de asistencia social o cupones para alimentos—, hubo muchos frijoles hervidos y frijoles refritos y sopas de frijoles. El desayuno preferido de Braulio era frijoles refritos fríos untados en una rebanada de pan Wonder. Lo comía de pie en la triste cocina en miniatura de su primer apartamento, detrás de un taller mecánico en San Ysidro, a menos de cincuenta metros del alambre de púas de la frontera. Toda una hazaña, ya que en esos días Perla y Angelote eran ilegales como el que más.

La noche se llenaba de helicópteros y sirenas y pies a la carrera y robos. Durante el día había que tener cuidado con las bandas y los salteadores mexicanos que cruzaban la frontera para robar lo poco que tenían los inmigrantes como Ángel y Perla. Golpeaban a la gente y les robaban sus relojes y, antes de que nadie los detuviera, ya estaban de vuelta en Tijuana.

Los chicos iban al Oscar's Drive-In y sumaban sus centavos para comprar un batido de chocolate y compartirlo. Socarrón, Yndio, Lalo y la Minnie Mouse, que entonces tenía un rostro gracioso, sin dientes frontales. Yndio le hacía burla, le decía «la Desdentá». Ella mascaba las pajas de papel con las encías y las destrozaba, y los muchachos le daban un manotazo en la cabeza.

Más tarde, Socarrón se hizo cargo de Minnie. La llevaba a la escuela en la vieja camioneta del Jefe. A Braulio le gustaba llevarla. Sabía que podía apuñalar a cualquier culero que le faltara al respeto. Todos temían a Braulio, excepto su familia. Minnie se sentía segura. Sin importar adónde fuera en la escuela, la respetaban, porque todos creían que Braulio les prendería fuego si le decían alguna burrada a la muchachita.

Contaban que eso mismo le había hecho a un criminal mexicano en Otay Mesa. Minnie no creía en esas historias. No al principio.

Por aquel entonces, cuando Angelote tenía dos empleos, a veces tres, la pobre Perla sufría en su sombrío apartamento. Ella solo deseaba regresar a México. No entendía la obsesión de su hombre por los Estados Unidos. Eso no era una mejor vida. En casa, al menos, había amistades, risas. Incluso esperanza. En Tijuana, si se quería hacer una fiesta, se podía encender una fogata en medio de la calle.

Acá encontró soledad y más hambre que en México. Peor aún, porque a su alrededor las personas se revolcaban como cerdos en enormes pilas de comida y ropa y licor y cigarrillos y dinero y chocolate y fruta, mientras ella buscaba nuevas maneras de estirar un pollo flaco y un manojo de arroz para alimentar a tres chicos en crecimiento y a su hombre. ¿Y Minnie? Ella podía pasar hambre como Perla. Al fin y al cabo más valía no ser una mexicana gorda.

Socarrón y Guasón le alegraban los días. Eran salvajes, hilarantes. Guasón flirteaba con ella del modo más inapropiado cuando ella se sentía gorda, triste y vieja. Él se acercaba por detrás y le murmuraba un rugido en la oreja: «¡Tía, me tienes tan caliente!». Ella reía y le daba un bofetón, pero también sentía cálidas cosquillas cuando él se le arrimaba. Quítate, sinvergüenza. Aunque solía empujarlo una o dos veces con el culo.

Los muchachos invadían el apartamento como si fuese un palacio, ponían el televisor a todo volumen, se tumbaban en los sillones y gritaban piropos. Siempre traían cigarrillos a Perla. Luego chocolates. Luego dinero, que ocultaba de Ángel. Cuando Braulio tenía dinero para gasolina, metía a Perla en el coche y se la llevaba a pasear. Ella no podía entender de dónde sacaban tantos cigarrillos.

Yndio era diferente. Siempre fue estoico. Rostro de acero y estricto con los más pequeños. Siempre furioso con Angelote por alguna razón. Nunca entendió la indulgencia de su padrastro con los pequeños, porque Angelote había sido muy duro con él. Al principio Angelote intentó ser don Antonio. No sabía ser otra cosa, y había utilizado el cinturón en la espalda de Yndio. Yndio ya era tan alto como él, y la segunda vez que Angelote consideró justo azotarlo, Yndio le dio un puñetazo en el rostro.

—¡Soy tu padre! —gritó Ángel.

—Te acuestas con mi madre, viejo. Yo no tengo padre.

Cuando Ángel lo agarró del brazo, Yndio le escupió en la cara.

Tras alquilar la casa en Lomas Doradas, Angelote decidió darle a Perla una sorpresa. Le dijo que debía salir en el coche para recoger algo de su jefe. En el turno de día trabajaba con la escoba y durante la noche aprendía a vender bienes inmuebles. Uno de sus millones de empleos. A ella no le gustaba salir del apartamento, pero él insistió hasta que ella aceptó acompañarlo. Los chicos ya estaban esperándolos en la casa. Cuando Perla entendió lo que ocurría, se desvaneció. Tuvieron que arrastrarla a una silla y sostenerla.

—¡Ay, Dios, Flaco! ¡Ay, Dios!

Muy pronto a Yndio le dio por pasar mucho tiempo con «amigos» fuera de casa.

Luego Gloriosa y Guasón llegaron a vivir con ellos. Y Lalo comenzó a aprender cómo eran en verdad Socarrón y Guasón. Primero se hicieron tatuajes. Luego tuvieron dinero. Luego escondían armas en la habitación. Les divertía atrapar a Lalo y meterlo en el armario bajo el fregadero. Luego encajaban un palo de escoba entre los agarradores para dejarlo encerrado. Llenaban calcetines con pegamento y respiraban los vapores.

Todos los chicos eran delgados, excepto Yndio. Él nació con ese cuerpazo y nunca perdía oportunidad para volverse más fuerte. Tenía brazos para morirse de envidia. Hacía doscientas sentadillas al día y, cuando venía de visita, hacía flexiones con Minnie arrodillada en su espalda.

La casa comenzó a ponerse imposible. Se hacinaban tantos cuerpos que apenas se podía respirar. Parecía que no había aire. No se les había ocurrido que la casa tendría tanto movimiento de gente. Cuando Angelote llegaba de sus trabajos, se sentaba en el desvencijado sofá con Lalo y Braulio. Minnie se sentaba en el suelo entre sus pies descalzos y se los masajeaba con talco Quinsana. Gloriosa se acomodaba en la vieja butaca. El único espacio libre quedaba en el rincón del suelo donde se echaba el perro que Socarrón había rescatado de los descampados del ferrocarril. Ahí se sentaba Yndio a ver la televisión, siempre dando la espalda a Angelote. Guasón solía pasar el rato leyendo cómics en la habitación de atrás. Perla se quedaba en la cocina, reclinada sobre la encimera, bebiendo café instantáneo, inquieta y fumando. Todos fumaban, excepto Minnie; pero pronto aprendería.

Angelote se fue volviendo taciturno y sombrío a medida que más horas extra trabajaba. Ahora estaba empleado en una panadería de National City, así que traía a casa donuts pasados. Los chicos se sentían millonarios con tanto donut. Ni Socarrón ni Guasón habían probado antes los de jalea. Tan pronto se quitaba el uniforme de panadero, Ángel salía a limpiar en edificios de oficinas en el centro de San Diego. Volvía a casa y estudiaba para ser vendedor de seguros de vida. Luego venían las clases nocturnas de programación de ordenadores. Se arrastraba a la cama a medianoche con el rumor de los ronquidos de Perla y Minnie. Luego se levantaba a las seis de la mañana para hacer más donuts.

Compró la casa por dieciocho mil dólares a través de la agencia de bienes raíces en la que estuvo trabajando.

Fue entonces cuando llegó el abuelo Antonio, pues Betty, la madre de Angelito, lo había echado de su propia casa. Angelote nunca pensó que terminaría haciendo las paces con su padre y, por supuesto, nunca pensó que le daría techo y comida. Pero una vez que se instaló el abuelo, Yndio no volvió. Perla y Minnie tenían que encontrarlo en la cafetería donde comía tortitas. ¡Su cabello! Tenía un pendiente.

Una vez, sentados uno frente al otro en la mesa, Perla le cogió las manos.

—Hijo mío, ¿eres marica?

Él y Minnie se miraron y se echaron a reír.

Ángel y don Antonio pasaban muchas horas tensas en la mesa de la cocina, ignorándose uno al otro y sorbiendo café negro. Según don Antonio, el café con leche y azúcar era un postre, no una bebida para hombres. Ángel se sentía al fin superior a su padre. Sabía que al viejo lo habían echado de casa por acostarse con gringas en la cama de su esposa.

—Yo amaba a tu madre —dijo don Antonio, aunque siempre que América venía de visita, él se escondía en la habitación de atrás.

—¿Entonces por qué nos abandonaste?

—No lo sé.

Encendían otro cigarrillo encendido. Perla se quedaba a distancia, pues temía al viejo. Temía que una noche viniera por ella, y tenía miedo de defenderse porque no querría que su Flaco sufriera otra vez por su padre. Mantenía a Minnie fuera de su alcance.

—Hijo, cuanto más aprendo, menos sé.

—¿Eh?

—Pensé que con la edad te volvías sabio, pero solo te das cuenta de qué pendejo eres. Cuando me vuelva demasiado pendejo para conducir, échame en la tumba.

—Padre, no estás tan mal.

—Bueno, mijo, aún puedo subir las escaleras del piso de una dama. Pero a mi picha no le da por erguirse.

—Entiendo.

Pero Angelote solo llegaría a entenderlo cuando estuviera a punto de morirse y repasara esta conversación en la cama durante el insomnio. *Apenas estoy comprendiendo cuán estúpido soy.*

Volvío a meterse en su cuerpo.

Perla roncaba a su lado. Echada sobre el colchón como si corriera cuesta abajo, con piernas y brazos arqueados. Él le palpó el culo. Le gustaba llevar el borde de la sábana hasta los labios. Bien envuelto. Ceñido. A salvo.

El mejor momento del día era temprano, por la mañana, antes de que saliera el sol, cuando no recordaba que se estaba muriendo. Por un momento pensaba que tenía futuro. Y saboreaba su pasado.

Hoy sabía a tofe.

Día de fiesta

La mañana de la fiesta

8:00 a. m.

Hora de iniciar los preparativos.

Angelito estaba en el sofá. Miraba la luz matutina filtrarse por el salón de Marilú. Todo olía a perfume dulce en polvo.

Los hermanos pensaban que Angelito estaba violando las normas. Que era un ladrón cultural. Un falso mexicano. Más gringo que nada. Él lo sabía. Había escuchado que su hermana lo llamaba «gringomex», como si ser cualquier tipo de mexicano le sumara puntos en el Gran Juego. Como si ser cualquier tipo de mexicano en California fuera un paseo en las carrozas alegóricas del Desfile de las Rosas. Pero ¿qué podía decir? Mencionarles todas las veces que otras personas le habían llamado «cometortillas» o «espalda mojada» o «frijolero»? Se reirían de él. ¿Tenía que hacerles una lista de las mexicanas con las que salió cuando era un muchacho? ¿Mostrarles los poemas que escribió en español?

¡Español! A su familia ni siquiera le gustaba hablarle en español. Él lo intentaba, y ellos insistían en responderle en inglés, aunque sabían perfectamente bien que él hablaba tan buen español como ellos y mejor que sus hijos. Cada bando tenía algo que demostrar, pero ninguno sabía qué.

No les gustaba que él viviera como pez en el agua en ese mundo de sofisticados paliduchos allá en el norte.

Pensaban que le habían servido la mesa al criarlo en un mundo de inglés y español, de tal modo que pronunciaba ambos idiomas a la perfección. Y tal vez era rico. Todo le había sido regalado. Cualquier cosa que quisiera era suya. Incluso su padre.

Imaginaron sus mañanas de Navidad como orgías de flamantes juguetes y radios y bicicletas.

Habían visto sus cursos en Youtube en los que hablaba de autores chicanos que ellos no conocían. Sabían que se burlaba de sus acentos. Les parecía que era poco respetuoso con don Antonio. Y tenían razón, pues tal vez no fue atinado llamarlo «donador de semen» en su curso Paternidad en la Literatura Latina.

Angelito pensaba que los homenajeaba cuando contaba historias sobre sus rarezas. Sentía el peso de ser el testigo viviente de su familia. De algún modo, los detalles más simples de sus vidas eran sagrados para él. Pensaba que si tan solo la cultura dominante pudiese ver estos sencillos momentos, podrían ver sus propias vidas reflejadas en el otro.

Sin que él lo supiera, al otro lado de la ciudad, Angelote había reentrado en su cuerpo después de visitar la tumba de don Antonio en Tijuana y la casa familiar en La Paz, ahora en ruinas y llena de cardos. Además de un momento voyerista en la habitación de la Gloriosa, para verla soñar.

La Gloriosa despertó temprano. No sabía por qué tenía fama de impuntual. Cabrones. Casi siempre se levantaba antes que los demás. Había que dedicar tiempo al esplendor. Una no salta así como así de la cama con aspecto de la leyenda viva de la familia. Ay, no. Tal vez no solía llegar adonde debía ir cuando la esperaban, pero se aseguraba de que todos se acordaran para siempre del momento de su llegada.

Aunque dormía sola, siempre se ponía bonita lencería. Esta mañana llevaba un camisón rojo con ribetes de encaje negro. Todo suave y de seda. Tan terso que le gustaba acariciarse sus propias costillas.

El cabello era un revoltijo y le gustaba revuelto. Pero se había quitado el maquillaje antes de dormir, como lo hacía cada noche, y no le gustaba su aspecto hasta que volvía a poner en su sitio el maquillaje y sus ojos. Sin sus cuidados, los ojos parecían pequeños y abultados. La piel parecía manchada con la luz matinal. Los labios desaparecían cada noche. Le hacían falta dos capas de lápiz labial para resaltar su poder hechicero, el delicioso centro de su beso y las sugerentes comisuras. Los hombres debían sentir que se derrumbaban dentro de su boca.

—El pintalabios.

Sabía que los artificios acrecentaban su belleza. La Mona Lisa estaba en un bonito marco, ¿qué no? La verdadera naturaleza de su rostro mejoraba cuando permitía que el artificio dirigiera el ojo del observador. Su belleza debía mostrar el oro puro de su interior.

Un toque cobrizo en las cejas y una maestría con el delineador ponían magia en sus ojos. La casi invisible línea azul sobre el negro. Y ese rímel. Era su verdadera arma secreta. Además de su esplendor general. Algunos días era difícil comenzar. Sería divertido ponerse un pañuelo sobre el cabello, gafas de sol y correr libremente por la orilla del mar.

«Buenota», se dijo, pues pensaba que estaba bien buena. Era su responsabilidad decírselo a sí misma. Se estiró. Tenía bonitos bíceps, pero le exasperaba esa fofería en el dorso del brazo.

—*All righty* —dijo en inglés, aunque marcó la erre.

Antes de su sesión de maquillaje, por supuesto, vino una señora ducha. Que disculpe la sequía, pero la ducha debía ser larga y caliente. Rasuradora de piernas, champú francés, crema acondicionadora de L'Occitane, pastilla de jabón de melocotón y almendra, frasco de limpiador facial cremoso. ¡Nunca jabón en la cara! Crema exfoliadora e hidratante. No iba a marchitarse como las mujeres de otras familias. Quizá estaba envejeciendo, pero iba a asegurarse de recordar a todos que ella era la más joven de las hermanas.

Cuando era niña, llamaban «mangos» a las chicas bellas. Ella aún estaba jugosa. ¿Quién no disfrutaría un mango fresco en la lengua?

Tras la ducha, planeaba desplegar sus ungüentos. La Gloriosa nunca salía al mundo sin loción en cada centímetro de su cuerpo, sin delicadas pociones secretas inmersas en su rostro y cuello antes del maquillaje, sin toques del más oscuro perfume en sus zonas reservadas. Además, estaba su secreto de belleza mejor guardado: Preparation H bajo la barbilla y los ojos a la hora de dormir. Había que sacrificarse para alcanzar la perfección.

Le dijeron que las jóvenes se aplicaban cera. ¿Aplicarse cera? Qué locura. La Minnie, por ejemplo, iba al salón de belleza Pretty Kitty en Chula Vista. ¡El Pretty Kitty! ¿Así le llamaban ahora? ¿Gatito? ¿Minino? Tenía que haber un límite. Aunque Minnie le había regalado un certificado de descuento de diez dólares, la Gloriosa no iba a permitir que una filipina echara cera en su «minino».

—¡Eso sí que no! —dijo en voz alta.

Dejó que el agua caliente se deslizara por la espalda. Todo dolía. Nadie le advirtió que uno se oxida con la edad y aparecen dolores en los lugares menos esperados. Le dolían las caderas. La cabeza le dolía. Respiró en el vapor. Le atemorizaban las jaquecas. También el dolor detrás del pecho izquierdo. Entre las costillas. Tenía tanto miedo de esos pequeños dolores que no se los mencionaba a nadie, y apenas quería reconocerlos delante de sí misma. O delante de Dios.

Ignoró un chispazo de pensamiento sobre Angelito alzándole los pechos por detrás, aliviándole el dolor en las costillas. *No.*

Pasó la mano por la cicatriz del nacimiento de su hijo a lo largo del vientre bajo. Se sintió cohibida ante la idea de que alguien la viera desnuda. Su pobre hijo. Su único hijo. Lloró en el consuelo del agua caliente.

Guillermo. Ay, Guillermito. Unos desconocidos le metieron cinco balas. ¿Por qué? Ya habían pasado diez años y cada mañana seguía susurrándole, llorando por él. Siempre fue su bebé, sin importar la edad que tuviera. ¿Por qué? Le dispararon y lo dejaron en la acera. Pudo haber sobrevivido; así de fuerte era. Pudo haber sobrevivido. Pero el asesino regresó y le dio un tiro en su hermoso rostro. ¿Por qué? ¿Por qué?

Él y Braulio murieron en la misma ciénaga de sangre negra bajo las farolas. Braulio mirando hacia la calle, y Guillermo sin ojos ni rostro. Hubo quien hizo fotos o vídeo con su teléfono. Los dedos de los muchachos casi se tocaban.

La Gloriosa se tapó la cara con las manos y se arrodilló como en una plegaria. Dejó que el llanto brotara.

8:30 a. m.

Cuando salió de la ducha, Angelito se sorprendió al saber que María Luisa había salido para traer un par de cafés. También trajo bizcochos. Él tenía una toalla enrollada en la cintura y le dio un abrazo.

—Híjole —dijo ella complacida—. Irás al infierno por intentar seducir a tu hermana.

Él se sentó. Era una vieja broma entre ellos. La había conocido en la playa al sur de Tijuana a los diez años. Don Antonio lo había empaquetado en el coche en San Diego y lo llevó al sur, al otro lado de la frontera, por el litoral. Había una playa que adoraba —Medio Camino— entre Tijuana y Ensenada. Angelito pensaba que esa playa les pertenecía, pues don Antonio siempre decía que era suya. Los correcaminos se apresuraban por la carretera. Algunos vaqueros adustos pasaban por la playa y los llevaban a galopar por diez o veinte pesos.

Un día, Angelote y alguno de los otros hermanos estaban ahí con su tía. También había una chica pálida de mayor edad y estatura que él. Estaba resplandeciente con su traje de baño negro de una pieza, con largas piernas blancas y pelo negro. Bien desarrollada. A los diez años, Angelito se estaba interesando mucho por las tetas. Se enamoró... hasta recibir la fatídica noticia de que esa sirena era su hermana mayor. ¿Dónde la habían escondido? Qué truco tan miserable.

La familia se burló de él durante décadas.

Ella estuvo observando cuando don Antonio y Angelote lo llevaron a la orilla. Angelito no sabía nadar y tenía miedo a las olas. Antonio le agarró los brazos; su hermano, las piernas. Lo balancearon y lo arrojaron hacia las olas. Gritó. Lo atraparon de vuelta cuando salió del agua y lo hicieron de nuevo. Y de nuevo.

—Aprende a nadar y te dejaremos en paz —le dijo su padre.

Angelote reía sin tregua.

También Marilú. Al principio. Pero cuando terminaron de lanzarlo, tenía las manos entrelazadas sobre la boca.

Si se arrastraba fuera del agua e intentaba correr, lo perseguían de nuevo. Y de nuevo.

Angelito meneó la cabeza para borrar el recuerdo de ese día y sonrió. Se puso a comer y beber.

—Caramba, me encanta el café.

—El café de verdad, tal vez —respondió ella.

Él sonrió. Toda la familia había heredado el anómalo sistema de creencias de Antonio y América: el café instantáneo era una especie de milagro. A los mexicanos de esa generación les gustaba menear el café en polvo dentro de una taza de agua caliente y hacerla tintinear con una cuchara. Como si estuviese ocurriendo algo altamente sofisticado y mágico. Nescafé. Café Combate. Luego le vertían leche Carnation de lata. Se sentían en una película de James Bond, viviendo más allá de los límites culturales. O tal vez era que estaban hartos de cafeteras y molinillos.

—Creo que llevaré café de verdad al cumpleaños de Angelote —dijo él—. Voy a comprar una caja en Starbucks.

Ella se comió un segundo bizcocho. Al diablo con las calorías.

—¿Te vas a poner algo de ropa? —preguntó.

—No. Pienso ir desnudo.

Ella se volvió a la cocina integrada.

—No dejes que te vea Paz —dijo.

Él se apoyó en la encimera e hizo un montón de flexiones con cuarenta y cinco grados de elevación para sentirse arrogante y californiano.

—Paz —continuó ella—. Esa bruja.

Otra vez la burra al trigo.

—No nos podemos ver ni en pintura —dijo Marilú.

Angelito asintió, se alejó de la encimera y sorbió su café.

—Lo sé —entonó como un empático presentador de algún programa de entrevistas.

—¿Notaste que ni siquiera se me acercaba en el funeral? —dijo ella.

—No.

—¿Ves cómo me desprecia?

Todos se mantenían a distancia de Paz. Su nombre clave era Pazuzu, el demonio de *El exorcista*. Agrega tequila y su cabeza rotará y alguien será agredido. Las erupciones de vómito no se descartaban por completo.

—Y —agregó María Luisa— odia al pobre Leo.

La misma cantinela. Leo. El León. El Camarada.

—¿De veras? —dijo Angelito apaciblemente.

Pobre Leo. El exmarido de Marilú. La familia lo mantenía como parte del círculo por cierta nostalgia de tiempos mejores que nunca existieron. O por la oportunidad de tijeretearlo a sus espaldas. Ambas opciones eran igualmente gratificantes.

Incluso luego del divorcio, Leo continuó saliendo a bailar con Marilú. Y sobrevivió a la más escandalosa fiesta familiar de fin de año. Había terminado con Pazuzu borracha, abofeteándolo una y otra vez, gritando: «¡Eres una mierda!». Y Marilú corriendo para rescatarlo y bramando: «He is no chit!».

—¿De qué se trató todo ese lío en aquel fin de año? —preguntó Angelito.

—Paz dijo que Leo le había mostrado su órgano. ¡En la cocina!

—Mejor no hubiera preguntado.

—Ya sabes de qué hablo, ¿verdad?

—Párale —dijo él.

—Su órgano.

—Sí. No su páncreas.

—Ángel, hablo en serio. Leo tiene un pene minúsculo.

—¡Dios mío!

Ella separó tres centímetros el pulgar y el índice.

—Así.

—Basta.

—Como una bellota.

—¡Basta ya!

—Ni siquiera le gusta enseñármelo. De ningún modo se lo iba a enseñar a esa mujer.

Angelito se echó en su silla y soltó un gemido de desesperación total.

7:00 a. m.

Minerva Esmeralda, la Minnie Mouse de la Cruz Castro, estaba en cama, amedrentada por el inicio del día. Todo se le iba a venir encima. Deseaba que fuese un día perfecto. El último cumpleaños de su padre.

El Tigre estaba despatarrado y desnudo junto a ella, con la almohada sobre la mitad superior del rostro. Tenía rayas tatuadas en el hombro izquierdo, bajaban hasta el pecho y rodeaban el pezón. Ella levantó la sábana y estudió a su pequeño y triste bichejo. Todo mustio como si estuviese borracho.

—Oye, grandullón —dijo—. ¿Estás despierto?

Lo picoteó con una uña morada hasta que se movió. El grandullón no estaba muerto después de todo.

—Tigre.

Él resopló. Ella se apoyó en el codo y le rascó el pezón con la uña hasta que se erizó.

—Reina —dijo él—. Sigue y te pongo a comer boniato.

Ella se inclinó hacia el pezón y lo asedió cachondamente con la lengua.

—Uff, mi reina.

Lo mordió.

—¡Oye!

—¿Y bien? —dijo ella—. Aquí estoy —siguió lamiendo—. Buenas tetas, gordinflón.

—Ten cuidado con lo que deseas —dijo él.

—¿Vas a hablar todo el día o vas a hacer algo al respecto?

—Mi reina —dijo—, estás bien rica.

—Ya lo sabes.

—Ten cuidado que allá voy.

Él rodó hacia ella.

Después, Minnie hizo café. Luego salió de casa mientras él se duchaba.

Vivía como a ocho kilómetros de Angelote y Perla. Ella era a quien llamaban cada vez que había una emergencia médica. Había pasado incontables noches en las salas de emergencia y de espera. Junto a la puerta tenía siempre lista una maleta para una noche. En el trayecto se puso a cantar tan fuerte como pudo una canción de Katy Perry en la radio. Los últimos minutos de paz. Tal vez para siempre. Tenía que ser fuerte. ¿Cómo iba a saber cómo de fuerte Dios quería que ella fuera? Si lo hubiese sabido desde antes, se habría rajado. Pero ahora llevaba las riendas.

Por dentro seguía siendo esa chica que huyó de casa a los catorce años. ¿En qué estaba pensando? Ya sé que cada locura que uno hace parece una buena idea en ese momento. Pero no es excusa. Ahora tengo un nieto.

¿Cómo pudo pasar?

7:50 a. m.

Julio César, el Pato de la Cruz, se hallaba en el piso de su exmujer recogiendo a su hijo. César era alto, no como el Pato Donald de los dibujos animados. Más parecía un ganso trasnochado de dos metros con bolsas bajo sus tristes ojos negros. No podía hacer nada para tener otra voz, y estaba un poco jorobado por intentar no ser más alto que los demás.

Su hijo se llamaba Marco Antonio, continuando con el hilo de emperadores romanos que don Antonio había comenzado con César. Marco era tan alto como él. La ex de Pato, madre de Marco, se llamaba Vero, y él aún no podía entender por qué la había engañado con Paz para arruinar su propia vida. Quería volver con Vero, pero ella se reía en su cara. Ahora Pato enviaba mensajes de texto a una solitaria filipina en Manila, que hasta el momento se había resistido a las continuas solicitudes de que le mandara una foto de sus tetas.

No pensaba en la primera esposa que había engañado con Vero. Esperaba que ya no hubiese otra esposa. Cuatro esposas serían demasiado. Tal vez una bonita divorciada de Tijuana, luego una serie de novias. Pensaba que aún aparentaba treinta y siete años. El tinte de las cejas no ayudaba.

—*Hi, Dad* —dijo su hijo.

El Pato observó a esa criatura alienígena que había remplazado a su bonito niño mexicano.

Era cantante. O él se llamaba a sí mismo cantante. César nunca había escuchado nada parecido a la «música» que tocaba su hijo. Tenía una banda de falso *black metal* noruego llamada Satanic hispanic. Habían grabado un disco casero titulado *Tacos humanos: ¡Prueba la carne!* Vestía una camiseta de la banda Killing Joke.

Cuando cantaba, Marco ladraba chillidos guturales que sonaban como si el Monstruo de las Galletas estuviera poseído por Belcebú, pero a un volumen atroz. Gritaba tanto que su padre esperaba que escupiese sangre. Supuso que era el estado más evolucionado de la voz del Pato.

Su hijo rugió «¡EXTREMO!» con su desafinada voz diabólica.

Se peinaba el pelo hacia arriba, al estilo de Wayne Static de Static-X. No sabía que el cantante había muerto. Se había tatuado los brazos y cuello con un rotulador. Se sentía extremadamente feliz.

—Mijo —dijo César tenuemente—. ¿Listo para la fiesta?

—¡Fiesta en la casa de las tortitas! ¡A DESAYUNAAAAAR, HIJOS DE PUTA!

—Sí, mijo. Tranquilo.

—¡ODIO A DIOS!

—De acuerdo, mijo.

—*I AM DEATH! I TAKE YOUR LAST BREATH! MOTHERF...!* —cantó o gritó.

—Sí, vamos a comer pan-kekis.

Se metieron en el Hyundai.

—¿También cantas en español? —preguntó César, saliendo lentamente del aparcamiento y conduciendo a sus acostumbrados sesenta kilómetros por hora.

—¡El español es para MARICONES!

César forzó una sonrisa. Graznó una risa paterna, solo para mostrarle al hijo cuán tolerante era. Anticuado no. Tenía miedo de ser anticuado. Incluso cuando Angelito era niño y el Pato lo visitaba algún fin de semana, se ponía botines estilo Beatles y le enseñaba a cantar *Help!*

Tenía cosas en la cabeza. Mujeres. Eso siempre estaba en su cabeza. ¿Qué hombre casado con Paz no pasaría todo el tiempo pensando en mujeres? Pensaba tanto en ellas que a veces se iba de largo en las salidas de la autopista y terminaba en sitios extraños de la ciudad como si estuviese despertando de un trance. Quería saber cómo algunos tipos conseguían que las mujeres les dieran su ropa interior. Como Tom Jones. Se meneó incómodo en el asiento. Suponía que hasta a Satanic Hispanic les lanzaban bragas.

Miró a Marco Antonio. De pronto notó que tenía una argolla en la nariz, colgando del septo, como un toro.

—¿Siempre has tenido eso?

—¿Qué?

—En la nariz.

El Hispánico Satánico se puso los cuernos del diablo.

—Nací con esto, papá.

—Sí, mijo.

—*RIDE THE LIGHTNING!*

Llegaron al aparcamiento de la tienda de tortitas.

—Nada de gritos. ¿De acuerdo?

—De acuerdo, papá.

César había asistido una vez a la fiesta de cumpleaños de su hermano menor en Mission Bay. Angelito ofreció tarta, una fogata y cerveza. Y muchas gringuitas. Ellas le habían hecho la tarta. ¿Cómo lo logró? César estaba seguro de que Angelito también conquistó sus bragas. César nunca había visto tantas gringuitas en su vida. Su hermano menor nunca se enteró de que César había engatusado a su novia para sacarla a pasear esa noche y practicar sexo oral tras el tobogán del parque infantil. Se sintió impactado y triste por su hermano porque ella dijo «Ñam, ñam» cuando se lanzó por la presa. Siempre que pudo disuadió a Angelito de casarse con ella. Era su deber como amoroso hermano mayor.

—Ay, Marco —suspiró—, qué rara es la vida.

—Te preocupas demasiado, papá.

—¿Tú crees?

—¡GOFRES CON CARNE HUMANA!

César salió del coche y caminó hacia el lado equivocado, pero el Monstruo de las Galletas fue a por él y lo condujo adentro.

8:45 a. m.

Angelito apareció calle abajo. Llevaba un contenedor de cartón con café recién preparado por el camarero. Dos litros de buen café colombiano. La caja tenía un grifo de plástico con tapa de rosca. Había robado como veinte paquetes de Truvia para traer a la fiesta.

Minnie estaba sentada frente al garaje en una tumbona. Con gafas oscuras se protegía del sol matutino. Llevaba vaqueros ajustados y sandalias rojas y una especie de blusa campesina que bajaba por los hombros y dejaba ver las clavículas. Sentía una calidez placentera en el vientre. Sonrió. Pegó una calada a un Marlboro.

Angelito notó que cada uña del pie tenía un color distinto y las uñas de las manos eran arcoíris morados.

—Hola, tío.

—Bonitos pies.

—Ah, me siento tan especial. Gracias por notarlo.

Alargó la mano para que también se diera cuenta. Hizo a un lado el cigarrillo para que él pudiese abrazarla. Él sostuvo la caja de café detrás de sí.

—Te quiero, tío.

—Te quiero, muchacha.

—Mucho, mucho.

—¡Sí, sí! ¡Mucho!

Desde su cubil en el garaje, Lalo entremetió los labios en el hueco entre la puerta y el marco para decir:

—Ey, tío, cuidado con las madrigueras de *chud*.

—¿Qué?

Pero ya Lalo se había marchado.

—Mejor no preguntes —dijo Minnie.

—Típico de nuestra familia.

—Cómo lo sabes.

Ciento cuarenta y nueve niños y perros corrieron entre ellos y se perdieron en el jardín.

—Como me gustaría que Yndio estuviera aquí —dijo Minnie, echando un poco de ceniza y mirando la calle como si su hermano pudiese aparecer en cualquier momento.

—¿Para qué? ¿Para esto? En fin.

Ella le pegó una calada al cigarrillo, echó el humo lejos de él.

—Se va armar una buena, tío —dijo.

—¿Qué ha pasado? —preguntó Angelito—. Y, por cierto, si hoy solo tenemos un lío, sería un milagro.

—Siosí —dijo ella, tal cual, una palabra de dos sílabas.

Diptongo, pensó el profesor. Ella continuó:

—Olvidamos la tarta de cumpleaños.

Desde la caverna, la voz de Lalo declamó:

—¡Qué *chud!*

—¿Eh? —dijo Angelito.

—¡Te voy a chudar, pendejo! —respingó ella.

Angelito palpó su bolsillo trasero.

—Tengo aquí una tarjeta. Puedo ir a comprarla.

—¿De veras?

—Claro, cariño. Yo me encargo. Lo haré con gusto.

—Hay un Target al otro lado de la autopista —dijo ella—. Un enorme Target para yupis. Tres kilómetros, pasando el puente hacia allá. Tienen una panadería. Pídeles que escriban algo digno para la ocasión.

—De acuerdo —tensó los bíceps—. No tengas miedo, el tío está aquí.

—Me encantas, tío —dijo ella.

—No es nada.

—Gracias. Se me está acabando el dinero. Eres mi héroe —sonrió—. También tienen sushi.

Él la vio a través del tiempo y de pronto fue una niña de diez años.

—¿Quieres sushi? —preguntó.

—Ay, tío. Me siento una egoísta.

—Pero te apetece.

Ella asintió y le sonrió sobre los aros de sus gafas.

—Minnie —dijo él—, ¿qué vas a hacer hoy? ¿Todo esto? Un poco de egoísmo no te vendrá mal.

—Siempre supe que me gustabas —dijo ella.

—Soy tu favorito.

—Y también el más guapo.

Lalo refunfuñó:

—El sushi es para los títeres.

—Lalo —llamó Angelito—. ¿Qué quieres que te traiga de Target?

—¡Un Captain Morgan, tío! —anunciaron los labios—. ¡En serio!

—Cuenta con ello.

Minnie meneó la cabeza. Articuló un «no» en silencio.

—Y tráete unos Takis bien picantes.

—Claro.

—Y helado.

—Eso no —dijo Minnie—. Ya estás bastante gordo.

—Mira quién habla, culo de Godzilla.

—Cállate —gritó ella—. Iré contigo en cuanto me levante y te voy a flagelar el culo.

—Te llevará una hora levantarte —dijo Lalo—. No te tengo miedo.

Angelito entró para depositar el café.

café por la mañana con bollos
todas mis mujeres conmigo
un buen trabajo
un jardín lleno de chiles y tomates

Angelito volvió para ver a su hermano. Ahí estaba, aún en pijama. Aterradora, ferozmente despierto. Angelote no habló, solo emitía luz como un pequeño faro. Otra vez palpó la cama junto a sí. Angelito se acostó.

Su pequeña balsa bajaba por el caudaloso río.

—¿Puedes oler el cáncer? —preguntó Angelote.

—Pues no. Creo que no, Carnal.

—El olor sale de mis huesos.

—Maldición.

—No me gusta.

—Sí, no, o sea, entiendo que no te guste.

Angelote se acomodó y sonrió mientras se hundía en las almohadas.

—Duele.

—¿Mucho?

—¿Tú qué crees? —miró a su hermanito.

—Pregunta estúpida.

—Duele lo suficiente para entender el mensaje.

Por alguna razón, esto provocó que se sonrieran el uno al otro.

Angelote sacó sus libretas dobladas y desfiguradas.

—Esto —dijo— es para Minnie y Lalo cuando me haya ido. ¿Sí?

Angelito asintió.

—¿Entiendes?

—Entiendo.

—No se te olvide.

—Claro que no.

—Cuando muera, ven aquí y tómalas. No dejes que nadie más se las lleve.

—Caray, Ángel.

—No se las des a los muchachos de inmediato. Espera un tiempo. No lo olvides.

—No lo olvidaré —*Viejo loco,* pensó—. ¿Qué son?

—Yo —respondió.

Escucharon a lo lejos los sonidos de la casa y el jardín. La habitación del fondo ya tenía niños de origen ignoto, hacinados en la penumbra, jugando con videojuegos. Los perrazos ladraban, aunque a veces sonaban como pájaros piando. Perla daba órdenes a Lalo.

—¿Cómo es eso de que nunca nos besamos? —dijo Angelote.

—¿Besarnos?

—¿Acaso no se besan las familias?

—¿Te refieres a los hermanos?

—¿Por qué no?

Ponderaron la abominable nueva posibilidad.

—Carnal, ¿quieres un beso? —preguntó Angelito.

—Realmente no —dijo Angelote, y encogió los hombros—. Para nada.

—¡Menos mal! —Angelito trinó, como si se hubiese manifestado una revelación que echara abajo la casa—. Hablabas por hablar.

—Seguro, Dios santo.

Se quedaron lado a lado, de brazos cruzados, escuchando la sacra estupidez de la familia que iba y venía de un lado a otro.

Lalo le gritó «¡*Chud!*» a alguien.

—¿Qué fue eso, Carnal? —preguntó Angelote.

—Lalo —respondió uno, el otro o los dos; era una explicación cósmica para todo.

—¡Salid de las flores! —gritó Minnie—. ¡Ma! ¡Los perros están haciendo caca en las flores!

Los hermanos asintieron sabiamente. Eran como un par de urracas en un cable telefónico, dejando que la mañana les diera su calor.

—¿Los gringos se besan? —preguntó Angelote.

—Algunos —dijo Angelito—. Conozco a varios. Besan a sus padres.

—Pero todos besan a sus madres.

—Besar madres no cuenta. Es obligatorio.

—Claro, claro. Si no besas a tu madre, eres un paria.

—Eso como poco. No vas al cielo si no besas a tu madre.

Tras un minuto, Angelito sintió que su hermano lo observaba. Giró la cabeza. Angelote le estaba sonriendo.

—De hecho, sí —dijo.

—¿Qué?

—Sí —asintió Angelote—. Me gustaría.

Angelito se apoyó en el codo y besó la ardiente frente de su hermano.

—No fue tan malo —dijo Angelote.

—No. Estuvo bien.

Tuvieron que cambiar de tema.

—Hoy es el gran día —dijo Angelito.

—Mi último día.

—Por favor.

—Ángel —dijo Angelote, tomando el brazo de su hermano—. Esta noche, cuando te vayas, no digas adiós.

—No lo haré.

—Nunca me digas adiós.

—No lo haré —Angelito apartó la mirada—. Se les olvidó comprarte una tarta.

Angelote soltó una carcajada.

—Ahora tengo que ir a comprarla.

—Carnal —dijo Angelote—, tráeme dos tartas.

—¿Por qué no? ¿De qué las quieres?

—Una blanca y otra de chocolate. Con mi nombre en ambas. Pero no les pongan velas de broma. No puedo estar soplando velas que se vuelven a encender.

—Supongo que ya no estás cuidando tu peso —dijo Angelito.

Un momento de silencio, luego Angelote dijo:

—¡Gilipollas!

un beso de mi hermano

César, el Pato, y Marco, el Hispánico Satánico, llegaron cuando Ángel abordaba su coche alquilado para marcharse a su expedición a Target. César se apeó del cochecito rojo, hizo señas y se subió.

—Guau —dijo—. Qué cochazo.

Míster Heavy Metal arrastró una silla de jardín para acomodarse junto a la Minnie y de inmediato le sableó un cigarrillo.

—Adoro a mi familia —dijo Minnie.

—Me da lo mismo —dijo él.

Angelito encendió el poderoso motor de Detroit. Guau era lo justo. No se trataba de un minúsculo cuatro cilindros japonés. Esto era una locomotora.

—¿Adónde vamos? —preguntó César.

—A comprar una tarta de cumpleaños.

—¡Ah, qué bueno! ¡Un keki!

Sonrieron. Les gustaba hablar espánglish. Les divertía. *Bikes* eran «baikas». *Wives* eran «waifas». *Trucks* eran «trocas», y las *pickups* eran «pi-kas». Pronunciaban *waffles* en dos sílabas. A Angelito le gustaban los bisílabos. *Wa-ffless*.

Don Antonio odiaba el espánglish. Los regañaba, incluso como adultos, si pronunciaban alguna bastarda palabra fronteriza. Hasta que se murió, ellos comprendieron que su odio por la palabra «troca» tenía mucha gracia, pues creía que el término correcto era «una troc». Ay, padre.

—¿Cómo estás, Carnal? —preguntó Angelito.

—Triste.

—Yo también.

—No me gusta.

—No.

El Pato dejó escapar un profundo y largo graznido de aflicción. Toda la tragedia a su alrededor lo había borrado casi por completo. Su madre aún le planchaba las camisas hasta que cayó enferma. Toda la tierra estaba llena de pena. Las hierbas amarillentas que crecían en el pavimento le hacían sollozar. La luna, como un recorte de papel pálido en el cielo matutino, le abrumaba.

Se dirigieron a Target a través de la luz metálica y seca. Todo trazo de la lluvia del día anterior se había consumido. En una cancha de baloncesto junto al McDonald's se habían congregado unos chicanitos de mierda con sus patinetes y bicis chopper. El puente sobre la 805 se encontraba tan vacío como en una película de zombis, aunque la autopista de abajo estaba congestionada. Era muy temprano para que la gente anduviera callejeando, a excepción de esos pobres diablos que iban a trabajar y los vatos en patinete que no iban a misa.

—Todo esto me recuerda cuando papá murió —dijo César e hizo una mueca.

A Angelito le gustaba ese gesto. Aunque denotaba aversión y desagrado, era una de las caras emblemáticas de la familia. Una expresión de monito cabreado. Tenía vestigios de Mamá América. La vieja matriarca se hacía presente en los rostros de sus hijos. Todos los hombres llevaban mujeres por dentro, solo que no podían admitirlo.

—Ha sido una mala época —dijo Angelito.

—Sí.

—Pero sabíamos que iba a llegar.

—Sí.

—Era severo consigo mismo.

—Chit. Era severo con todos, Carnal —el Pato encogió un hombro, levantó las manos y las hizo girar dos veces en un ademán que significaba por siempre y allá en la distancia y *De todos modos no se puede hacer nada al respecto*—. Le metió una patada al perro de la abuela y lo tiró escaleras abajo.

—¿Por qué?

—Porque sí.

Siguieron dos kilómetros hacia el puente y cruzaron la 805. Mientras pasaban sobre el tráfico congestionado, los pichones se lanzaron del puente y aterrizaron sobre los techos de los coches. Por un momento parecieron palomas haciendo un clavado desde un acantilado gris. Todo ese resplandeciente Misisipi de estadounidenses en sus coches, pasando por un barrio invisible, avanzaba sin ser consciente de las vidas de allá arriba, de las pequeñas casas y todas esas historias desconocidas.

Pero Angelito rebobinó la conversación y clavó la vista en su hermano.

—No se cuidaba —dijo.

—Él hacía muchas cosas, pero no se cuidaba, Carnal —el Pato alargó la mano para apretarle la rodilla; quizá fue el gesto más bello de sus vidas—. ¿Te dolió, Angelito? —preguntó.

—Por supuesto. Era mi padre.

—Yo no sé cómo me sentí —dijo Pato—. Muy triste. Pero un poco... contento. ¿Soy cruel?

—No.

—O sea, mi pobre madre.

—Lo comprendo.

—Tu pobre madre.

—Gracias.

—No era como otros padres. Tú sabes cómo son los padres mexicanos. Quieren ser buenos. Quieren ser grandiosos —meneó su cabeza adelante y atrás—. Algunos padres.

—Tú eres así.

El Pato graznó complacido.

—Gracias, carnalito.

Sonrieron sin revelar sus pensamientos.

—Severo, severo —Pato pasó un dedo por el mentón, haciendo sonidos de lija con su barba incipiente—. Un hombre severo.

Faltaban cinco kilómetros para Target, pero parecían diez.

—Luego —dijo Angelito— era dulce. A veces. Llegabas a casa y había preparado una cena tremenda.

Pato frunció la boca.

—¿Cena? ¿De verdad? ¿Qué cocinaba?

—Espagueti con huevos duros.

Se rieron.

—En vez de albóndigas ponía huevos.

Aparcaron, pero César no estaba listo para bajar del coche.

—¿Tenías una relación cercana con él? —preguntó a Angelito—. Digo, ya sé que eran cercanos, pues vivía contigo.

—¿Cercanos?

Angelito no sabía qué decir. Sí. No. Muy cercano. Abandonado. Qué. Al fin dijo:

—Sí.

—¿Sabes, Carnal? Después de que nos dejó y se fue a Tijuana, lo seguimos. Ángel nos encontró después. ¿Puedes creerlo? Viajó hasta allá en autobús y nos encontró. Estábamos viviendo en los cerros. En la colonia Obrera. Una vida difícil. Los muchachos de allá me pegaban. Ángel los atizó con un tubo.

Angelito no sabía nada de esto.

—Él y yo teníamos que recorrer Tijuana en busca de comida. Mamá no tenía nada para alimentarnos. ¿Tienes idea de qué mal lo pasamos? Marilú lloraba todo el día.

Angelito se sintió culpable por sus espaguetis.

—Nunca robamos —dijo Pato—. Mamá nunca nos habría perdonado si hubiésemos robado. Pero buscábamos dientes de león. ¿Los has comido?

Angelito negó con la cabeza.

—Nos llenábamos los bolsillos y las camisas con dientes de león. No puedes comer la pelusa. Pero puedes hervir las plantas y las flores. O freírlas. Si tienes manteca. A veces mamá las freía.

Angelito se volvió a mirar a su hermano.

—¿Así que Ángel vino a Tijuana cuando yo era un niño de unos doce años? Ya tenía planeado casarse con Perla. Sabía dónde estaba mi padre..., perdón..., nuestro padre. En casa de la abuela. Allá iba cada semana.

—Lo sé.

—Ella fue la primera en mudarse a Tijuana.

—Sí.

—Le gustaba el *Show de Perry Como.*

Rieron.

—Ella tenía que vivir en la frontera, pues. Para poder verlo.

—Eso y el programa de Lawrence Welk —dijo Angelito.

—Bueno, Ángel me contó que papá estaba en casa de la abuela. Corrí por toda la ciudad —César sonrió con tristeza y miró el parabrisas, meneando la cabeza, como si observara una distante pantalla de autocine que mostrara una película conmovedora—. Fui corriendo sin parar hasta casa de la abuela. No fue fácil. Estaba en la cima de aquel cerro.

—Lo sé.

—Tenía zapatos bien duros. Me salieron ampollas, pero corrí igual. Y entré sin tocar la puerta. Me metí y ahí estaba. Me lo encontré sentado en el sofá del salón, mirando el televisor. Fumando.

—Pall Mall.

—Parecía un gigante con la cabeza entre nubes de humo. No me dirigió la mirada. Me senté a observarlo. No tenía idea de lo que podía ocurrir. Pero no pasó nada. Tenía canas. Parecía que tenía cien años. Estaba viendo un concurso. Y finalmente giró la cabeza para echarme un vistazo.

—¿Dijo algo?

César resopló una risa por la nariz.

—Dijo: «¿Tú cuál eres?». Solo eso. «¿Tú cuál eres?» Yo le respondí. Él dijo: «Pensé que serías más grande». Luego salió de la habitación —César abrió la portezuela y sacó un pie del coche, pero permaneció sentado—. ¿Por qué era así? —preguntó.

—No lo sé.

César meneó la cabeza.

—Eso no me gustaba —dijo y salió y dio un portazo.

9:45 a. m.

Hubo silencio en el coche mientras regresaban a casa. Las tartas que eligieron en el refrigerador estarían decoradas a las once de la mañana. Pato insistió en pagar.

La reunión de criajos y muchachas se había instalado en el patio trasero. Los viejos aún eran mayoría, ya que los mexicanos viejos se levantan antes que el sol y trabajan medio día antes de que los *gamers* y chicos Netflix abran los ojos. Ningún mexicano que Angelito hubiese visto en su vida dormía apoyado en un cactus como insistían los anuncios de las taquerías.

La Gloriosa y Lupita actuaban como sargentos de Perla, dando coscorrones y colocando las mesas. El tío Jimbo se sentó junto a los geranios para fumar. Llevaba un sombrero de paja de copa baja y pantalones cortos de los que brotaban un par de piernas rojas gigantes. Jimbo saludaba y los demás le devolvían el saludo, echaba el humo y bebía un vaso de Coca-Cola Light atiborrado de hielo.

—Necesita ron —comentó—. Y un montón de cerezas.

Tenía en su guayabera un broche de la bandera confederada para hacer ver que no tenía humor de escuchar peroratas de inmigrantes.

La Gloriosa mostró todo su poderío matutino. A contraluz, su cabello resplandecía con rayos plateados. César se ruborizó al verla. También Angelito. A ella le irritó ver a esos dos ahí parados como un par de perros tristes que suplican un hueso, así que se alejó de ellos y desplegó un mantel de plástico con manotazos decididos. Cada movimiento de sus musculosos brazos fue un reproche a la debilidad de ese par. Pensó: *Vayan al gimnasio, cabrones.* Par de hombrecitos fofos. Angelito corrió hacia su contenedor de café y se regaló una dosis de elíxir colombiano. César desapareció en el baño y se pudo oír cómo echaba el pestillo.

Angelito permaneció detrás de ella, olisqueando el aire.

—No seas tonto —dijo la Gloriosa, pero Angelito no supo si se dirigía a él o al niño andrajoso que iba de camino a la habitación trasera para jugar una ronda de Mario Kart.

Traqueteando y cascabeleando, Angelote avanzó en su silla por el pasillo.

Sonó su bocina de bicicleta.

—Quiero salir —dijo.

Todos a cubierta. Acarrearon la silla por la puerta corrediza hacia el patio.

—Huele a café —dijo Angelote.

—¿Instantáneo? —Angelito le ofreció su propia taza.

—No. De lujo.

Angelote le devolvió la taza.

—Puaj —dijo—. Consígueme uno instantáneo. Y ponle Carnation.

Los chihualchichas lo vieron, corrieron hacia su silla e hicieron piruetas meneando el rabo.

—Mis perros —anunció— me consideran una leyenda.

10:15 a. m.

El Monstruo de las Galletas se aproximó a Angelito.

—Tío: tú rockeas.

—¿Se me nota?

—No, te pregunto. ¿Tú rockeas?

—Ah, sí. Seguro.

—¿Rock duro o rock ñoño?

—¿Rock ñoño?

—Tipejos de pelo corto. Rock alternativo. Mormones.

Me encanta este chico, pensó Angelito.

—Ya entiendo. Rock duro. Heavy. Motörhead.

El muchacho asintió sabiamente.

Brillante conversación. Angelito estaba feliz. Después de todo un tío era para eso: el tío metal tomando en serio a este caudal de hormonas.

—Bueno —dijo, accediendo a su archivo interno de metal—, Dios nos odia a todos —sabía cómo lanzar carnaza a los adolescentes.

—Tienes razón, tío.

—*Reign in Blood.*

—¡Que se jodan, tío! —bramó el Monstruo—. ¡SLAYER!

Enseñaron al sol el puño con cuernos.

10:30 a. m., la peor hora del día

Casi era hora de comenzar la fiesta. De vuelta en la habitación, Perla y la Minnie estaban discutiendo. Contra la voluntad de Angelote, habían tirado de la silla hacia atrás. Cada centímetro lo ponía más histérico. Arrastró los pies hasta que el linóleo le sacó las pantuflas y luego los calcetines.

Ninguna de las dos podía recordar qué pastillas debía tomar a qué hora. Tenían que confiar en la mente computacional de Angelote para llevar registro de todas sus megadosis, incluyendo las que menos le gustaban: las pastillas de la quimio. Minnie estaba segura de que las escondía bajo la cama, pero nunca pudo encontrarlas.

A la fuerza lo metieron en el baño y lo desnudaron.

—Ay —se desvaneció en sus brazos, le colgaban las extremidades y gruñía—. No.

Le arrancaron el pañal.

—¡No lo hagáis! —dijo.

Minnie enrolló esmeradamente el pañal hasta volverlo una bola compacta y lo echó en el bote de basura.

—¡He dicho que no! —Angelote intentaba sentarse en el suelo—. ¡Dejadme en paz!

La misma movida cada puto día.

—Anda, papá —lo apremió Minnie—. Deja de portarte como un bebé.

Perla abrió el grifo. Tomó sus precauciones: mantuvo la mano en el chorro hasta asegurarse de que era perfecto. Muy frío y maldecirá; muy caliente y chillará.

—¡Hoy no me baño! —dijo Angelote.

Lo echaron en el agua. Él pataleó débilmente.

—¡Flaco! Este es precisamente el día en que tienes que bañarte. ¡Tu fiesta!

—No quiero fiesta.

—Pórtate bien, Flaco.

—¡Muy caliente! ¡Ay! ¡Muy caliente!

—¡Papá!

—¡Auxilio! —gritó—. ¡Ángel, Ángel, ven aquí! —pataleó—. ¡Carnal, ayúdame!

—Ya basta, Flaco.

Angelito llegó corriendo a la habitación.

—Ángel —dijo—, ¿estás bien?

—No entres al baño, tío —dijo Minnie, y dio un puntapié a la puerta para cerrarla.

Angelote se quedó quieto en el agua, las manos sobre el rostro. La espalda parecía un disfraz de huesos grises para Halloween. Temblaba en el agua tibia.

—Querías una fiesta —dijo Minnie—. ¿Quieres verte guapo o no?

—Guapo —dijo en voz baja.

Perla se inclinó con una enorme esponja jabonosa y llena de espuma y la metió entre las piernas de Angelote.

—¿Te gusta, Flaco? ¿Sí? Te gusta, ¿verdad?

—No mires —dijo él a su hija.

—No estoy mirando. Estoy ocupada con tus sobacos.

Se recostó en el agua y cerró los ojos con fuerza.

—Limpio y fresco —dijo Perla—, como un buen muchachito.

Angelote cubrió sus pechos caídos con las manos ennegrecidas.

—Mija —dijo.

—¿Sí, papá?

—¿Me perdonas?

—¿Por qué?

Él meneó la mano en el aire.

—Perdóname.

—¿Por qué, papá?

—Por todas estas cosas —abrió los ojos y la miró fijamente—. Antes yo te bañaba —dijo—. Cuando eras mi bebé.

Ella se ocupó con la botella de champú no más lágrimas.

—Antes yo era tu padre. Ahora soy tu bebé —se le hizo un nudo en la garganta.

Ella parpadeó con rapidez y se echó champú en la palma de la mano.

—No te preocupes —dijo—. No te preocupes de nada.

Él cerró los ojos y dejó que le lavara el pelo.

La Pachanga

pedirle a Perla que viniera conmigo
no me importó que tuviera dos hijos
pedirle a Perla que viniera
no me importó que estuviera criando a dos hermanas
y vino conmigo
finalmente

11:00 a. m.

Angelito echó un ojo a su reloj. Era hora de regresar a la tienda por las tartas de cumpleaños. Se sintió desconcertado cuando la Gloriosa echó a un lado su trapo de cocina y salió con él, cogiéndolo del brazo.

Él hizo un sonido parecido a «¿Ung?».

Pudo sentir los músculos de esa mujer. Intentó tensar el brazo para que ella sintiera los suyos. Olió su pelo. Sintió su calor. Volvió a ser un estudiante de preparatoria.

—¡Ay, qué carro! —la Gloriosa se entusiasmó al ver el descomunal Ford y le pasó la mano por un costado.

El Crown Victoria era sin duda de triunfadores. Él le abrió la puerta del copiloto.

—Todo un caballero —dijo ella.

—Hago lo que puedo —dijo él con timidez.

Intentó no mirar la blusa cuando ella se sentó. Pero ella vio que la miraba. Angelito fingió que dirigía los ojos más allá del escote, hacia la radio, como si recordara algo interesante de su pasado reciente.

—¿Compraste este carrote? —preguntó ella.

Aparentemente, los mexicanos adoraban los grandes vehículos con un consumo de combustible atroz.

—Lo alquilo —cerró la puerta y trotó hacia su propio lado.

—Compra uno —dijo la Gloriosa cuando él se subió—. Para mí.

—Para ti, cualquier cosa.

—Eres rico, ¿no? —dijo ella.

—Pues...

—*Okay*, nene. Compra dos.

Él soltó una risa falsa y muy estruendosa. Era terriblemente consciente de cada uno de sus movimientos mientras ella lo miraba. No tires las llaves. No ahogues el motor. No choques contra nada. No des un frenazo. No se te vaya a escapar un pedo.

—No soy, digamos, rico —murmuró de pronto—. No puedo comprar una flota de coches.

Idiota, cállate, se dijo a sí mismo. *Animal*.

—Entonces solo necesito uno —dijo ella—. Este.

—Me parece bien.

Se las arregló para encender el motor y poner la palanca en D, y arrancó tan lentamente como un crucero que zarpa del puerto. Avanzó por el pequeño vecindario y viró en el cruce correcto que lo llevaría a la calle principal. Se detuvo por completo ante la señal de stop y esperó con paciencia a que pasara una *pi-ka* Chevy cargada con un cortacésped. Angelito fue recuperando su aplomo a medida que el

Crown Victoria doblaba la esquina con la suavidad de una nube.

—¿Te pongo nervioso, Gabriel? —preguntó ella.

—¡No!

—Conduces muy despacio.

—Bueno, sí.

—¿Por qué?

—Eres la Gloriosa.

Ella hizo con la boca un sonido de *pshh*.

—Pones nerviosos a todos —dijo él.

—No lo creo.

—El que no se ponga nervioso —proclamó el Rey del Romanticismo— debe de estar muerto.

—Ángel Gabriel, podría ser tu madre.

—Por favor. Apenas eres once años mayor que yo.

—¿En esta familia? Podría ser tu madre.

—Te aseguro que no tengo mamitis —de pronto, una intensa galantería estalló dentro de sí como un petardo—. Tengo gloriositis.

Eso fue bastante picante, pensó con gran satisfacción.

Ella giró un poco en su asiento y subió la rodilla al asiento de piel.

—¿Y eso? —preguntó—. ¿Qué quiere decir?

Una buena pregunta: ¿Qué quiso decir? No estaba seguro. Prosiguió por la calle principal como si no hubiese dicho nada.

De algún modo se las arregló para pasar de largo la salida hacia Target y llegar a los cerros secos de más allá, cubiertos con cardos y arbustos rodadores y esperando con ansia a que alguien arrojara un cigarrillo para que estallase un incendio. Cuando se dio cuenta de que no estaba cerca de Target, se había perdido en una zona residencial que parecía que habían diseñado solo con callejones sin salida. Le comenzaron a sudar las manos.

—Qué bien —dijo ella, señalando diversas mansiones estilo falsa plantación sureña con pilares y porches. La Gloriosa pensaba que Angelito tenía la intención de llevarla por una ruta con vistas atractivas. Cacería de bienes inmuebles en la denominada America's Finest City—. ¡Mira! Me gusta.

Él volvía la cabeza en cada cruce para buscar una vía de salida.

—Me gusta —dijo ella—. ¡Ah! —señaló—. Nuestro carrote en ese garaje. ¿Sí?

—Por supuesto.

Él iba distraído. Pensaba en Angelote. En la libreta en su bolsillo que representaba el universo de Angelote. En las líneas que conectaban nombres y que la estaban volviendo muy complicada de leer. En la mujer junto a él. En Perla, Minnie, Lalo, en el Hispánico Satánico y Pazuzu. Sobre todo en su hermano mayor. En cómo de repente, a punto de perderlo, había comprendido que no tenía idea de quién era Angelote.

Pero el aroma de la Gloriosa llenaba el coche. Lo sentía como una caricia. Él daba vueltas mientras tenía la cabeza en la luna.

—Vete para allá —señaló ella.

Su larga uña atrapó el sol y se volvió un caramelo. Él giró hacia donde indicaba.

Los vecindarios tenían nombres trazados en letreros que fingían un sobrio encanto. Algunos escritos con tipografía inglesa antigua. Para Angelito los nombres no tenían sentido. Playas Marinas, Bahía de Malibú, Costa del Pacífico, pese a que cualquier posible vistazo del mar estuviese a treinta kilómetros en la dirección opuesta. Todo lo que podían ver esos McMansioneros eran barrancos rocosos y cerros rebajados que alojaban vastas poblaciones de serpientes de cascabel y coyotes devoradores de caniches, un paisaje color pardo que se volvía blanco allá en el intenso calor del horizonte.

Un falso muelle con una gaviota de yeso parada sobre una especie de piscina azul de hormigón fue el último absurdo que Angelito estuvo dispuesto a tolerar.

—¿Dónde diablos estamos? —preguntó.

—En las playas.

Él resopló.

—Es hermoso —dijo ella.

—Tienes un enfoque positivo —dijo él.

—Solo los egoístas son negativos, Ángel.

La cabeza le palpitaba. De pronto estuvo seguro de tener cáncer cerebral. Por fortuna, la blanda disposición del Crown Victoria los llevó por todos los baches como si estuviesen en una suave cuna. El coche, que parecía tan inteligente como el Batmóvil, se las ingenió para encontrar de nuevo la calle principal. Angelito se aferró al volante en espera de que el propio coche lo condujera de vuelta a su mundo.

—No quiero pensar en el funeral —dijo ella.

—No.

La Gloriosa lo tomó del brazo. La palma estaba caliente. Él sudaba de vergüenza.

—Qué *sweet* —dijo ella—. Tenk yus, Gabriel, por este bonito paseo.

—Fue un placer.

Él la miró.

Ella sonrió.

Angelito le tomó la mano y avanzó lentamente por la avenida como si fuese el abuelo de alguien.

Ella se volvió una adolescente en Target. Ambos parecían bailar. Se reían de todo. Se maravillaban con los grandes traseros humanos en mallas deportivas. Viejos vaqueros mexicanos guardapolvos y sombreros de paja. Ella insistió en que vieran los sujetadores de encaje y disfrutó mucho el bochorno de Angelito.

—Se puede ver a través —informó ella.

—Por todos los santos —suspiró él.

Recogieron las dos tartas. La blanca tenía flores moradas y azules de azúcar glas.

—Qué pesadilla —apuntó la Gloriosa.

Decía FELIZ CUMPLEAÑOS ANGELOTE. El de chocolate tenía flores amarillas y decía CARNAL.

—Compra velas —dijo la Gloriosa.

—Y regalos —dijo él.

Deambularon hacia la sección de juguetes, y Angelito le compró a Angelote una gigantesca figura de acción de Groot, de *Guardianes de la Galaxia*.

—I am Groot —dijo él.

—Yo soy Grut —respondió ella.

Ella cogió una camiseta de The Who.

—Qué chistoso —dijo—. Angelote odia el rocanrol.

—Los Quiénes —Angelito se anotó un gol con su ocurrencia.

Cogieron los tentempiés y el licor para Lalo y se pararon en la nevera del frente para elegir el sushi de Minnie. Angelito le echó un vistazo a un Starbucks dentro de la tienda y se compró un segundo contenedor de café. Por si acaso. La Gloriosa pidió un moca *latte* descremado grande, con hielo, sin crema batida. Él pensó: *¡Un café de cinco dólares!*

—Nunca en la vida —dijo Angelito— pensé que iría de compras contigo.

—¿Te hace feliz?

—Sí.

—Qué bueno —de un estante, ella cogió unas grandes gafas de sol—. ¿Plis?

—Lo que quieras.

—*Okay.* Las gafas y el Ford. Así de sencillo.

Una mujer blanca se acercó a ellos y les dijo cortésmente:

—Muy pronto los van a echar a patadas de este país —luego marchó hacia la sección de comida para perros.

En el camino de regreso, Angelito aparcó junto a las canchas de baloncesto. Ookie estaba en medio de una cancha, botando el balón. Nadie lo hostigaba. Un puñado de chicos estaba alrededor, algunos en sus bicicletas, yendo y viniendo. Otro tenía un radiocasete enorme. Aparentemente los chavales pensaban que aún estaban en los años ochenta.

Angelito saludó a los chicos.

—Ookie está bien —dijo.

Un par de muchachos alzaron la barbilla. Otro correspondió al saludo.

Ookie se hallaba bajo la canasta y encestaba una y otra vez el balón. No fallaba. Los chicos lo miraban. Rebotaba tres veces el balón —*blunt, blunt, blunt*—, luego disparaba en una parábola alta y el balón pasaba limpio por la canasta, traqueteando la red metálica. Un chico lo cogía y se la lanzaba, y él lo botaba un poco más.

—¿Tú sabías que tenía esa habilidad? —preguntó Angelito.

La Gloriosa dijo que no tenía idea.

—Disculpa —él salió del coche y fue hacia la cancha—. ¿Qué onda? —chocó el puño con un par de chicos; a otros dos los saludó con roce de palma y dedos al estilo la Raza.

—¿Cómo está tu madre? —preguntó a uno de ellos.

—Ta bien.

—¿Ya estás en la preparatoria?

—Chale. Voy a la universidad Southwestern.

—¿De veras?

—¿Qué tal Seattle, profe?

—Bien.

—Buen café, ¿verdad?

—Verdad.

—¿Conoce a Pearl Jam?

—Todavía no.

Angelito miraba a Ookie, que estaba llorando. Tenía mocos en los labios. El chico lanzó de nuevo el balón, anotó otra canasta. *Blunt, blunt, blunt.*

—*Purple haze* —rebotó el balón, metió otra canasta—. *All along the watchtower.*

—¿Qué le pasó a Ookie? —preguntó Angelito.

—Eddie Figueroa lo pilló en su casa —dijo el chico.

Los demás se encogieron de hombros.

—El chaval estaba robando Legos otra vez —los demás menearon la cabeza, escupieron—. Le dio una tunda.

—Ookie, ¿estás bien? —lo llamó Angelito.

—*Little wing* —dijo Ookie.

Blunt, blunt, blunt. Canasta.

—¡Ookie!

La Gloriosa se paró junto a Angelito.

—Ookie —dijo—. Hay fiesta.

—¿Dónde? —preguntó Ookie, haciendo una pausa en su bombardeo.

—Es el cumpleaños de Angelote —dijo ella—. Habrá muchas galletas.

—De acuerdo —Ookie anotó otra canasta y se olvidó del balón—. *Voodoo child!* —dijo.

Caminó hacia el coche y se sentó en el asiento trasero.

La Gloriosa arqueó las cejas detrás de sus nuevas gafas baratas.

—¿Cómo lo hiciste? —preguntó Angelote.

—Las mujeres —dijo— somos muy poderosas.

Él miró cómo andaba.

—¡Minnie está comiendo comida de gato! —gritó Lalo.

Tenía un roll de California entre sus dedos y lo remojó en salsa de soja.

—Se llama sushi —le informó—. Eres un cutre.

—Chuchi-fuchi, comida para bichos.

A su alrededor aparecía todo tipo de comida. La gente llegaba con viandas en recipientes de aluminio. La Gloriosa, Lupita, Minnie y Perla habían acordado que los pelotones de señoras del barrio y sus maridos aparecieran con suministros para la fiesta. Angelito vio frustradas sus esperanzas de encontrar comida mexicana casera. En su mente, debía haber pollo con mole y ollas de ardientes frijoles y chiles rellenos desplegados con exuberancia pornográfica. Pero la realidad del día eran mesas plegables atiborradas de pizzas, comida china, perros calientes, ensalada de patatas y un enorme cazo de espaguetis industriales. Se decía que alguien estaba en camino con cien piezas de pollo KFC. Divisó al tío Jimbo en su mesa con un plato de cartón repleto de fideos y alitas adobadas. De algún modo había conseguido botellas de hidromiel. Jimbo alzó su botella y aulló:

—¡Salud!

Angelito fue adonde Perla estaba sentada.

Ella miraba a toda la gente que entraba y pasaba. Sintió nostalgia por Braulio. Sobre todo sintió aflicción por su guerrero, su Yndio. El tiempo casi se agotaba. Llevaba años viendo a Yndio a escondidas, y no sabía si Angelote lo sabía. Pero sospechaba que sí. Ese Flaco lo sabía todo. Aunque nunca decía nada. Le apenaba profundamente que ese par de cabrones altivos se negaran a disculparse por cualquiera que fuera su motivo de enojo. Cada uno esperaba una señal del otro. Y mamá, en medio, frenética. Lo único que deseaba era que se reconciliara lo que quedaba de su familia antes de... Bueno, antes.

—Perla —dijo Angelito.

—Mi bebé —dijo ella.

—¿Estás bien?

—Mi is gud —lo miró detenidamente y continuó en español—. Te pareces mucho a tu padre. Era tan elegante. Siempre me traía flores. También a la Gloriosa.

—¿Les traía flores?

—Pos chur. Claro que sí.

—Todo mundo quiere a la Gloriosa.

—Mi bebé. Deberías casarte con ella.

—¡Perla! —Angelito tosió. *Cambio de ruta, ya*—. ¿Dónde está la comida mexicana?

—¿Qué comida mexicana?

—Esperaba que hicieras algo especial —ofreció su mejor sonrisa—. Por algo eres la mejor cocinera del mundo.

—Ya no —meneó la cabeza—. No cocino más —sacudió las manos delante de sí—. Durante cincuenta años fui la cocinera de todos. Tenía que hacerlo. Ahora ya no tengo que cocinar para nadie. No, Gabriel, soy una tránsfuga del delantal.

A Angelote nunca se le había ocurrido que las cotidianas obras de arte hubieran sido una carga.

—Tráeme un café —dijo ella—. ¿Sí?

Allá fue Angelito.

—¡Ahora como jamburgues! —voceó Perla—. ¡Subway! ¡Cheerios!

Él saludó sobre el hombro.

Jimbo se trasegó el hidromiel y anunció:

—El martillo de los dioses.

Angelito pensó que la fiesta se estaba convirtiendo en un proyecto semestral de su curso de estudios multiculturales.

12:30 p. m.

Parecía que un volquete hubiese derramado una tonelada de humanidad en el jardín. Los cuerpos se estaban atascando en el patio, se daban suaves codazos para servirse otra ración de macarrones e ignoraban la ensalada de col con mostaza.

Angelito se abrió camino para salir de la multitud para meterse en otra multitud errante.

Angelote dormitaba en la sombra, los brazos doblados sobre su vientre, la cabeza campaneando ligeramente. Minnie lo abanicaba con un trozo de cartón. Lucía muy triste.

Un DJ había instalado su equipo en el patio e hizo tronar algo de P.O.D.

Angelote abrió los ojos y miró con rabia. Puso la cara de mono con la que la familia mostraba su desagrado. Cogió la bocina que Lalo había atornillado en el reposabrazos y oprimió la pera para soltar un sonoro bocinazo. Luego volvió a dormir.

Marilú provocó diversas olas de alarma cuando apareció del brazo de Leo, su exmarido.

—¡Trajimos mimosas! —dijo.

Iban vestidos para matar: Marilú llevaba un vestido azul marino con motas blancas y collar de perlas. Leo, un traje pardo estilo Tijuana con rayas claras amarillas, una camisa color crema, corbata amarilla con broche en forma de signo de dólar, un sombrero fedora gris y botines en tonos marrón y crema. Se había afeitado el bigote hasta dejar una estrecha insinuación de gusano que parecía sestear en su labio superior.

—Muchacho —dio a Angelito un apretón de manos que se sintió lánguido como pez muerto mientras el gusano labial volvía a la vida en la cresta de su sonrisa.

De manera espontánea llegaron a Angelito visiones de bellotas de dos centímetros.

—Leo el León —dijo entusiasmado—. Se te ve como un roble.

Marilú le dedicó una mirada de advertencia. Leo fue a la cocina para preparar las bebidas.

—Tengo que ir adentro, mija —dijo Angelote—. Tengo que ir ahora mismo.

—De acuerdo, papá.

—Yo lo llevo —ofreció Angelito.

Angelote hizo una seña de alto con la mano.

—Hermano —dijo—, es hora de las aguas menores. ¿Quieres vérmelo?

—No.

—Yo tampoco —dijo Minnie.

—Es tu obligación, mija.

Propulsó la silla hacia el baño.

—¿Y qué gano con esto?

—Te quedarás con todo el dinero —dijo él.

—Uy. ¿Es mucho?

—Claro, mija. Cincuenta, sesenta dólares.

Angelito y Perla los miraron perderse dentro de la casa.

—Ay, Diosito lindo —dijo Perla.

Angelito halló a un refinado caucásico en Dockers caquis y una bien planchada camisa de algodón sirviéndose una taza de café Colombiano tostado suave del contendedor de cartón. *Es mi café*, pensó Angelito. Pero no hubo tiempo para ponderarlo: una ola de mexicanos barrió con todo en la cocina, arrastrando a sus habitantes afuera, hacia la llovizna que había comenzado a caer sobre el DJ que irradiaba música mariachi tecno de Nortec Collective: «*Tijuana makes me ha-*

ppy», repetía la canción. Los chicos y Marilú bailaban sobre el césped húmedo, se cubrían la cabeza con periódicos y con los paraguas que sobraron del funeral.

Paz se paró delante de las pilas de espaguetis y KFC con una mirada de profundo desdén. Llevaba una peluca de color rubio platino y corte a lo Audrey Hepburn.

—Yisus crait —ululó a su marido—. Comida para campesinos. Para borrachos. Comemos mejor en la ciudad de México —miró a Angelito de arriba abajo—. Comida para gordos —era obvio que odiaba a los gordos por la forma en que derramaba su disgusto al alargar y vibrar la erre de la palabra. ¡Gor-r-r-r-dos! Miró a Perla—. Oye, tú. ¿No hay coliflor? ¿Zanahoria? ¿Apio? —en su irritación le pisó el dedo gordo del pie.

El DJ desató una mezcla de *Bootylicious* y *Smells Like Teen Spirit*. Dijo en su micrófono:

—¡Huele a culito adolescente!

—¿Qué es eso? —Paz fue descartando toda la comida en la mesa—. Nada bueno. *Nothing*. Como me temía —dijo a Angelito.

Él se sentó con ella en una de las mesas peligrosamente cercanas al campamento del tío Jimbo.

—Viejo cochino —murmuró Paz.

Jimbo tenía el brazo sobre los hombros de Rodney, el primo afroamericano que asistía a la universidad.

—¿Qué clase de nombre es Rodney para un negro? ¿Te lo pusieron por Rodney King?

Rodney volvió los ojos hacia Angelito y sobrellevó esa tormenta de blancura. Angelito recordó por qué no solía venir a las reuniones familiares.

Paz solo llevaba encima tres o cuatro kilos de oro y joyas. Pilló a Angelito mirándole los brazaletes de diamantes y sacudió la muñeca.

—¿Te gustan?

Como había rechazado la comida, sorbía de un vaso de SunTea sin azúcar.

Angelito observó al ladrón de café en su impecable camisa dirigiéndose al tío Jimbo:

—¿Eres una especie de fascista?

Miró a su familia bailando y deseó no haber venido.

Marilú jadeaba cuando se sentó con ellos. Cogió el asiento al otro lado de Angelito, tan lejos como pudiera estar de Pazuzu. El rostro le brillaba con el sudor.

—¿Están sentados juntos? —resolló, ignorando a Paz.

—Qué *nice* —condescendió Paz—. Hiciste un buen ejercicio.

—Podría hacerme una liposucción como tú —dijo Marilú—. ¿Cómo te va con el bótox?

—Me va mejor que con las cabronas de cara arrugada.

Se volvieron a ver a los que bailaban como si esa vista fuera totalmente cautivadora.

—¿Te metiste bótox? —dijo Angelito.

—No seas idiota.

—Le cuesta cincuenta dólares en Tijuana —dijo Marilú.

—Deberías intentarlo —Paz contraatacó—. Casi podrías pagarlo. Tal vez Leo te pueda dar dinero. Todavía te da, ¿verdad?

Resoplaron. Angelito se sentó entre ellas como un buey atrapado en un corral de manejo, esperando a que terminaran de herrarlo. Finalmente, Paz dijo:

—Pobres campesinos fronterizos; sienten lástima de sí mismos.

—Estamos bien, gracias —dijo Marilú—, comiendo lo que nos da la beneficencia.

Angelito se había limitado a mirar al tío Jimbo en busca de ayuda, pero Jimbo estaba ocupado en pintarle el dedo al Anglo Imperialista Cafetero.

Paz dio un sorbo a su té.

—Qué vergüenza —dijo.

—Vamos —dijo Angelito—. A relajarse.

—¿De veras? —Paz lo miró.

La cabeza de Paz no había comenzado a rotar, así es que Angelito pensó que tenía más o menos un minuto para presentar su argumento.

—¿Dónde vives? —preguntó ella—. ¿En Alaska?

—Seattle.

—Uy, uy, uy. Sí que eres un chico blanco. Todo lo que *you* siempre *wanted*. ¿Desde cuándo no vas a Tijuana? —ante el silencio, ella misma respondió—. Justo lo que pensé —apuró su té—. Sería mucho esperar que alguna vez hayas ido a la Ciudad de México.

—Yisus —dijo Marilú—. Otra vez con Mécsico Cíty.

—Tú y tu mamita: gringos.

Casi tan malo como ser gordos. Angelito vio que su hermano había vuelto y tomó la ruta de los cobardes para escapar. Fue con prisa hacia Angelote, le puso la mano en el hombro y preguntó:

—Carnal, ¿quién es ese tipo peleando con el tío Jimbo?

—Es Dave —dijo Angelote—. Siempre pelea con Jimbo. Es una tradición familiar. Les gusta.

—Ah —dijo Angelito.

El Hispánico Satánico había robado un bote de laca del baño de Perla y se retocó el peinado para que alcanzara su preferida altura estelar. Se sentó con Pato, que ya daba cuenta de su cuarto plato de las viandas cumpleañeras. Tenía el rostro morado y las mejillas distendidas, y se engolfó un poco más de pan Wonder con mantequilla.

—Gmmf —dijo Pato, masticando con lujuria—. Grnnf.

—Ándale, papá.

Marco inspeccionaba a la multitud, luego se detuvo en un punto. ¿Quién era esa? Se giró para mirarla. Demonios.

—Échale un ojo a esa chica —dijo.

César siempre estaba listo para (a) comer y (b) echarle un ojo a esa chica.

Movió los ojos como un periscopio.

—Gwabbin —graznó con la boca llena.

—¿Sí? —Marco se incorporó y saludó a Lalo.

—Más te vale revisar tu pelo, títere —dijo Lalo.

—¿Quién es ese bombón? —preguntó Marco.

—¿Qué bombón? Hay un millón aquí, so perro.

Marco señaló con mentón y labios.

Lalo la divisó. Era pálida y delgada y tenía un cuello largo y gafas oscuras como el alquitrán y una Kangol al revés para hacer una boina. Fumaba un cigarrillo electrónico.

—Parece francesa o algo —dijo Lalo.

—¿Cómo lo sabes?

—La boina, colega.

Asintieron con certeza.

—Estoy enamorado, güey. ¿No es mi prima ni nada?

—Aquí todos somos primos —Lalo se encogió de hombros—. Pero no la reconozco. Así es que no será prima en primer grado. Es prima besable, prima segunda, o algo así. Puedes casarte con ella. Anda a por ella. Yo me le lanzo si tú no.

Marco desató al Monstruo de las Galletas.

—¡Ella será mía!

—Suenas como un *chud* —dijo Lalo, y se marchó con Angelito, al otro lado del jardín.

Le echó el brazo por el hombro y dijo:

—Ey, tío, quiero presentarte a alguien.

Alargó el brazo y agarró a una joven de baja estatura que estaba ahí cerca con un grupo de chicos. Tenía el pelo púrpura por detrás.

—Tío —dijo—. Esta es mi reinita.

—¿Tu...?

—Mi hija, güey.

—¡Ah! —Angelito alargó la mano—. ¿Mucho gusto? —dijo.

—Encantada —dijo ella a su vez—. Me llamo Mayra —le estrechó la mano.

—Es tu tío Angelito.

—¡Pero claro!

—Mayra es una dama —Lalo se jactó—. Va a ser una escritora famosa y toda esa mierda.

—Ojalá —dijo ella.

—Va a ser todo un acontencimiento mundial, tío. No gracias a mí.

Ella se dirigió hacia Angelote para abrazarlo en su silla.

—¡Oye! —Lalo le gritó—. ¡No vayas a ser madre adolescente!

—Casi cumplo veinte años —respondió ella.

Lalo se tapó los ojos con la mano.

—Lo único bueno que he hecho. Al menos hice una cosa bien.

Angelito miró hacia otro lado para concederle a Lalo su momento de gloria. Abrazó a su sobrino con un solo brazo.

un coche nuevo; nunca tuve uno
buena música; no rock and roll
¡el español! ¿cómo se me había olvidado?
rebanadas de plátano en la sopa de fideos (con mucho limón)
¡¡¡la Minnie!!!
mi familia

La neblina se había disipado, aunque las nubes aún fruncían su portentoso ceño. Angelote se hallaba bajo la sombra, recibiendo regalos y bendiciones y abrazos y besos en la mano. Escuchó un demonio rugir tras él y se volvió a mirar, pero todo lo que vio fue a su sobrino Marco. Se saludaron.

Angelito vino y se sentó al lado de su hermano. Observó que la gente se arrodillaba delante de la silla de Angelote y murmuraba su gratitud. Tipos con empleo le agradecían. También mujeres que estaban a punto de obtener sus diplomas de validación de estudios. Jóvenes parejas.

Un veterano de cabellos grises se aproximó y se quitó sombrero porkpie.

—Cuando salí de la prisión de Folsom —dijo—, me acogiste y me diste de comer. Nadie más quería verme. Ahora hago el bien. Te lo agradezco.

—Claro —Angelote se volvió a Angelito—. Carnal, las piedras se acuerdan de cuando eran montañas.

Miraron las piedras del jardín.

—¿Y qué recuerdan las montañas?

—Cuando eran suelos marinos.

Angelote, maestro zen.

Una mujer se plantó delante de la silla de Angelote, con ambas manos le cogió una y le recordó que años antes había pagado la fianza de su hijo, y ahora ese hijo era gerente de un restaurante Red Lobster.

—Carnal —dijo Angelito—, esto parece *El Padrino* —Angelote sonrió y puso la mano en la rodilla de Angelito—. Eres como don Corleone.

—Soy don Corleone —ofreció su mano para que fuera acariciada y besada por extraños.

Luego se aproximó Jimbo como si viniera a regañadientes. Le ofreció a Angelote un puro de dos palmos de largo.

—Prueba esto.

—¡No! —clamó Perla—. Fumar provoca cáncer.

—¿Cómo que no? —el hidromiel transportaba al tío Jimbo a sus dominios asgardianos—. ¿Qué mal le puede hacer? Celebren el pinche matrimonio gay. Todos ustedes son liberales, ¿verdad? De todos modos, se van a morir. Disfruten la vida.

Angelote odiaba el comportamiento vulgar.

—Dios mío —dijo, volviendo su rostro.

De pronto, Dave, el ladrón de café, llegó y empujó la silla de Angelote para alejarlo de Jimbo.

—Eres muy grosero, amigo. No has aprendido ninguna habilidad social de tu familia mexicana.

Remolcó a Angelote hacia las cajas de pizza; todas estaban vacías.

—No tienes idea de lo que he aprendido —dijo Jimbo—. No tienes idea —extendió el puro a Angelito—. ¿Lo quieres?

Angelito solo lo miró.

La gente se dispersó cuando Pazuzu pasó de la cocina al patio. Podían ver el tequila zumbar sobre su cabeza como un halo eléctrico de perdición.

—Abran paso —dijo, y la gente lo abrió.

Se había puesto su ropa de fiesta: un vestido estrecho de una pieza color naranja aparentemente hecho de telas de camisetas, botas a la altura de la rodilla. Movía en su andar el culo como una rumbera.

—Como dos patatas metidas en un calcetín —dijo Marilú.

Paz se detuvo en la terraza de hormigón frente al porche y los miró a todos. Sus ojos parecían inyectados de sangre. Angelito estaba dispuesto a aceptar que sentía un terror oculto ante su presencia. Ella dirigió esos ojos hacia él y alzó el labio en señal de disgusto. A Leo podía vérsele tratando de esconderse detrás del cobertizo del patio trasero. Cobarde.

Con los labios dijo «¿Y tú qué?» a Angelito.

«Nada», respondió él. Tal vez no le patearía los tobillos.

Paz fue hacia la mesa del pobre Pato y se sentó junto a él.

Angelito vio que los labios de su hermano decían «Mi amor».

Ella le hundió las uñas en el muslo izquierdo. Se morrearon con lengua.

—Puaj —opinó Marilú.

Lalo estaba sentado junto a su padre cuando volvió Angelito para ver cómo estaba.

—Jefe —dijo una voz tras ellos.

—¿Sí? —dijo Angelote.

—¿Sí? —dijo Lalo.

Todos se volvieron.

Era Giovanni, el hijo de Lalo. Angelito no podía creerlo. El muchacho no era más que un cachorro la última vez que lo había visto. ¿Debía tener, cuántos años? ¿Veintitrés? Era físicamente pequeño, moreno y feroz, con tatuajes en los brazos y cuello y una gorra de beisbol de visera plana que llevaba puesta con un cuarto de giro. Dodgers. Los Doyers. Cadenas de oro, brazaletes de oro, fundas de oro en los dientes frontales con el texto PLAYA.

Gio iba escoltado por dos chicas blancas de cabello rubio oscuro. Se parecían, aunque una era la versión mejor alimentada de la otra. Llevaban idénticos e imposibles pantalones ajustados a la cadera. Eran blancos, o mezclilla tan desteñida que llegaba casi al blanco, muy ralos, de fibras enmarañadas y deshilachadas que se asomaban por las sombras bajo sus nalgas. Una de ellas tenía una mancha en lo que quedaba de su bolsillo trasero. Ambas brincaban y se mecían al ritmo de la música. Se tomaron de las manos y se pusieron a cantar en silencio como las Supremes.

Gio chocó la mano con Lalo.

—Hablé con el tipo acerca del asunto —dijo.

—¿Y la cosa es segura? —dijo Lalo.

—Es firme, sí.

—No me hace falta esto, hijo. Y tú apenas conociste a tu tío.

—Entiendo. Pero, jefe, he estado metido en esto desde siempre. No lo voy a dejar pasar. Ahora tenemos que hacernos cargo —Gio palmeó su costado, levantó la camisa y mostró la cacha de la calibre 22 del propio Lalo que asomaba por la cintura.

—¿Estuviste rebuscando en mis cosas? —preguntó Lalo.

—El deber ante todo, viejo.

Angelito no entendía la conversación, pero sabía que no hablaban de nada bueno. Cuando apareció la pistola como en un truco de magia, sintió que le bajaba hielo por la espina dorsal. Pero todo fue tan rápido que ni siquiera estuvo seguro de haber visto algo.

De pronto se pusieron todos sombríos y recelosos, agacharon la cabeza, ocultando sus lóbregos ojos.

—¿Tas bien? —preguntó Gio, porque Lalo meneaba la cabeza—. Tengo que hacer lo que tengo que hacer, jefe.

Se alejaron con aires de llevar una conversación ultrasecreta.

Angelito los observó. Otra vez no, dijo en una plegaria silenciosa.

Minnie se le emparejó.

—Familia loca, ¿eh, tío?

—No estoy acostumbrado —dijo él.

Angelito decidió no decir nada acerca de lo que acababa de ver.

Gio regresó, se acercó a Angelote y le dio un cauto abrazo en torno a los hombros.

—Mis respetos, abuelo —dijo.

—Gracias, mijo.

Gio puso un objeto envuelto en la pila de objetos envueltos junto a Angelote.

—Te traje algo. Feliz cp'años.

Tras él, Lalo daba saltitos con los talones.

—¿Qué miras, Minnie Mouse?

—¿Estás colocado?

—Estoy mierdas. Ocúpate de tus asuntos, títere.

—Pantagruel —le advirtió.

—No sabes nada —dijo él—. No tengo ningún problema. ¿Cuántas veces te lo he dicho? —de pronto estuvo todo sudado—. Ponte mi pierna un rato, a ver si la aguantas.

Eso la calló.

—¡Gio! Vámonos de aquí —dijo—. Dile adiós a esas zorras —inclinó la cabeza despectivamente hacia las chicas blancas.

Minnie hizo una bola con una servilleta y la arrojó a la cabeza de Lalo.

—¡Qué grosero! —dijo a la espalda que se alejaba; luego volvió con Angelito—. Saluda a esas chicas del aparcamiento de caravanas.

Las muchachas respondieron con placenteros rostros inexpresivos.

—Hablando de groseros —dijo Angelito.

—Ah —dijo Minnie, ¿te parezco pesada? Chicas, ¿dónde viven ustedes?

—Vivimos en el aparcamiento de caravanas, en el *trailer park* Twin Oaks, junto a Imperial Beach —dijo la más regordeta—. Con todos los mexicanos.

—Grosera no soy —dijo Minnie, alejándose.

Antes de que Angelito pudiera disculparse con Minnie, la regordeta dijo:

—¿Me llamo Velvette? ¿Rima con Corvette? ¿Mi hermana se llama Neala? Y eso rima con bala.

Convertía todo en preguntas, como hacen los poetas cuando declaman con voz de poeta.

—Me llaman Llavero —dijo Neala.

—Qué interesante —respondió Angelito.

—Porque tengo los dientes torcidos y dicen que puedo abrir una botella de cerveza con la boca, como un abridor.

Angelito se quedó con ellas un momento. Sintió un amor inexplicable por ese par de flacuchas.

La libreta de Angelito se iba llenando. Dibujó una página dedicada a Lalo: una flor triste, torcida. De un lado, un remolino de murciélagos oscuros. Gio. Del otro lado, en la página opuesta, un colibrí. Mayra. Sintió una pena abrumadora. Su pesadumbre abarcaba la mayoría de las numerosas páginas de líneas y garabatos.

2:00 p. m.

Pasó el mediodía y el sol descendió entre las nubes en una cegadora avalancha de luz.

El Hispánico Satánico observó a la francesita y se puso nervioso. No podía pensar en una frase inicial, un rompehielo, un rollo que la cautivara. Maldita sea. Se había aproximado un par de veces a ella, pero se acobardaba y regresaba con Pato y Pazuzu. Estaba seguro de que ella lo miraba, aunque sus gafas de sol no se volvieran hacia él ni nada. Pero sin duda sus ojos sí lo hacían. Creyó ver que una vez le medio sonrió.

Pato envió a Manila un mensaje por teléfono: «¿TIENES FOTOS EN LAS QUE ENSEÑES LAS PIERNAS?».

Marco estaba sentado junto a su padre y le dio un manotazo en la nuca. Patético. ¿Por qué siempre tenía que ser así?

Regresó el DJ. Ahora ponía una pésima narcomúsica tunda-ta-tunda-ta-tunda de una banda de Sinaloa. La gente bailaba un ritmo mexicano que parecía de caballos galopantes. Marco odiaba esa mierda tipo Chapo. Y odiaba sus bailes. Nunca había asistido a un baile de graduación. Hombre, había formado el grupo Satanic Hispanic para que las chicas le hablaran, pero solo los chicos iban a verlos. Chavales inadaptados en camisetas negras que marcaban la señal del diablo y se golpeaban la cabeza y hacían pogo. Narices sangrantes, pero nada de chicas suculentas. Ahora esto. La monada más mona del mundo estaba ahí delante de él, aburrida, acechándolo. Se frotó las manos en sus vaqueros negros. Palmas sudorosas. Grandioso.

Se incorporó y maniobró a través del ejército de primos en su trayecto y se plantó delante de ella y sonrió.

Ella vapeó en dirección a Marco.

—Hola —dijo él.

Ella esperó. Sonrió vagamente.

—¿Hola?

—¡Soy Marco! —gritó él y extendió la mano.

Ella no se la dio.

—Hola, Carlo —dijo.

—Marco.

—Sí.

Era totalmente perturbadora.

—¿Eres francesa? —espetó él.

—¿Por qué? ¿Parezco francesa?

Él balbuceó e hizo unos ruiditos como una pequeña motora.

—Sí. No. Tal vez. No lo sé.

—¿Y tú, Carlo, eres francés?

—Marco —dijo—. ¿Parezco francés? —decidió que había anotado un gol.

—No lo sé.

—¿No lo sabes?

—No —dijo ella—. No sé si pareces francés.

—¿Qué? ¿Nunca has visto franceses?

—No, Carlo, nunca los he visto. Soy ciega.

Él salió huyendo.

2:01 p. m.

Angelito intentó meterse en casa para echarle un ojo a su hermano, pero Perla lo detuvo.

—Shh. Está dormido.

Salió de nuevo, y por increíble que pareciera, la animación de la fiesta no decaía sin la presencia de Angelote.

Angelito se detuvo en la mesa del tío Jimbo para devolverle el puro que le había endilgado. Sin embargo, no disponía de mucho tiempo para la visita. Paz se plantó detrás de él y le tiró de la camisa por la espalda hasta que él se tambaleó.

—¿Dónde está Leo? —preguntó ella—. Estoy buscando a Leo.

Angelito escapó de sus garras y se escabulló.

Lupita miraba a su amado Jimbo desde la cocina. El tío Jimbo. ¡Todos lo amaban! Era muy popular. Ese hombre búfalo la había salvado de Tijuana, y no es que nadie necesitara que lo salvaran de Tijuana. ¡Viva Tijuana! Ella adoraba Tijuana. Se exigió a sí misma dejar de pensar como gringa. Él la había salvado de la pobreza.

Aunque la pobreza en Tijuana, bueno, era una versión particular del sufrimiento.

236

Con un estropajo acometió una pila de tazas de café. Sí, lo que se odia es la pobreza. Eso es lo que se odia. Recordó cuando trabajaba en el restaurante de Perla. Angelote, ese ángel, les ayudó a garantizar el préstamo para abrirlo. Las hermanas preparaban la comida, lavaban los cacharros y la Gloriosa hacía de camarera porque era muy sexy; los hombres que venían a comer bien también venían a flirtear y le dejaban buenas propinas, que compartían las hermanas. ¿Restaurante? ¡Un armario! Lupita frotó vigorosamente las tazas en un charco de ardiente agua jabonosa. Es que había sido tan pequeño que apenas cabían cuatro mesas y una barra para cocinar. Subiendo unas escaleras desvencijadas se llegaba a un cuarto que alguien había construido con serrucho y clavos. *Nuestra casa*, pensó Lupita. Cajas de cartón para guardar la ropa, dos colchones en el suelo. Compartían un fétido baño-ducha con unas prostitutas al otro lado de la calle. Debían sacar el papel higiénico cuando se duchaban porque la regadera estaba sobre el sanitario. Las putas eran simpáticas y compartían con ellas el maquillaje y los rulos. La mayor parte del dinero de las hermanas se invertía en el restaurante, La Flor de Uruapan. Nada de dinero para pintalabios o peinados elegantes o bonita ropa. Cuando les hacía falta comprar algo bonito, se lo compraban a la Glori, pues. Lo consideraban una inversión para el futuro. Ella era el producto más importante. Era fácil comerse todas las sobras y negárselas a ella, pues debía mantener la figura. Le dijeron que la supervivencia de la familia dependía de que se mantuviera delgada.

Le estaba eternamente agradecida a Jimbo por muchas cosas. Él los apoyó cuando mataron a Braulio y a Guillermo. Se mantuvo como un poste de hierro durante los funerales. Pobre Gloriosa. Todos pensaron que se moriría. Perla se desmoronó. Lupita iba a su casa casi a diario para ayudarle a Angelote a poner nuevamente en pie a su Flaca. Tal vez había fracasado. Porque su Jimbo se había quebrado y ella no se dio cuenta hasta que fue demasiado tarde. Ninguno de ellos tuvo idea de lo que él se había esforzado.

Lupita vio que Jimbo cabeceaba, despertaba, volvía a cabecear, luego erguía lentamente la cabeza y les sonreía a todos. Borracho. *No te preocupes, mi amor. Te ganaste el derecho de ser un borracho.*

Se pasó las manos por vientre y caderas. Fue Jimbo quien le dijo, cuando se cortejaban: «Vaya si las mexicanas aman su cocina. ¿Has visto a una vieja mexicana delgada? Todas ustedes se vuelven lindas y gordas». De modo que le pidió consejo a la Glori. Una vez más, la hermana menor la salvó. Para entonces, la Gloriosa era experta en dietas y en mantener esa ilusión que atrapaba a los hombres como bagres para llevarlos a la sartén.

La eterna lucha de Lupita. Tristemente para ella, su cuerpo opinaba que era bueno tener nalgas redondas y barriga feliz, y estaba obligada a luchar contra sí misma cada día. ¿Jimbo? Bueno, él había perdido de inmediato sus formas de marinero apuesto. Francamente, así se le facilitaban las cosas a ella. Cuanto más gordo se pusiera él, más delgada se sentía ella. Cuanto más gordo y borracho, más fácil era ponerlo a dormir. Con frecuencia, cuando él ya estaba roncando, ella salía para ir a casa de Perla y ayudarle a lavar los platos, pero sobre todo para tomarse un café nocturno con Angelote. ¡Ay, qué hombre!

Todas estaban enamoradas de Angelote. Era tan pensativo, tan insondable y tenía la sonrisa torcida, que revelaba muchas cosas a cualquier mujer. ¿Qué secretos conocía Perla? Tal vez no sabía lo mucho que Angelote calentaba a las mujeres. No pretendía faltarle al respeto a su hermana, pero quizá nunca se dio cuenta de la clase de hombre que tenía en la cama. En cambio todos sabían exactamente lo que Jimbo era. Incluso podían imaginar su mascarilla para la apnea del sueño.

Pero pobre Perla. Bueno, todos cargaban con una cruz. Tal vez Lupita no era Glori, pero era toda una mujer. Perla se angustiaba por nada. Tontas preocupaciones y dudas y suspicacias y celos. Ella debió saberlo. Bastaba con ver el modo en que quería matar a cualquier mujer que se acercara a su marido.

¡Pero esa sonrisa de Angelote! Ay. Perla siempre pensó que él sonreía de gusto, y cada otra mujer sentía esa mirada, y en sus entrañas tenía la certeza de que el hombre estaba excitado. Como si la mera visión de una mujer, quienquiera que fuera, le complaciera profunda, carnalmente, y él se viera forzado a mostrárselo en secreto, con remordimiento, porque no deseaba traicionar a su propia mujer, pero la vida era como era, y no se podían controlar las emociones del palo que se ocultaba bajo la mesa. En fin, todos esos hermanos eran iguales.

Angelote vertió toda su pasión sobre Perla. Era delicioso verlo, en serio. Una delicia, tanto amor. Las tazas chocaban sonoramente. Tan-to-a-mor. Honestamente, ni ella ni la Glori entendieron qué tenía la Perlita de especial. ¿Por qué ella? Ya en aquel entonces estaba cansada y vieja. La líder, la supervisora. Angelote era un modo en que Dios las retaba. Un misterio que no podían comprender. Una quisicosa —palabra que había aprendido en *Jeopardy!*— espiritual. Lupita no había ido a la escuela, pero Angelote le enseñó a aprender una nueva palabra en inglés o un concepto cada día en la televisión.

Perla entró en la cocina.

—Jimbo está borracho —dijo.

—Sí.

—Pobre.

—Pobrecito el Jimbo.

Perla volvió a salir.

¿De veras? ¿De veras necesitaba venir a informar de que Jimbo estaba borracho? Como si Lupita no supiera que Jimbo estaba borracho. Jimbo siempre estaba borracho. Estaba borracho cuando se conocieron: un joven marinero dormido a la puerta del restaurante en Tijuana. No era el primer marinero gringo borracho con el que se topaban. Pero fue el primero en regresar.

Esa noche lo arrastraron adentro y le sirvieron menudo. Fue parte del trato. Jimbo era un bebedor, pero no tenía ojos para Perla y, aún más sorprendente, tampoco para la Glori. Desde el principio fue tras Lupita. En su segunda visita trajo flores. De ahí en adelante trajo regalos que se iban volviendo más personales e íntimos, hasta que terminaron en la cama. Perfume, una botella de rompope, pintalabios, medias de seda. Las medias de seda no tardaban mucho en caer sobre una pila de ropa en el suelo de un motel cerca de la colonia Cacho. Lupita se reía. ¡Ay, Jimbo! Por supuesto que se casaría con él. ¿Se volvería gringa así como así? ¿Dinero de la naval Armada de los Estados Unidos, marido gringo, chucherías? ¿Un apartamento con bañera? ¿Refrigerador nuevo y televisor en color? En esos días tenían un Vista Cruiser. Sus hijos, Tato y Pablo, eran sus cantineros y camareros; sacaban Pepsis mexicanas heladas y sándwiches de jamón de la hielera. Era tan grande como el restaurante. Él le enseñó a conducir en el aparcamiento de Fedco y luego en el desierto, dando vueltas al mar de Salton.

Ella había sido tan pobre antes de que viniera Jimbo que había tenido que robar servilletas del restaurante cada mes y hacer con ellas toallas para las tres. Claro que sí. Jimbo fue su salvador. Él no necesitaba saber que, a veces, cuando la montaba, ella estaba pensando en Angelote.

Pero llegó el día en que Jimbo miró impotente que el cuerpo de su sobrino derramaba restos de vida sobre la acera frente a su propia tienda. Y aprendió a beber de verdad.

3:14 p. m.

Marco regresó a rastras con la chica ciega llevando dos Nehis. Una de uva, otra de naranja. Más valía tener opciones. Eso estaba bien. *Hispánico Satánico,* pensó. *¿De quién es el pánico? El pánico es mío.*

—Te he traído un refresco —dijo.

—Gracias.

Ella alargó la mano, encontró el vaso de plástico y lo agarró.

—¿Te gusta de uva?

—Mmm, uva —una mueca de desdén.

Él casi sale huyendo otra vez.

—¿Eres tímido, verdad? —dijo ella.

—¿Qué? O sea, por favor. Estoy en una banda de metal —se tragó las ansias de gritar «Extremo»—. Quizá. Supongo —se bebió su Nehi—. Sí. ¿Cómo lo sabes?

Ella torció los labios en una sonrisa renuente. Había aprendido el mejor truco del interrogador. Permanecer en silencio para que le confesaran todo con tal de llenar el silencio.

Los ciegos místicos tienen dones psíquicos que compensan su discapacidad. ¿No lo sabías?

—¿De veras?

—No seas tonto.

—Ya entiendo. Te estás burlando.

—Puedo oler tu sonrojo.

Él se quedó con un rictus en el rostro que deseaba que se pareciese a una sonrisa, pero luego comprendió que no importaba. ¿Se había cepillado los dientes? Se agarró a un salvavidas conversacional que apareció a la deriva en las aguas de su mente.

—*Do you speak Spanish?*

—Para nada. ¿Tú lo hablas?

—El español es para mari... —tosió—. Marineros y otra gente. O algo así. No, yo tampoco lo hablo.

Ella se tapó la boca y sonrió de nuevo.

—Ahora estoy diciendo estupideces —confesó.

—¿Solo ahora?

Él bailoteaba como si ella le estuviese disparando a los pies con una 45.

—De acuerdo, lo acepto, soy tímido.

—¿Sabes cómo lo he sabido? ¿Sabes? Porque dijiste «hola» y luego escapaste. Te atemoricé.

—Creo que sí —aceptó.

—¿No te gustan los ciegos?

—¡Caray! ¡No! Digo, para nada. Ni siquiera conozco a ningún ciego.

—Si fueras políticamente correcto nos llamarías «personas con capacidades de visión diferentes».

Él miró sobre su hombro. Su padre lo observaba. Le dio el visto bueno con los pulgares arriba. Luego Pato hizo un puño y levantó el brazo y comenzó a bombearlo atrás y adelante, dentro y fuera como un pistón. Paz lo ignoró y vació su taza.

—Amiguita —dijo Marco—, te estás burlando de mí.

Con temible seriedad socarrona, ella se inclinó hacia él y dijo:

—Adoro tu capacidad de percepción, y tus dulces habilidades lingüísticas son justo lo que venía deseando todo el día.

—Es un *chud* —dijo Lalo cuando pasaba.

Ella volvió la cabeza como si pudiera verlo.

—¿Puedo sentarme? —dijo Marco.

—¿Por qué, Carlo?

—Marco. Creo que quiero escribir una canción acerca de ti. Así es que debo hablar contigo, aunque seas una pesada.

—Qué risa me da —entonó con escarnio y volvió el rostro en su dirección. Tenía los labios separados. Un poco sonrojada. Se tocó la mejilla—. ¿En serio? ¿Una canción?

Él asintió. *Buf,* pensó. *Es ciega, pendejo.* Pero no dijo nada.

—Siéntate —dijo ella.

3:30 p. m.

Angelito estaba en un círculo de baile con Minnie y las Nenas del *trailer park.* Minnie se mecía soñadoramente como Stevie Nicks; Neala hacía movimientos eróticos y perreaba al tiempo que apuntaba su fundamento como escopeta a varios hombres atónitos; Velvette eligió un orondo trote en cámara lenta que no tenía forma alguna, pero era más agradable que el arrítmico Angelito «bailando» como en un concierto de Phish. Ookie bailaba consigo mismo, sonriendo al cielo, abrazando sus costillas.

Angelito le llamó:

—¡El Bailaookie!

Ookie rio. Angelito nunca había visto a Ookie reír.

Velvette hacía girar a Angelito y formaba máscaras extrañas con los dedos sobre sus ojos mientras corría sin avanzar, lamiéndose los labios y asintiendo de manera invitante.

La Gloriosa miraba cómo bailaba Angelito. Quería que no le importara. Era una tontería. Pero ¿por qué bailaba con ellas? A ella nunca la sacó a bailar. Se fue al salón abandonado y se sentó sola y se pidió a sí misma que no fuera ridícula. Angelito era un pésimo bailarín.

3:45 p. m.

Todos en el patio estaban felices, y él estaba muriendo delante de ellos. *Es la pura verdad,* se dijo Angelote. Pero eso era lo que quería. Bueno, era su fiesta, podía llorar si así lo deseaba.

—A veces —dijo Angelote— no me siento como si me fuera a morir.

—No vas a morir —dijo Dave, Ladrón de Café, con una taza más del café colombiano de Angelito.

—Pero a veces sé que moriré.

—La muerte es una ilusión.

—A mí me parece real, Dave.

—Nada de lloriqueos.

—¡Maldita sea! ¡Escucha! A veces —dijo Angelote— siento que me moriré en este preciso instante. Como hoy. Sé que hoy me estoy muriendo. Voy en caída libre. Apenas me quedan horas de vida. Y la muerte se siente más real que Dios Padre. Perdón, Dios.

Sentado en una silla de jardín, Dave echó el torso adelante, atrapó las manos entre las rodillas.

—Dios entiende tu rabia.

Angelote zarandeó los reposapiés.

—Debemos entender —dijo Dave, ignorando el berrinche de su amigo— que la muerte no es el final. Bueno, es el final de esto —con la mano señaló la Gran Fiesta en la que muchos humanos se divertían bajo el sol—. Pero te digo de veras que no es sino una transición. No es más que un portal, y lo creas o no, del otro lado cada segundo son mil años y cada mil años son un segundo, y todo es una fiesta mejor que esta.

—Chorradas, Dave.

—Tal vez sí, tal vez no. Solo hay un modo de averiguarlo.

El buen Dave tomó un feliz trago de café robado.

Angelote suspiró, se frotó la cara. Pensó en lo mucho que echaría de menos frotarse la cara. De pronto todo le parecía precioso. Suspirar. Qué maravilla era suspirar. Los geranios. ¿Por qué debía dejar atrás los geranios?

Dave le sonrió. ¿Se había blanqueado los dientes? Angelote quería blanquearse los suyos. Con la salvedad de que iba a morir justo después de la fiesta.

—Tengo cuatro hijos con mi Flaca —dijo.

—Sí.

—Uno está muerto. Otro está muerto para mí. Yndio. ¿Qué clase de nombre es ese? No son hijos míos, pero lo son. Y Minnie y Lalo están aquí. Son míos.

—Sí.

—Todos ellos tienen hijos. Excepto Yndio.

—Cierto.

—Sus hijos están teniendo hijos.

—Ya entendí.

—¿Por qué debo dejarlos?

—Cree —dijo Dave.

¿Acaso el pinche Dave nunca dudaba?

—Pinche Dave —se animó a decir—, ¿tú nunca dudas?

—Claro que sí. Por supuesto. Hasta Ignacio de Loyola dudaba. Nadie es inmune a la noche oscura del alma, hombre. Nada tendría sentido si no cuestionaras y dudaras. Eso nos hace humanos. Dios pudo enviar ángeles a aletear como hadas, a repartir ponche de ron y maná todo el día en un crucero cósmico. Pero ¿de qué nos serviría?

Angelote puso cara de mono y meneó la cabeza.

—No es justo.

—Estás dramatizando —Dave se le acercó y murmuró para que solo él lo escuchara—. Puto.

Angelote soltó un leve ladrido de risa.

—Te detesto —dijo.

Dave se cruzó de brazos.

—Miguel Ángel —dijo—. No es difícil morir. Todos lo hacen. Hasta las moscas. Aquí todo el mundo se está muriendo. Todos somos enfermos terminales —tenía una lágrima en el ojo; Angelote podía verla brillar—. Es solo que tu horario es distinto al mío. Morirse es como tomar un tren a Chicago. Hay un millón de vías y los trenes corren toda la noche. Algunos paran en los pueblos y otros son directos. Pero la muerte es un enorme patio de ferrocarril. Así de fácil. Solo que hacen falta huevos para morir bien. Hacen falta huevos para creer.

—Huevos de acero —dijo Angelote—. De acero bien templado. ¡Unos huevotes! —gritó—. ¡Grandotes!

Dave asintió.

Perla apareció. Se sentó junto a su Flaco. Golpeteó la mesa con el dedo.

—¿Huevos? —dijo—. ¿Huevos de acero? No, mijo. Lo siento, Dave. Hacen falta ovarios —miró a ambos y blandió el dedo—. ¿Esta vida? ¿Esta muerte? Ovarios de acero, cabrones —se oprimió el vientre y se sacudió la panza—. ¡Ovarios de oro!

Angelote levantó las cejas.

—Amén —dijo Dave.

Blade Runner
más tiempo
más tiempo
más

Si los espíritus de Papá Antonio y Mamá América volaran ahora sobre el vecindario para mirar a sus hijos y a los hijos de sus hijos, verían:

A Lalo y a Giovanni en otra casa en una callejuela sin pavimentar, sentados con las piernas abiertas sobre un felpudo sucio en un garaje desvencijado, con pequeños sobres abiertos delante de sus narices. Gio se saca de la espalda una pistola para dársela a su padre. Lalo tiembla y menea la cabeza mientras va dando cuenta de sobre tras sobre. Un cholo, con lágrimas tatuadas en las mejillas y otros tatuajes faciales del número 13 entra a la habitación. Lleva un par de cervezas frías de cuarenta onzas.

A Angelote con ganas de ir a descansar adentro. Contra su voluntad, Minnie lo detiene, empuja la silla de vuelta hacia el jardín, donde los que bailan se filtran hacia las mesas, y le dice: «Espérate aquí».

Al tío Jimbo dormido, echado sobre la mesa y a Lupita acariciándole la cabeza.

A Perla llorando en silencio en un rincón con dos chihualchichas en el regazo.

A un grupo de vatos y rucas reunidos delante de la casa, pasándose cigarrillos y hablando de chorradas.

Al Pato como un periscopio tratando de encontrar a la Gloriosa.

A la Gloriosa, refrescada y remaquillada, encargándose de abrir la puerta del garaje de Lalo para sorpresa de Minnie, riendo y flirteando y girando para que se levante su falda y ondeando su espectacular melena como si no tuviese el corazón chamuscado por dentro.

A Pazuzu cazando a Leo.

A Marilú sentada rígidamente, mirando a Paz y deseando que se largue.

A Angelito sentado con Ookie, y a Ookie murmurando: «*Third stone from the sun*».

A las colegialas bellas y bobas que ya están a punto de marcharse.

Al sobrino afroamericano que aprende español con siete risueñas muchachas.

Al Monstruo de las Galletas en una estrecha conversación con su misteriosa prima tercera.

A un pollo salido de algún reino ignoto, caminando orondo entre las sillas, comiendo patatas fritas y migas de panecillos de perritos calientes.

A los vecinos espiando por encima de la verja.

Un Audi blanco que avanza lentamente por la calle.

Y un autobús escolar amarillo que se detiene delante de la casa, la puerta se abre y los vatos y las rucas comienzan a gritar y a silbar.

3:56 p. m.

Hay un minuto en el día, un minuto para todos, aunque la mayoría se halle demasiado distraída para notar su llegada. Un minuto en que recibimos obsequios del mundo como regalos de cumpleaños. Un minuto dado a cada día que parece crear una burbuja de oro disponible para todos. Pero quizá Angelote se lo perdió porque estaba resentido y enojado por no poder irse a la cama. Jimbo sin duda se lo perdió porque se hallaba inconsciente. Las personas en la autopista a ocho kilómetros de la fiesta se lo perdieron porque estaban batallando con el tráfico y odiando a los mexicanos porque los locutores de la radio les dijeron que odiar estaba bien porque el Estado Islámico, porque el muro fronterizo, porque los Chargers habían traicionado a San Diego, porque los evangélicos aullaban que la sodomía era la nueva ley del país, porque sus locutores preferidos de la radio se habían vuelto incapaces de ofrecer una idea coherente del mundo y la sequía iba a continuar hasta que toda California se quemara y se volviera polvo y los ríos del este se volvieran turbios o tal vez llegarían grandes inundaciones y nadie sabía qué esperar.

Pero Minnie comprendía todo acerca del minuto, aunque no podría explicárselo a nadie. La revelación le había llegado en una de esas noches largas y solitarias. ¿Quién le iba a decir que una noche insomne y fatigosa, escuchando canciones tristes, sería una bendición? Pero lo fue. Halló la burbuja de oro en su propia melancolía.

—Espera, papá —dijo, apoyándose en la silla de ruedas para que su padre no escapara como una locomotora rezongona.

—¡Minnie! —dijo él—. Estoy cansado.

—Lo sé. Aguanta un poco.

—¿Lo sabes? —espetó—. Nadie sabe cómo me siento.

—Sí, papá.

Perla estaba inquieta.

—Mija, déjalo ir.

—No, mamá —dijo Minnie—. ¡Mirad! —le había costado una buena parte de sus ahorros. Comenzó a reír cuando escuchó el tumulto frente a la casa—. Escuchad.

Un atronador balido, una fanfarria.

—¿Qué es eso? —dijo Angelote.

Angelito se puso de pie y se tapó los ojos con la mano.

—Feliz cumpleaños, papá —dijo Minnie en el momento justo, porque ella había tomado el poder y ahora todo lo que tocara tendría el don de la perfección. Ella lo sabía. De modo que tan pronto lo dijo, las trompetas sonaron.

—¿Qué? —gritó Angelote.

Los mariachis marcharon por el garaje y aparecieron caminando en fila, tocando una música alegre, imposiblemente ruidosa. Todos vestidos de negro y plata, faja roja y sombreros charros, camisas blancas con chorreras y corbatas rojas que oscilaban. Trompetas, violines, guitarrones, guitarras. Formaron medio círculo delante de Angelote y Perla y estremecieron el universo.

Angelote rio y aplaudió y rio y pataleó y lloró. Cantó y cantó y cantó.

Cuando los mariachis callaron, aceptaron que los veneraran como verdaderas estrellas, saludaron a Angelote con sus gigantescos sombreros, se fueron en estampida hacia su autobús y se perdieron en el horizonte de la media tarde.

Angelote aún se enjugaba los ojos cuando besó cinco veces a Minnie. Al final del día, solo tenía la certeza de que era un padre mexicano. Y los padres mexicanos ofrecen discursos. Quería dar su bendición a Minnie, con bellas palabras que resumieran una vida, pero no había palabras adecuadas para ese día. Aun así, lo intentó:

—Todo lo que hacemos, mija, es amor. El amor es la respuesta. Nada lo detiene. Ni las fronteras ni la muerte.

Le cogió las manos con sus dedos ardientes, y solo la soltó cuando una conmovida Perla lo remolcó de vuelta a su habitación.

4:30 p. m.

Minnie se volvió para ver a su clan. Parecían moverse más lentamente a medida que los miraba. Marilú: todos sus hijos eran limpios, listos, educados. Pato: sus chicos eran dulces, incluso Marco, la Bestia Metálica. Tía Gloriosa: la mujer más fuerte que había conocido, a excepción de mamá. Ahí estaban también los críos maleducados, las ancianas y los hombres con trajes marrones. Caramba, todos eran hermosos.

Una extraña calma envolvió la fiesta. La gente se sentaba en silencio, hablando para sí o solo pensando. La hilaridad fue absorbida por la música, o así parecía. La pesadez del día cayó sobre todos. La gente murmuraba sus testimonios personales en cada mesa. Contaban anécdotas del pasado con

Angelote, lamentándose por el momento que sin duda llegaría, más temprano que tarde. Todos lo notaban. Todos lo sabían.

Minnie estaba destrozada. Corrió a casa y se encerró en el baño de visitas y lloró.

Lupita y la Gloriosa iban y venían lánguidamente, vigilando las mesas. Las damas del vecindario cotilleaban en la cocina y rellenaban los platos y bandejas vacías. Algunos salían a hurtadillas del patio con extraños pasos delicados, como si andar de puntillas los volviera invisibles. De algún modo aparecieron costillas y pollo a la parrilla, pero ya nadie podía comer más.

Sin embargo, Pato decidió probar un poco.

Ookie se sentó lejos de todos los demás. Tenía en su regazo el pollo comepatatas; lo acariciaba como si fuese un cachorro. El pollo revoloteaba la cabeza para mirar a la gente. Cloqueaba y piaba débilmente; luego recostó la cabeza en el hombro de Ookie. No se alborotó cuando Angelito se acercó.

—Hola, Ookie.

—Hola.

—¿Estás bien?

—Ookie está bien.

—¿Te gustó la música?

—Un hombre golpeó a Ookie —dijo Ookie.

—Lo sé. Lo lamento.

—Ookie robó Legos.

—¿Por qué robas Legos, Ookie?

Ookie acarició el pollo. Sonrió levemente. Miró a Angelito.

—Es un secreto.

Angelito rascó el cuello del pollo con el índice.

—Ookie y Angelote tienen un secreto.

—¿Sí?

—Tú eres Angelito.

—Así es.

—Cuando muera Angelote, ¿tú serás Angelote?

Angelito hubiera preferido no enfrentarse a esa pregunta.

—Supongo que seré el único Ángel —dijo.

Ookie puso el pollo en el suelo. Se incorporó y cogió a Angelito de la mano. La mano del más pequeño era seca y dura como la leña. Llevó a Angelito hacia el cobertizo detrás de la casa. Hurgó en el cuello de su camisa y sacó una llave atada a un listón. La utilizó para abrir el cerrojo.

—Es un secreto —se llevó el dedo a los labios y abrió la puerta.

Tiró de una cadena para que se encendiera un foco solitario que se columpiaba en su cable, haciendo que las sombras avanzaran y retrocedieran. Angelito pudo ver lo que se hallaba dentro.

—Ookie lo hizo —dijo Ookie.

—¿Qué es?

—Mira.

—¡Jesús, María y José! —dijo Angelito.

Al otro lado de la ciudad, Lalo y Gio están aterrados. El Chevy Impala color caramelo quema el asfalto y se desliza hacia otra callejuela, esta sin asfaltar. El motor tiene la voz de cincuenta gatos iracundos. El paso del coche deja una floritura de polvo azafrán.

—¡No! ¡No! ¡No! Muy mal, muy mal, muy mal —grita Lalo, llora—. ¿Qué hemos hecho? —gime.

Los cuervos caen sobre ellos como hordas de avispas.

—Jefe —dice Gio—. No hicimos nada.

Pegado a la ventanilla del pasajero, a Lalo ya le hicieron efecto las pastillas y el extraño polvo que se bebió en una copa de tequila. Unos colores intensos y vivos le bajan por los brazos y manan de los pantalones. Piensa que había bajado la ventanilla hace un minuto para vomitar. Pero la ventana está cerrada.

Lalo recuerda: habían entrado en la callejuela y él dijo: «¿Dónde están sus hijos?». Y Gio dijo: «El pendejo de Ruffles y su primo. Les di quince dólares para que fueran al Subway». Y Lalo sintió culpa porque él trataba de olvidar mientras que su hijo se había cocido con ira a fuego lento y ahora planeaba siniestras venganzas.

Ahora se mira las manos. ¿Están rojas? ¿Es sangre? Sus manos. ¿Están embarradas con lodo de Iraq? ¿Hay un olor de carne podrida? El dragón se retuerce de dolor en su pierna. Con horror, Lalo mira que va trepando hacia sus pantaloncillos cortos y muestra su cola. De la cola brota sangre. Dios mío.

—Hubo un baño de sangre —dice Lalo.

—No, Jefe. Tranquilo.

—¡Le vacié el cargador a ese güey!

—Tranquilo, cabrón.

Su hijo parado delante de ese vato como si solo estuviese diciendo «hola». El pandillero petulante en su sillón del Ejército de Salvación en ese garaje. Gorra de beisbol puesta de lado en su estúpida cabeza. Tatuajes de viudas negras en el cuello, un 13 en cada lado de la mandíbula, y esas dos lágrimas azules en la comisura del ojo izquierdo. Lalo mira ese par de lágrimas. Comprende que son por Braulio y Guillermo. La mente le parpadea como un anuncio de neón. *Hijodeputa, hijodeputa, hijodeputa.* El pandillero despliega las drogas en la caja de embalaje que utiliza como mesa de centro. «Vinieron a por esto. Más vale que estemos listos para pagar.» Lalo recuerda arcos de sangre como extraños guijarros brillantes que se derriten al chocar con las paredes. El suelo es resbaladizo, todo grasiento, con sangre.

—¡Sangre por todas partes, Gio! ¡Las radios no funciona-
ban! ¡No podían rescatarnos!

—Eso fue la guerra, jefe.

—Pero este tipo. Justo ahora.

—No, jefe.

Gio dobla la esquina. La policía puede estar en cualquier
lugar.

—Tú. Mataste. A. Mi. Carnal —dice Lalo—. Lo dije en su
cara. ¿Verdad?

Bam. Bam.

—Tú. Tú. Tú.

Recuerda un silbido de los pulmones del pandillero a través de las costillas. No, no. Era el soldado de primera Gómez,
del Este de Los Ángeles. Pusieron una lámina de plástico sobre la herida abierta en el pecho y presionaron hasta que las
costillas se quebraron. No había modo de conseguir un heli-
cóptero en esa callejuela. Perros. Las mujeres gritaban. Ro-
deados de hajjis por todos los tejados

—Gio, Gio —grita—. ¿Qué hicimos?

—Cállate ya, jefe.

Gio forcejea con el volante, mantiene el ojo en el retrovisor en caso de que el culero y sus compadres los persigan.

—¡Gio! —Lalo observa los ojos de Gio. ¡Se le están saliendo! Están fuera de las cuencas en tallos largos y rosados, mo-
viéndose como los de una langosta.

Recuerda los ojos del pandillero. Tenía ojos tatuados en
los párpados. Seguía mirando cada vez que parpadeaba. Lalo
no sabía qué miraba. Quedó hipnotizado. Fueron esos ojos.
Esos ojos le metieron el subidón.

La ventanilla del coche es blanda y viscosa contra su rostro. Mira, justo como una mierda.

—Por Cristo —murmuró—. Matamos a ese tipo.

—Y una mierda. Te acojonaste.

El coche patina.

—¿Mijo?

—Pensé que tenías los huevos bien puestos.

Dios, este muchacho es tan frío.

¡Un perro! ¡Han atropellado a un perro! No. Lalo lo ve escapar. Matar un perro sería el acabose. La gota que derrama el vaso.

—Ojo por ojo —dijo Gio—. Era lo único que debías hacer.

De pronto la voz se le derrite y comienza a gotear.

Toda esa habitación estaba derritiéndose y goteando. Él vio que el cráneo del pandillero se alzaba por entre la piel como algo que surge de un pantano. Lalo se mantuvo firme y la cabeza seguía subiendo y subiendo hasta que pasó por el techo, flotó encima del barrio, voló al cielo. Ahora Lalo está en el coche, mirándose los dedos. Nota lo largos que son. Muy ondulados. Se pone la mano delante de la cara. Es un calamar.

—¿Dónde está mi pistola? —pregunta a Gio, y sus largos dedos hurgan en la funda vacía en el tobillo.

—La tiraste.

Lalo revive los hechos. Ambos estaban de pie ante ese asesino en el suelo. Apenas otro personaje de dibujos animados con una chaqueta Pendleton. Vendedor de veneno a muchachitos que quieren ser el más malo de los malos. Gio desliza la pequeña pistola en la mano de Lalo y lo sacude con golpes de hombro. El hombre, a sabiendas de que su fin ha llegado sin ver la pistola, obviamente preguntándose por qué él no tiene a mano su propia pistola, echa las bolsas de hierba y pastillas sobre la mesa. Las copas del raro veneno amazónico que Lalo había bebido comienzan a reptar alrededor de la mesa con drogas. Los ojos muertos del hombre se hunden por un instante en el terror, y de inmediato recuperan su dureza. «¿Sí?», dijo. «Todo llega a su fin, ¿eh?», con la barbilla en alto. «Mataste a mi carnal.» Así fue. Lalo lo recuerda.

—Gio —dice—. Yo no tiré ninguna pistola.

—La arrojaste antes de que saliéramos de ahí.

—Por favor —Lalo suplica al universo.

—Soltaste un rollo demente, luego corriste, jefe.

—No.

—Eso hiciste.

Las palabras se tensan como gomas que abofetean el rostro de Lalo.

Por favor, por favor, Dios, si tienes piedad de mí, déjame despertar.

—Ni me imaginaba que te ibas a acojonar —Gio rio burlonamente.

—¡Dios mío! —grita Lalo—. ¡Eres mi bebé!

Lalo no sabe si su euforia alarga todos los sonidos como está alargando el coche. De pronto el coche es de hule. Se dobla en cada esquina y se alarga y se encoge de modo que Lalo puede ver a su hijo cara de langosta adelantarse y retroceder.

—Nunca has matado a nadie —dice Lalo—. Eres puro teatro. Yo sí que maté gente. Era mi obligación. Me manché de sangre. Para siempre. ¡Ayúdame!

—Tenemos su mercancía, ¿no? —dice Gio—. Al menos le dimos una lección a ese cabrón por matar a mi tío. ¿Qué te preocupa?

Lalo patea la mochila a sus pies. Está llena de hierba y metanfetaminas y billetes y cadenas.

—¡Ayúdame! —vuelve a decir.

Giovanni lo mira y dice con suma calma algo que Lalo no entiende y nunca entenderá. Aún así, Lalo intenta responder, pero sus palabras no tienen sentido, y por la boca le sale un hilo de baba.

—Estamos bien, jefe. Mucho amor. Como sea, estoy orgulloso de ti.

Lalo retrae su cabeza derretida y mira por la ventanilla.

—Mal —dice—. Muy mal, mijo —o espera habérselas arreglado para decirlo.

—Te perdono, jefe. Es solo que te faltan cojones.

Ecos. Extraños ruidos de aves. Sonido de pinchazos y de chorros de sangre y gemidos cuando entran las balas y queman la carne de las víctimas. Pero eso es Iraq, no California. Entendido. Métetelo en la cabeza. Luego Lalo ve una patrulla de policía.

—¡Cerdos! —chilla.

—Tranquilo —dice Gio.

El coche de la policía se convierte en 169 coches. Lalo cierra los ojos. Cuando los abre de nuevo, es un escarabajo, un Vocho pintado como un coche de policía. Al final descifra que es un coche de la empresa Geek Squad. Comienza a llorar de nuevo.

—Tengo miedo —dice.

Gio alarga la mano y le toma la rodilla a su padre.

—Jefe. ¡Jefe! Escucha. ¿Estás escuchando? —baja la velocidad; Lalo lo mira—. Despabílate.

Al instante Lalo recuerda la fría pistola en la mano, tan ridícula como un juguete y al mismo tiempo apocalíptica. La droga reptaba por sus venas como una escuálida serpiente negra. El hombre lo miraba sin expresión pero con manos temblorosas. Su hijo decía: «Hazlo. Jódelo.» La pistola flotaba en el aire, lo miraba como un ingrávido pez tropical. Y el tatuaje. Dios mío, es el tatuaje en su propio brazo. Ahora mismo lo rasca. Angelote. Esa estúpida sonrisa. Ese pelo. Jefe Xsiempre.

—¿Qué te hizo mi hermano?

—Nada. Le pusieron precio, y yo hice lo que me dijeron. Asunto de negocios.

El tiempo se detuvo para Lalo.

Jefe Xsiempre.

Lalo ha sido un rehén toda la vida. Siempre tratando de ser Braulio. Empeñado en ser el Jefe. Incapaz de una u otra cosa. Avergonzado de su padre: qué viejo tan imbécil. Temeroso de su hermano: bastante más macho de lo que él podía ser. Y todo ese tiempo tratando de convencer al mundo de que era igual a esa mierda humana sentada delante de él.

Apunta de nuevo la pistola. El hombre echa atrás la espalda y cierra los ojos. Lalo solo puede sentir tristeza.

Lalo siente pena por el mundo, por todo lo que se halla en él, por todos los que mueren y se convierten en polvo. Siente las drogas, la euforia. Siente una brisa y recuerda cómo se le levantaba el pelo cuando jugaba béisbol, cómo se sentía el sol y como el Jefe le animaba con unos vergonzosos pantalones de campana de poliéster, con mostaza por su estúpido bigote.

Lalo vuelve a escuchar su voz, suena extraña, como si fuese la voz de su padre diciendo: «Tenemos que parar. Estamos corriendo en círculos. Ojo por ojo. Ojo por ojo. Aquí no hay ojo que valga». La pistola cae a su lado. El hombre en el sillón abre los ojos, nota que ya no tiene la pistola en las narices, y de pronto se desinfla con incredulidad. Se descubre a sí mismo: un fracasado de mediana edad que ha desfigurado su propio rostro y no representa ninguna amenaza para nadie en el mundo. Ni siquiera es digno de que lo maten.

—No somos así, compadre —dice Lalo—. No somos así. Es la historia que cuentan sobre nosotros, pero no es verdadera.

Alza de nuevo la pistola. El hombre se encoge y ese es su peor momento.

—Verás cómo somos en verdad.

Lalo apunta sobre la cabeza del hombre, aprieta el gatillo y vacía el cargador en la pared. El hombre se echa de espaldas. Se abraza el pecho y patalea en el aire, gritando de terror. Lalo dispara y cada tiro suena seco. El humo es denso y azul.

El yeso cae en cascada sobre ellos hasta que la pistola se descarga. Apunta aquí y allá en la habitación mientras el hombre se agazapa y llora.

Luego Gio toma a Lalo de la mano y ambos se marchan con prisa.

—¡Por Cristo bendito, jefe! ¿Qué coño ha sido eso?

Lalo siente que todo el mundo se quema a su alrededor. Regresa al presente y se encuentra mirando las manos de Gio al volante. El volante parece de regaliz.

—Me iré al infierno, Gio. Firmado, sellado y entregado. En serio.

Lalo alcanza a ver el fantasma de su abuelo trepando por el parabrisas antes de perder el sentido.

La sorpresa de Ookie

¿Cómo pudieron saber cómo era la casa de Angelito?

Se asomó por la puerta para mirarlos a todos. La incesante música le retumbaba en los oídos. Casi no podía escuchar lo que murmuraba Ookie.

La Navidad. Sin duda. Estaban celosos de la Navidad. Sus padres se habían gastado lo que fuera en él. Debía aceptarlo: habían pasado penurias con tal de que él tuviese su superpistola de James Bond, su maletín del agente de Cipol, su Scalextric, su hornillo para moldear, su tren eléctrico. Lo mejor, por supuesto, el peor regalo que un niño podía recibir, era una radiante bicicleta Schwinn Stingray azul metálico. Todos veían esa bicicleta y pensaban: gringo rico mimado mientras papá nos deja morir de hambre.

Lo que no vieron fue el esmero de don Antonio para enseñar al blandengue niño blanco el arte de andar en bicicleta. ¡Como un hombre! Angelito nunca había visto la Harley. No tenía idea de que su padre montaba semejante cosa. Ni siquiera se lo contó cuando iban al autocine Tu-Vu para ver las películas de moteros de Adam Roarke. Don Antonio creía que la bicicleta era un modo de hacer un hombre al niño. Todo era una herramienta para convertirlo en hombre. El cinturón había funcionado con los otros hijos de don Antonio, y funcionó también con Gabriel.

El miedo del niño blanco de caer de la bicicleta —de sentir dolor, por Dios— avergonzaba a don Antonio. Nunca hubiese aceptado que tuviera ruedines. Equilibraba a Gabriel y corría por la calle principal, sosteniéndolo hasta que tomaba velocidad; entonces lo soltaba y miraba el aterrado bamboleo de su hijo hasta que chocaba con el borde de la acera y se ponía a llorar. Don Antonio iba hacia el niño y le ofrecía la mano. Era como en la playa. Ángel Gabriel pensaba que su padre venía a salvarlo, pero don Antonio le tomaba la mano para subirlo a la fuerza en la bicicleta a pesar de sus ruegos y llanto. Pedaleaban y chocaban. Una y otra vez. Rasgaduras en pantalones y rodillas. Sangre en la rodilla izquierda y en la nariz. Y continuó chocando hasta que supo mantenerse en dos ruedas.

No había opción, así es que no había problema.

Don Antonio se fue a vivir con Angelote cuando la madre de Angelito lo echó. Angelito se había marchado a la universidad. Luego su madre murió repentinamente mientras dormía. En la cama tenía una foto de Angelito y un libro de cocina de la Junior League.

Realmente resultó sencillo esparcir sus cenizas en el océano. Solo estuvieron Angelito y las compañeras de trabajo de su madre: cajeras del supermercado Vons. No se esperaba a nadie de familia; aunque Pato, más leal que nunca, apareció en el muelle y subió a bordo sombríamente.

Angelito llevaba una etiqueta, con el nombre de su madre, pegada a la camisa. La empresa que los llevó mar adentro les proporcionó rosas y una copa de champaña para cada uno. Allá en la distancia, San Diego le pareció decadente y derruido. Algunos delfines aparecieron junto al bote, y las mujeres del mercado lo tomaron como una señal. Su madre captó un rayo de luz mientras se hundía en el agua y se desparramaba en la superficie. Apenas por un instante brilló y destelló como un diamante.

5:00 p. m.

—Estaba muy aburrida antes de que vinieras a saludarme —dijo ella—. Nuestra familia tiene miedo a todos los que sean diferentes.

Se había alisado el pelo del Monstruo de las Galletas. Apoyó la barbilla sobre el puño en la mesa y miró el rostro pálido de la muchacha. Se llamaba Liliana.

—Yo también soy diferente —dijo él.

Ella lo acarició como a un buen perro.

—Claro que lo eres.

—Buah.

—Puedes llamarme Lily —dijo ella.

—Claro.

Lily. ¡Qué maravilla!

Era prima tercera por el lado de su padre, hija de un dentista en Mazatlán. Suficientemente lejana para besarla, como dijo Lalo. Estudiaba en la Universidad de California en San Diego. Ciega de nacimiento. De su misma edad. Había estado en París. Él se quedó confundido cuando ella le dijo que París era una ciudad hermosa. ¿Cómo lo sabía? ¿Olía a hermosura? Tal vez no. Su padre había ido a París y dijo que olía a meados.

—Me encantaría escuchar tu banda —dijo ella.

—Bueno —presumió él—, es bastante *dark*.

—¡Me encanta la música dark! —dijo ella—. Tengo un nuevo nombre artístico para ti. Bello y oscuro.

Él ya había pensado en nombres artísticos. Cada segundo ella se acercaba a la perfección.

—Suéltalo —dijo él.

—Nihil Jung.

—¿Neil Young?

—¡No, tonto! Nihil, como nihilista. Jung, como Carl Jung. Ah, olvídalo. Es humor universitario.

—Ahá.

—¿Eres gordo? —preguntó ella.

—Sí. Inmensamente gordo —dijo.

Ella se rio.

—Sigue con tu voz diabólica.

—Caray.

—Por mí, Carlo. Deshazte de la grasa.

—Marco. La gente nos escucha.

—Exacto. De eso se trata —palmeó la mesa—. Sacrifícate por mí.

—¡ESTOY GORDO! —rugió el demonio extremo.

Cayeron ambos sobre la mesa, riendo como gemelos de cuatro años que comparten un baño de burbujas. Varias personas se dieron la vuelta para verlos. Marco saludó. Se sentía muy feliz.

—¿Nos mira la gente? —dijo ella.

—Todos nos miran.

—Bésame, rápido —toqueteó la mesa hasta encontrar la mano de Marco—. Ahora que nos miran.

Le dio un beso.

—Estoy extasiada —dijo ella y le apretó los dedos—. Anoche tuve un sueño —dijo—. Escucha, escucha, es una locura. Odio cuando la gente me cuenta sus sueños, pero este es extraño de verdad. Fue en un campo por aquí. Un día de verano, ¿me oyes? Todo soleado, aves cantando, un día perfecto. El campo era dorado, y el cielo, azul. Había enormes árboles frondosos como hermosas nubes hinchadas. Ya sé lo que estás pensando: que cómo puedo ver tales cosas, ¿verdad? ¡No sé cómo! Pero las veo en mis sueños. En fin, luego ocurrió algo. Había gente en el cielo. Gente encima del campo colgada de cables. Como adornos. Surrealista.

—El Éxtasis —sugirió él.

—Para nada, comemierda —respondió ella.

—Que te jodan.

—Ya te gustaría.

Él le miró el rostro. Era animoso, lleno de alegría. Verdad era que hacía gestos que parecían de otro mundo, pero él comprendió que Lily nunca había visto otro rostro para saber qué muecas eran «normales». Tenía labios rosas y brillantes. Él se moría por ver sus ojos, aunque ellos no pudieran verlo a él.

—¿Cómo vi esas cosas, Carlo? —preguntó.

—Marco. No lo sé —se inclinó para olerle la mano.

—No me andes olisqueando, pinche friki —dijo, pero no retiró la mano.

Él le besó los nudillos.

—Por Dios —dijo ella.

—No lo sé —dijo él—. Explícame.

—Yo tampoco. Pero daría cualquier cosa por estar un minuto dentro de tu cabeza —dijo ella—. Daría cualquier cosa por saber qué es real y qué no lo es.

—Quieres saber si lo que imaginas azul es en realidad rojo.

—O algún otro color que nunca he visto.

—O ningún color.

—¡Azul, niño! Azul es el color del viento que sopla entre las flores, ¿verdad?

Él le besó de nuevo la mano.

—Exacto.

—¿Estás loco por mí? —preguntó ella.

—Más que loco.

Él se puso de pie. Mientras dejaban atrás la fiesta seguían tomados de la mano y riendo.

Le levantaron el coche a Pato y ya no volvieron.

Al principio, Angelito no estaba seguro de lo que miraba, pero poco a poco fue comprendiendo la magnitud del asunto. Tal vez eran los colores lo que le desconcertaba, porque Ookie había construido sin tomar en cuenta la armonía entre los tonos. Era todo un arcoíris.

—Ookie lo hizo —dijo Ookie.

Angelito le cogió la mano. Jadeaba.

—¿Cuánto tiempo te llevó, Ookie?

—Un par de años. Sí. Un par.

Formas hechas de arcoíris de plástico.

Había una mesa de trabajo en el cobertizo. Más allá, un espacio abierto que hubiese guardado rastrillos y carretillas, incluso un coche, pero Angelote y Ookie habían limpiado ese espacio cuando Angelote aún podía caminar. Angelote había cortado fotos de periódicos y revistas y había clavado un mapa de calles en una pared.

—*Are you experienced?* —dijo Ookie.

Había fajos de notas y dibujos apilados sobre la mesa. Hojas sueltas trazadas con lápiz y pintadas con crayones.

—El plano de Ookie —dijo Ookie.

Era enorme. La extensión del puente Coronado se alargaba hacia la derecha. En torno a su base más cercana, Ookie había construido un meticuloso modelo de San Diego. Con los Lego había hecho rascacielos, hoteles, incluso el embarcadero con un modelo del *Star of India* ahí atracado. Pequeñas calles y avenidas. Algunas partes en desarrollo: bloques apenas comenzados. Otras partes desquiciadamente detalladas. La calle Broadway tenía vida. El viejo edificio de Woolworth era exactamente como lo recordaba. Al fondo del lecho seco del río que era la autopista I-5 se erguía un modelo de alambre de la torre Eiffel. Angelito quedó confundido hasta que notó que Ookie le había colgado un letrero de papel: KSON. Se rio. Sí, era la torre de transmisiones de la estación de música country, al sur del gran puente. De inmediato le vino un recuerdo: él también había pensado, cuando era niño, que se trataba de la torre Eiffel.

—¡Ookie! —dijo.

—¡Sí! —Ookie rio y aplaudió.

—Ookie —dijo.

—*Purple haze.*

Contra la pared izquierda había un modelo de su barrio: Lomas Doradas. Ookie fue hacia allá. Señaló.

—Casa de Angelote.

Angelito asintió.

—Casa de Ookie —señaló la siguiente manzana.

Se sentaron en el suelo y observaron la ciudad de plástico. Ookie señaló sus mejores torres.

—El hotel El Cortez —dijo—. Aquel es el distrito Gaslamp. El favorito de Ookie.

El nuevo centro comercial Horton Plaza no era parte de la ciudad de Ookie. Sí, en cambio, el viejo Horton Plaza, con una fuente y pequeños bancos y palmeras de plástico. Hacía décadas que dejó de existir, pero a Angelito le pareció mejor que las elegantes tiendas que ahora estaban ahí, con su ristra de salas de cine en ruinas y marineros e indigentes. Autobuses en los costados. Pequeños coches alineados en Broadway.

—Ookie roba Hot Wheels —confesó Ookie y ambos rieron—. Ookie necesita autobuses.

—Matchbox —dijo Angelito.

—¿Autobuses?

—Creo que sí. Camiones, taxis, todo. Los voy a buscar.

Usaron el iPhone algunos minutos para comprar autobuses Matchbox.

—¡Mira, Ookie! Camiones repartidores, de bomberos, de correos.

—Compra.

—Mira, una Camper jipi.

—Compra todo para Ookie.

Chocaron las manos cuando encontraron conjuntos de palomas hechos a escala para trenes eléctricos. Policías. Hom-

bres de negocios con sombreros de los años cincuenta. Angelito hacía un pedido detrás de otro y tecleaba la dirección de
Angelote. No tenía idea de cuánto tiempo llevaba en ese cuarto con Ookie. Era uno de los mejores días de su vida. Abrazó
a Ookie, pero Ookie se zafó.

—¡Aviones! —gritó, sosteniendo un pequeño 747 de metal.
Lo amarraron a un cable y lo colgaron de un travesaño
para que pareciera que estaba a punto de aterrizar.

—Mira —dijo Ookie y mostró un Dodge Charger miniatura—. *Crosstown traffic* —se lo dio a Angelito y señaló su
ciudad—. Ahora tú.

—¿De veras?

—Sí, sí. Ponlo.

Ángel se arrodilló y colocó el vehículo en la Séptima Avenida. Ookie entrecerró los ojos y negó con la cabeza. Ángel lo
pasó a la calle Broadway, cerca del agua y de la casi termina-
da Union Station. Ookie asintió.

—¿Mi hermano te ayudó con esto?

—Angelote. Sí. Me contó el secreto.

—¿Cuál secreto?

—Es un secreto.

—¿Cuál secreto, Ookie?

Ookie se palpó la cabeza.

—Ookie —dijo— es un genio.

—Siempre hay que hacerle caso a Angelote. Siempre tiene
la razón.

—*Scuse me while I kiss the sky!*

Se cogieron de la mano y observaron el paraíso con respetuoso silencio.

hoy

Las confesiones

Ookie dejó el candado abierto para que Angelito pudiera regresar a verlo más tarde. Angelito tenía prisa para decirle a su hermano que había visto la ciudad secreta. Lo que había visto era más impactante que eso. Había visto a su hermano por primera vez. Su hermano, sabiendo que la vida se le agotaba, se había encerrado en un garaje con un chico loco para ayudarle a realizar un sueño que nadie vería jamás. Si alguna vez tuvo dudas, ahora Angelito se había unido a los adoradores de Angelote. Completamente a bordo. Angelote: *bodhisattva*.

Había oscurecido.

Angelito hizo una pausa en la mesa de su hermana. Marilú bebía tristemente una copa de vino tinto. Recibía una luz semirromántica de una antorcha repelente de mosquitos. Suspiraba. No podía entender por qué los invitados a la fiesta no se paraban a pensar un instante. No sabía por qué todos se habían olvidado de su madre y habían olvidado por qué estaban ahí. Todo mundo se estaba muriendo y a nadie le importaba.

—¿Dónde está el patriarca? —preguntó Angelito.

Ella juntó las manos en la mejilla y cerró los ojos, haciendo una variación de la cara de mono de la familia; esto aparentemente también significaba hacer la siesta.

—¿Dónde más puede estar? —dijo ella—. Mi pobre hermano.

Él continuó su camino; se sentaría en la habitación hasta que Angelote despertara. Ya iba siendo tiempo de dar las buenas noches. Imaginó su agradable y silenciosa habitación de hotel. Se sentía un debilucho, pero ¿qué se le iba a hacer? No podía imaginar cómo sus parientes podían sobrellevar tanta actividad. Lo agotaban.

Por un momento, imaginó a la Gloriosa dormida junto a él; la cabeza sobre su pecho y el cabello en su rostro.

Le pasmó la idea de que ese circo se daba día tras día. Cuando era niño, a solas con sus padres, había deseado ese tipo de tumulto familiar en su casa. Pero ya no. En Seattle vivía en un tranquilo piso blanco y azul que daba a la isla de Vashon. Desde ahí miraba los ferris de Bainbridge que atravesaban el estrecho de Puget. Ponía pan en su balcón para las gaviotas y los cuervos. Una vez vio un zorro salir del bosque junto a su residencia y andar hacia la playa. Ni siquiera le gustaba que su chica se quedara a pasar la noche.

Notó que Paz escudriñaba a los asistentes.

Perla estaba un poco alicaída, aplastada por la tristeza que sabía que no podría tolerar. Iba a morir inmediatamente después que su hombre, de eso estaba segura, aunque terminara viviendo muchos años solitarios, guiando a la familia. Pero ya sin cocinar. En la mano tenía una copa de vino espumoso. Junto a ella, dos ancianas jugaban cartas. Él la abrazó y le besó la coronilla.

La Minnie tenía los brazos cruzados, miraba hacia la nada.

Fue con ella y la abrazó.

—Lo hiciste muy bien —dijo.

—¿Tú crees, tío?

Pobre Tigre. Había tenido que ir a trabajar. Ella se quedó sin hombre. Volaba en solitario.

—¿Te han gustado los mariachis?

—Una maravilla.

Ella sonrió al suelo.

—¿Dónde está Lalo? —preguntó.

—Se fue con su hijo. Dijo algo acerca de alguien y de algo.

—Eso no pinta bien.

Vieron que Pazuzu blandía el índice en el rostro de Marilú y la amonestaba.

—Tengo que ir —dijo la *sheriff* Minnie, y corrió hacia ellas.

Angelito se estuvo preguntando dónde estaría Pato hasta que lo descubrió en el salón, dormido en el sofá.

Recorrió el pasillo y entró en la habitación de Angelote.

Ahí estaba, el buda mexicano, en sus pantalones de pijama y calcetines deportivos. Tenía puesta una camiseta blanca. Despierto, a pesar de todo. Dave, el bandido gringo del café, estaba en el costado de la cama.

Se incorporó.

—Gabriel —extendió la mano—. Hola.

—Dave, ¿verdad?

Se estrecharon las manos.

—Me llaman Angelito.

—Eso me dijeron. Me acabo de enterar de tu existencia.

Ambos miraron con reproche a Angelote.

—Soy su secreto mejor guardado, Dave.

—No es justo —dijo Angelote—. Tenemos una vida, ya sabes.

—Yo también —dijo Angelito, un poco alarmado porque la situación ya se había vuelto un poco agria.

Dave observó a los hermanos y dijo:

—Tal vez tú eres su joya más preciada.

La voz de Angelote se quebró.

—Muy buena, Dave.

Angelote estudió a los dos hombres que estaban ahí de pie, intensamente centrado, extrayéndole al aire cada segundo de vida.

Ni siquiera estoy cansado, dijo a su difunta madre.

—Mira —Angelote señaló una pequeña pila de libros que tenía a sus pies—. Dave cree que puedo leerlos.

Dave lo ignoró.

—Aquí estamos escuchando una confesión —dijo a Angelito.

—¿Confesión? —dijo Angelito.

—Debo tomar un curso de lectura rápida —dijo Angelote.

Angelito cogió los libros. Thomas Merton, *La montaña de los siete círculos.* Brennan Manning, *El evangelio de los andrajosos* y *Confianza despiadada.* Frederick Buechner, *El viaje sagrado.*

—Literatura *light* —dijo.

—Si tuviéramos más tiempo —dijo Dave, inclinando su cabeza hacia Angelote—, le habría dado textos budistas también.

—Dave quiere que yo aprenda a confiar —dijo Angelote.

—Es tarde, lo acepto —dijo Dave—. Pero vale la pena intentarlo, incluso en el último minuto.

—¿Confiar en qué? —dijo Angelito.

Dave se sentó y sonrió a Angelote.

—En Dios —dijo Angelote.

—En parte —dijo Dave.

—¿En el cáncer? —dijo Angelito con cierta aspereza.

—Deberías prestarle estos libros a tu hermanito —dijo Dave.

Se escuchó el tictac del reloj.

—¿Sí? —dijo Angelote, y miró a Angelito—. Le dije a este cabrón que no tengo tiempo de leerlos. Mi vida está hecha de solo tres palabras que se repiten una y otra vez: HOY ME MUERO.

—Te estás poniendo morboso, Carnal.

—Eso le vengo diciendo —dijo Dave.

La mano izquierda de Angelote comenzó a temblar. La ocultó bajo el culo.

La Gloriosa entró en la habitación con un vaso de un fluido turbio color naranja-marrón.

—Te traje agua de tamarindo —dijo al poner el vaso en la mesa de noche de Angelote.

—Mi favorita —dijo él.

Ella le acarició la cabeza.

—¿No está fría? —preguntó Angelote.

—No.

—Siento lo frío como si me tragara un cuchillo —dijo.

—Lo sé.

—Desde la quimio.

—Sí. Tómate tus pastillas.

—Me duelen los dientes. Me duele todo.

—Sí, amorcito —dijo ella—. Hola, padre —dijo a Dave cuando salía.

Dave alzó la mano y bendijo el aire detrás de ella.

—¿Padre? —dijo Angelito.

—Es mi sacerdote —explicó Angelote.

—Exacto —dijo Dave—. Padre David Martin, jesuita.

—Va a oficiar en mi funeral —dijo Angelote.

—Mierda —dijo Angelito—. Disculpe, padre.

—No te preocupes. Los jesuitas también lo decimos. Todos los jesuitas del mundo dijeron «Mierda» cuando eligieron papa a Francisco —señaló al patriarca postrado—. Estamos decidiendo cuándo darle la extremaunción.

—¿Vas a morir esta noche? —preguntó Angelito.

—Esta noche —respondió su hermano.

Dave meneó la cabeza.

—Creo que le queda más tiempo.

—Está muy enfermo.

—Estoy aquí, pendejos. No habléis de mí como si estuvierais solos.

Angelito tiró los libros y se sentó también en la cama.

—Dios —dijo—. Esto es demasiado para mí.

—Carnal, yo voy a estirar la pata antes que tú. No te preocupes. Tenemos tiempo.

—Cállate.

—Hasta iremos a bailar.

—No es gracioso.

—Tú no tienes que decirme qué es gracioso.

—Hermanos, tenéis asuntos de que ocuparos —dijo Dave, y alzó la mano sobre ellos para hacer la señal de la cruz en el aire—. Hago esto con frecuencia —dijo.

—¿Y funciona? —preguntó Angelito.

—Te trajo aquí.

—Bum —dijo Angelote—. Te pilló.

—¿Lalo te enseña eso?

—Soy un lobo de mar —dijo Angelote engreído.

Dave palmoteó una vez y dijo:

—Muy bien. Llámame, Miguel, o pide a Perla que me llame. Ya sabes. Y a ti te llamaré, Gabriel —dijo—. Tu hermano me dio tu número. Me ayudarás en el funeral.

—Espera —Angelito iba a decir que ya se iba, pero se calló.

—Gracias, amigos —dijo Dave.

Se despidió de ellos y salió de la habitación, manteniendo un espléndido paso por la casa y por el patio delantero hasta llegar a la calle. Se puso a silbar mientras abordaba su SUV.

Eligiendo pensamientos al azar, Angelote anunció:

—Nunca tomé drogas.

—¿No? —respondió Angelito—. Yo tampoco.

—Ni siquiera marihuana.

—Igual yo.

—Pensé que eras un jipi. Comenzaré a fumar marihuana —dijo Angelote—. La comeré en galletas. ¿Qué opinas?

—¿Por qué no? Dicen que ayuda.

—Dicen que te hace reír. Quiero reír.

—Me contaron que los hongos mágicos te hacen feliz —dijo Angelito, y cambió el tema—. Acabo de ver lo que hiciste.

Tales palabras, tan cercanas a la confesión, asestaron a Angelote un frío arañazo de pánico que le bajó por la espalda.

—¿Qué hice? —balbuceó.

—En el cobertizo.

—¿Qué?

—Ookie.

—Ah —Angelote se recostó—. Hice muchas cosas —dejó escapar un lento silbido de alivio—. Sí. La ciudad de Ookie. Una de mis buenas acciones.

Angelito se acomodó en la cama junto a su hermano. Ambos miraron el techo.

—No puedo creer que lo hayas hecho —dijo Angelito.

—Mi secreto.

—La gente se va a enterar.

—Lo sé. Cuando me haya ido. Está bien. Verán lo que hizo el Jefe.

Ahora le temblaba la mano derecha. También la metió bajo el trasero. *Madre*, pensó, *creo que sí estoy algo cansado*.

Angelote era consciente de los pasos tristes del baile. Le costaba mucho hablar. Cuando uno se muere, se muere en pequeñas dosis. Tiene dificultad para hablar. Se olvida de quienes estuvieron a su lado. De repente se pone furioso y siente pánico. Quisiera ser un santo. Desea no ser tan débil. De pronto se siente mejor y se engaña hasta creer que un milagro está por suceder. Hasta llega a pensar que todo fue una broma pesada.

Sacó un *smartphone* y luchó para controlar sus manos y poder teclear algo.

—¿Qué estás haciendo? —preguntó Angelito.

—Texteando con Minnie —el teléfono pitó—. Ahora viene.

En un minuto, Minnie llegó apurada a la habitación.

—¿Me llamaste?

—En el armario —dijo Angelote.

Minnie fue al otro lado de la cama y dijo:

—Volvió el *chud.* Está afuera. Colocado. Estoy muy cabreada.

—¿Qué? —dijo Angelote.

—Nada, papá. Estoy hablando con mi tío —se volvió hacia Angelito—. Ese Lalo. Le pedí que se mantuviera limpio. No escucha.

—¿Lalo? —dijo Angelote—. ¿Se está metiendo drogas otra vez?

—Está bien —dijo ella—. Yo me encargo.

Angelote pataleó.

—De veras, papá. Lalo solo está teniendo un día difícil, igual que todos.

—Lo siento.

—¡No! No, no.

—Es mi culpa.

—Basta, papá. Nada de eso.

—Carnal —dijo Angelito, pero como no tenía nada más qué decir, se calló.

Minnie rodeó la cama para ir al armario y sacó una caja plana de plástico con tapa de broches. La colocó a los pies de Angelote. Volvió a la sombra y reapareció con un abrigo marrón de lana. Tenía botones de latón y parecía de cuerpo entero. Sonrió a Angelote; apretó el hombro de Angelito cuando pasó junto a él.

—Divertíos, vosotros dos —dijo, y regresó a gestionar la fiesta.

—Es el abrigo de nuestro padre cuando era policía —dijo Angelote—. Te lo doy.

Angelito solo miraba.

—Puedes tocarlo —dijo Angelote.

Angelito levantó el abrigo; pesaba. Olía levemente a naftalina. Estudió los botones; se habían deslustrado, pero aún era visible el águila sobre un nopal devorando a una serpiente. Se paró, sostuvo el abrigo a la altura del pecho y miró hacia abajo. Angelito tenía hombros más anchos que los de su padre, y el largo abrigo llegaba apenas a cinco centímetros sobre sus rodillas.

—Pensé que era un gigante.

—También yo —Angelote resolló ligeramente.

—¡Era pequeñito! —dijo Angelito.

—De mi talla —dijo Angelote.

—Disculpa.

—Creía que yo era enorme. Me consideraba un tiarrón.

—Lo mismo pensaba yo.

La frase cayó como un balde de agua fría.

—¿Qué se supone que significa eso? —dijo Angelote.

Angelito meneó la cabeza.

—Nada.

No fue lo que quiso decir.

De pronto comprendió que sus vidas enteras como familia habían dependido de las apariencias. Echó el abrigo en la cama.

—Sonó más duro de lo que pretendía. No había mala intención.

—Te decepcioné.

Angelito se dio la vuelta.

—Basta —dijo—. No hablemos de eso.

—Debo de haberte fallado. ¿No es así?

—Por Dios, Carnal.

—Dímelo.

—Ya basta.

—¡Vamos! ¿Tienes una queja? Es tu última oportunidad, pinche Gabriel.

—No jodas. Deja de echarles en cara tu muerte a todos.

¿Muerte?, pensó Angelote. *¿En serio? ¿Qué sabes tú acerca de la muerte?*

—Qué bonito —dijo.

—Mira...

—No me jodas con tu «mira», cabrón.

Angelito salió de la habitación. *¿Quién te crees? ¿Mi madre?* Avanzó a la cocina y abrazó a la Gloriosa. Ella se desconcertó.

Angelito volvió a la habitación y se sentó en el pie de la cama.

—Mira... —dijo.

Angelote alzó una mano.

—Ya lo sé —dijo—. No fui un hermano perfecto —alzó la otra mano—. No vayas a decirlo. No quiero escuchar eso de: «Lo hiciste lo mejor que pudiste». Es una frase patética.

—Oye, baja ese tono severo, Ángel.

No se miraban el uno al otro.

—Quizá yo tampoco fui un hermano perfecto —pronunció Angelito con gallardía.

Angelote rio.

—¿Quizá?

—Cállate —Angelito estaba furioso y no sabía por qué.

Angelote rio de nuevo. *Cruelmente*, pensó Angelito.

—A quién le importa, ¿no? —dijo el hermano menor. Detestaba cuando su voz le parecía la de un adolescente de telenovela. Quería que su hermano lo tomara en serio—. A nadie le importan estas viejas chorradas familiares. ¡Disfruta de tu día!

—se levantó de la cama y se exhibió más alto que su hermano. Cogió el abrigo. Era increíblemente pesado—. Tú querías este maldito acto dramático, así es que ve allá afuera y disfrútalo.

—¿*Really*, hermanito?

Angelito notó cruelmente que el acento de su hermano convertía la palabra en «rili».

—Te lo estás pasando muy bien. Sé sincero. Disfrútalo. Pusiste todo esto en marcha para ti mismo, ¿verdad? ¿A quién le importa lo que yo piense sobre ciertas cosas?

Angelito tenía iguales deseos de abrazar el abrigo o tirarlo al suelo. Lo volvió a colocar a los pies de su hermano.

Angelote estaba tan furioso que casi había sanado.

—¿No te gusta mi fiesta?

—Claro que sí. Es grandiosa.

—Imbécil.

—Lo mismo digo.

—Siempre fuiste un llorica —dijo Angelote.

—Ya lo sé. Como el día en que me enseñaste a nadar en la playa.

Angelote se sonrojó.

—Tú lo tenías todo.

—¿De veras estamos haciendo esto? —era el turno de Angelito para reír—. ¿Todo? —dijo—. ¿De veras crees que del lado de mi calle había pura felicidad?

—Ya que hablas de eso —dijo Angelote—. ¡Escúchame bien! —señaló a su hermano—. ¡Yo no tenía ni para comer, cabrón!

Minnie entró con prisa.

—La tía Marilú.

—¿Qué? —dijeron ambos hermanos.

—Un desastre —gritó ella.

—¿Por qué? —preguntó Angelote.

—¡La tía Paz le ha arrancado la peluca! ¡Toda la fiesta se ha ido a la mierda!

—¿Marilú usa peluca? —preguntó Angelito.

Pese a todo, ambos hermanos rieron.

—No tiene gracia. He tenido que separarlas. Paz le dio la vuelta a una mesa. Marilú se fue corriendo con una servilleta sobre la cabeza —dijo, y salió apresurada.

Los hermanos se frotaron los ojos.

—Sé que estabas más feliz sin venir aquí —dijo Angelote—. No tenías que lidiar con todas las dificultades por las que pasamos. Todo este alboroto, nunca ha tenido fin.

—No hables por mí.

—Hablo por todos vosotros. Soy el patriarca.

Pensó que sonaría más gracioso de lo que sonó.

Angelito carraspeó y se dio la vuelta.

—Siempre tuve una pregunta para ti, Carnal —soltó Angelote—. ¿De qué tuviste que llorar?

—Bueno, Miguel, también a nosotros nos abandonó.

Angelote dio un trago sonoro al agua de tamarindo que le había traído la Gloriosa.

—Primero nos abandonó a nosotros. Por ti —dijo.

—¿Por mí? Yo ni siquiera había nacido. Pensé que eras informático. Resuélvelo.

—Papá dijo que tu madre era alcohólica. Que se sacaba piojos del cabello y los mataba con las uñas.

Angelito se carcajeó.

—Eso mismo nos decía sobre tu madre.

Angelote temblaba.

—Retira lo que has dicho —dijo.

—Yo no empecé.

—Papá se vio obligado a casarse con tu madre porque era un caballero —espetó—. Ella estaba embarazada.

Silencio y pasmo. Ni siquiera podían escuchar la fiesta. No podían escuchar a los niños en la habitación de al lado con sus videojuegos.

—Mi... ¿Qué? —dijo Angelito.

Angelote miró a otro lado.

—Mira lo que me has obligado a hacer —dijo.

—¿Qué acabas de decir? Justo ahora.

—Olvídalo.

Angelito se paró. Volvió a sentarse más cerca de Angelote.

—Santo cielo —dijo.

—Tu madre estaba embarazada de ti. Por eso se casaron.

—Mentiroso.

—Ah, es verdad. Y si de nuevo me llamas mentiroso...

—¿Qué?

—Aún puedo pelear.

—Uy, mira cómo tiemblo.

Angelote se abalanzó hacia delante y cogió con el puño la camisa de Angelito.

—¡Anda! —Angelote mostró los dientes—. ¡Todavía puedo enseñarte algo!

—No te quiero hacer daño —Angelito empujó con la palma el pecho de pollo de su hermano—. Ya basta.

—¡Te voy a enseñar!

—No... quiero... lastimarte.

Forcejearon en la cama. Angelote propinó varias bofetadas sonoras en el rostro de su hermano.

—¡Para, imbécil! —dijo Angelito.

Perla entró y azotó a Angelito con la chancla.

—¿Estáis locos? —gritó.

—Flaca —dijo Angelote, ocupado en rasgar el bolsillo de la camisa de Angelito—, por favor déjanos solos.

—Estoy harta de vosotros —dijo y se marchó de nuevo al salón.

Ellos se tumbaron en la cama. Jadeaban.

—Ya te he puteado bastante —dijo Angelote.

Se sentó derecho y bebió agua de tamarindo, luego le pasó el vaso a su hermano.

A Angelito no le apetecía el agua de tamarindo caliente, pero sabía reconocer un gesto de reconciliación. Cogió el vaso y bebió un poco.

—Me marché lejos —dijo Angelito— para convertirme en alguien. Pensé que iba a cambiar el mundo.

—¿Y qué pasó, Carnal?

—Nada.

—Vamos, venga.

—Yo sé que me odiaste porque me fui —Angelito respiró profundamente—. Sé que pensabas que os miraba a todos con desprecio. Tal vez lo hice. Toda la vida pensé que debía escapar para sobrevivir. Tal vez hasta quería escapar de ti. Y ahora nos vas a dejar y no puedo imaginar la vida sin ti. Siempre pensé que nunca tuve el padre que quise. Y todo este tiempo fuiste tú. Estar aquí ahora, ver lo que hiciste, me vuelve humilde. Ver las cosas buenas y las malas. No importa. Pensé que iba a salvar el mundo, y aquí estabas tú, cambiando el mundo día tras día, minuto tras minuto.

Angelote iba a decir algo, pero optó por el silencio.

cambiar el mundo
poco a poco
un poco mejor
aquí, ahora

7:30 p. m.

El Hispánico Satánico estaba tumbado en su cama revuelta, esperando que mamá no volviera. Lily estaba junto a él, la cabeza recostada en su pecho. Estaban desnudos. Ella roncaba como un motor. Él le acariciaba la angosta espalda. Ella tenía un culo como dos suaves frutas o algo así. Como manojos. Las gafas de Lily estaban junto a las figuras de acción de Deadpool.

Las manos de Marco olían a ella. Él nunca había olido algo así. Mantuvo la mano sobre su rostro. No se lo podía contar a nadie de la familia. La verdad es que olía bien. Pensó que nunca se lavaría las manos, para así olerla más tarde y revivir el momento. «Bueno», se dijo. Tal vez le contaría a Angelito lo que ocurrió. Angelito no pensaría que es un pervertido. Tal vez conocía algún poema sobre eso. ¿Pero Pato? ¿Su propio padre? No. Él intentaría olerle los dedos.

Lily se había montado sobre él y así permitió que viera su delgado cuerpo en movimiento Después de hacer el amor, ella se acurrucó en su pecho y pasó el rato acariciándole el vello.

—Me alegra que no te depiles —le dijo.

Él rio por la nariz, pero sintió que era poco sofisticado.

—Soy una *dreamer* —dijo ella.

—¿Una soñadora? Ya lo sé —rio un poco—. Sueñas con gente en el cielo.

—No. Eso no. Una *dreamer,* como en el DREAM Act.

—¿Qué es eso?

—¿DACA? ¿Nunca lo has escuchado? Para los estudiantes indocumentados.

Él se apoyó en el codo.

—¿Eres ilegal?

Ella tenía los ojos cerrados.

—Marco —al fin utilizó el nombre correcto—, estuviste a punto de no ser un imbécil.

Ella le encontró el mentón, lo besó y se dio la vuelta para dormir.

Lupita acarreó àl tío Jimbo al sofá y lo tapó con una bonita sábana. Hizo una pausa en el baño para retocarse el maquillaje, se enjuagó la boca, robó un paquete de cigarrillos de la reserva de Jimbo. Lo observó. Casi parecía en paz. Ella se apresuró al coche. No iba a perderse la tarta de cumpleaños.

Ookie estaba contento. Deambuló por la calle. Llevaba dos días sin ver a su madre, pero sus bolsillos estaban llenos de galletas. Pronto comenzaría en la tele su programa de fantasmas preferido; era sobre unos espectros que aparecen en lugares tenebrosos y preguntan: «¿Quién anda ahí?».

Ya estaba cansado. Iba a comer lo que encontrara en la nevera. Si podía mantenerse despierto, iría más tarde al patio de Myrna Bustamante a robar Legos en la caja de arena. Pero también debía estar atento a la llegada de sus coches de juguete. Pronto los entregarían. El bueno de Angelito. Bueno, bondadoso. Coches y autobuses y palomas.

—*Wild thing* —dijo—, *you make my heart sing.*

Enrollada en su bolsillo, Giovanni tenía toda la pasta que el tipo aquel hizo vendiendo droga. Quería chocar los puños con Lalo, pero su padre estaba exánime sobre una tumbona, mirándose los pies deformes.

—Después, jefe —dijo , quizá quieras pasar un tiempo fuera de la ciudad.

Lalo le mostró el dedo corazón.

—Como gustes —dijo Gio.

Minnie y la Gloriosa limpiaron las mesas. Nunca habían visto tantos platos de papel. ¿De dónde habían salido? ¿Y esos vasos rojos de plástico?

—Sigue trabajando —dijo la Glori—. No dejes que tu madre haga nada.

Perla se había sumado al juego de cartas.

—Papá y el tío están peleando —dijo Minnie—. Los hombres son idiotas.

Ninguna de las comadres la contradijo.

Mientras tanto, en la habitación:

—Ya me saturé —dijo Angelito, y se incorporó para marcharse.

—Siéntate.

—No.

—¡Carnal! Siéntate un minuto, por favor.

Ira y tristeza, ira y tristeza.

—Intento salir de tu casa.

Irse de esa casa, lejos del barrio, lejos de esa familia. De una vez por todas. Nada de hermano mayor, nada de hermosa sobrina, nada de parientes, de Gloriosa, del maldito padre. Nada de historia. Solo ese ridículo y enorme coche de policía allá afuera. Solo eso. Solo conducir. Conduciría hacia Seattle. Conduciría hacia el norte hasta que pudiese girar a la derecha para perderse en las montañas occidentales. Se sepultaría bajo la nieve. Seguiría yendo hacia el norte. Avanzaría hasta el final de la autopista para establecerse en Homer, Alaska, para ver las águilas sobrevolar la costa. Para escribir poemas. Ahí podría conocer a una poeta, una mujer de hermosa cabellera y buen café. Iría tan lejos que una tarjeta postal necesitaría una semana para despacharse. Con la salvedad de que no podía ni alejarse del pie de la cama de Angelote.

—Si me voy —dijo al fin—, nunca volveré.

—Sién-ta-te, Car-nal —dijo Angelote.

Lentamente, se sentó.

—Ya nos dejaste para siempre —dijo su hermano—. Tuve que morirme para traerte a casa.

Angelote comenzó a tomar sus pastillas. Dio breves tragos ruidosos a su agua de tamarindo.

—Destruí a mi propia familia —dijo el patriarca.

Angelito intentó cambiar la sintonía. No quería escuchar. Pero lo hizo. ¿Qué más había? ¿Qué más podía llevarse alguien al final del día?

Angelote comenzó a hablar de todo. Braulio. Chentebent. Muy bien redactada esa parte de la narración. Problemas con su madre. Al final, viniendo de quién sabe dónde, Yndio entró en el círculo familiar.

—Nunca entendí a Yndio, Carnal. Con él... fui un malvado. Intenté ser padre por primera vez, pero ¿a quién tenía para copiar? A nuestro padre. Intenté ser él. Y, me cago en Dios, pero no lo soy. Perdón, Dios.

»Todos esos conflictos entre nosotros. ¿Por qué nunca aprendí a pedir perdón? ¿Qué más hay de malo en mí?

»No respondas a eso, cabrón.

»Éramos machos fuertes, Yndio y yo. Peleamos por el amor de Perla. Eso puedo verlo. Debió de pensar que yo era un invasor adueñándose de su mundo perfecto. Yo pensaba que era un mocoso mimado. El consentido de mamá.

»Y en verdad era extraño.

»Sé que le regalaste unos discos. Esa música loca. ¡Tú, cabrón, fuiste tú! No, está bien, Carnal. Yo comprendo todo. Yndio quería ser famoso. Quería ser una estrella. Yo le dije que estaba loco. ¿Actuar? ¿Cantar? ¿Qué? ¿Cabello largo? ¿Qué clase de hombre hacía tal cosa? Los hombres ganaban dinero y formaban un hogar con una buena mujer y tenían bebés. Los hombres eran formales. Eso pensaba. Le dije que fuera contable. No te rías. Un contable, o que tal vez administrara un 7-Eleven.

»Él dijo: "¿Qué pasa con el abuelo, que toca el piano toda la noche?". "Sí", le dije, "pero eso es como un pasatiempo, después de terminar el trabajo de verdad". Yndio estaba furioso. "Mi vida no es un pasatiempo", dijo, y tumbó la silla cuando salió del cuarto. Muy dramático.

»Luego se fue para no volver. Ni siquiera me enteré de dónde vivía. Tenía esos tatuajes y se vestía todo de blanco. Ese cabello. A mi padre no le gustaba. Nuestro padre. No se llevaban bien.

»Un año después, Yndio consiguió trabajo ¡cantando en un club nocturno! ¡En Hillcrest! No lejos del de papá, de aquel salón Rip, donde tocaba el piano. Este era un sitio llamado Lips.

»Nos dio una invitación. ¿Qué sabíamos nosotros? Obligué a Perla a ir. Éramos Perla y papá y yo. Nos pusimos elegantes. Era la gran noche de nuestro muchacho. ¡No, escucha! Sí, sin duda, iba gente rara ahí, pero pensé que eran como tú. Jipis locos. Gringos. Hombres con labios pintados. No lo sé. Trajes de cuero. Deja de reírte. Nos echamos unos tragos. Perla tenía miedo de toda esa gente extraña. Creo que por eso a papá le dio un infarto. No tiene gracia.

»Yndio apareció en el escenario. Su nuevo nombre era Blackie Angel. Otro pinche Ángel. Salió de la cortina de plata. Como Cher. Estaba en una especie de bikini y ¡tenía tetas! No es gracioso. Estaba maquillado y llevaba plumas en el cabello, ¡y cantaba canciones de Cher! Se acercó a nuestro padre ¡y se montó encima de él! ¡Jajaja! ¡Ah, cabrón! Papá ahí, sin más, sentado, bebiendo su trago. Como si nada hubiese ocurrido. Yndio se sobaba la entrepierna con el hombro de papá. Luego se dio la vuelta y nos meneó el culo. ¡Fue peor que mamá y el loro! Luego se agarró las tetas. Yo sabía lo que estaba haciendo. Se las aplastó y apuntó hacia nosotros. Según él nos estaba mandando chorros de leche. ¡Carnal! Nos estaba mandando a la mierda.

»La pobre de Perla no dejaba de verle las braguitas; se cogió el corazón y gritó: "¿Dónde está su pirindola? ¡No tiene pirindola!". Yndio se acercó y le susurró: "La embutí pa'dentro, ma".

—¡Para ya! Me estás haciendo reír.

Al día siguiente, Angelote se encontró a su padre muerto en el suelo del baño.

—Un infarto. Eso ya lo sabías. Pero ahora sabes por qué.

Angelote estaba muy serio; Angelito no paraba de reír.

—¿Es que a papá no le gustaba Cher? —dijo.

Ambos soltaron la carcajada, aunque Angelote maldijo a su hermano y agregó:

—¡No tiene gracia!

—Un poco sí.

Angelote le dio un almohadazo. Jadeando tomó otro sorbo de su tamarindo, luego dejó el vaso. Sonreía como trastornado, con una mirada torva, con los ojos como dardos, repletos de furia.

—Carnal —dijo Angelito mientras se frotaba los ojos—, es la mejor historia que he escuchado.

—Intenté ser bueno con mi muchacho.

Angelito solo pudo asentir; no quería comenzar a reír de nuevo.

—Dime —dijo Angelote—. ¿Hice algo bueno en tu vida?

—Me diste los libros —fue la respuesta instantánea.

—Sí, todos esos libros. Estuvo bien. Te di buenos libros.

—Y malos.

—Cierto. Pero todos los libros son buenos. Imagina que no hubiera libros.

—Aún los tengo.

—Ah, bueno. Pero ¿qué fue lo mejor que hice? Además de darte libros.

Angelito se frotó los ojos con las palmas y pasó las manos por la frente para reordenase el cabello.

—Bueno —dijo—, una mañana llamaste para pedirme que estuviera listo porque vendrías a por mí. Le dijiste a mi madre que estaría fuera todo el día. Era un misterio. No es que solieras pasar a por mí todo el tiempo. No me dijiste por qué, pero me pediste que trajera un abrigo. Así es que te presentaste en casa poco después. La Minnie venía contigo. Era apenas una niña. Y nos marchamos. Trajiste sándwiches de jamón y queso.

—En bolillos, en pan de barra —dijo Angelote.

—Cierto. Jamón y queso en bolillos con chiles y mayonesa. Y Pepsis mexicanas.

—Las mexicanas son las mejores.

—Fuimos al este, a las montañas. Había nevado allá arriba. Al vivir en San Diego nunca veíamos la nieve, así es que tú dijiste: «Vamos a hacer una bola de nieve».

—Y la hicimos.

—Fue lo que hicimos. Sí. Había como una pulgada de nieve. Salimos del coche y recogimos un poco y se la arrojamos a Minnie. Comenzó a llorar. Luego nos metimos en el coche y volvimos a casa.

Rieron un poco más.

—Sí —dijo Angelote—. Eso estuvo bien. Ahora dime lo peor que he hecho.

—Cambiemos el tema.

—Dime, hermano. ¿Fue aquello de la playa?

—No.

—¿Qué?

—Fue el año en que murió papá. No teníamos nada. Lo sé, lo sé, no sufríamos tanto como ustedes y bla, bla, bla. Pero no teníamos nada. Ni coche, ni dinero, ni comida. ¿Te suena? Era Navidad y mamá sabía que no nos iba a alcanzar para los regalos o la cena de Navidad. Y tú llamaste. Era tu especialidad, supongo, las llamadas sorpresa.

—Lo sé —Angelote suspiró.

—Dijiste: «No te preocupes por nada. Soy tu hermano mayor».

—Sí, lo sé.

—«Soy el patriarca».

—Sí.

—Dijiste: «Iremos a por vosotros la mañana de Navidad». Dijiste que nos invitaban a un fiestón mexicano de Navidad.

—Sí.

—«No compréis jamón», dijiste. «No os preocupéis. Perla va a preparar el mejor banquete que hayáis probado.» Y mamá lloró. Se sentía tan aliviada.

—Lo siento.

—No, espera. Tú lo pediste, así es que aquí va. Nunca te presentaste. Nos levantamos y pusimos música navideña toda la mañana y bebimos café y nos prometimos que nos daríamos regalos el año siguiente. ¿Sí? Y nunca llegaste.

—En verdad lo siento.

—Teníamos un poco de pan en la casa, así es que comimos pan tostado con mermelada. Mamá siempre tenía mermelada. Se creía francesa. Yo odio la mermelada. No era mucha, pero estábamos reservándonos espacio, nos dijimos, para la comilona de Perla. Y cuando dieron las cinco de la tarde, me animé a llamar. Te pregunté: «¿Cuándo vas a venir?». ¿Y sabes qué respondiste?

—Sí, dije que estaba muy ocupado para ir a por vosotros.

—Dijiste que era un problema venir a por nosotros.

Angelote miraba la pared.

—¿Y qué hicieron?

—Escarbé en el sillón. Sacudí mi alcancía. Saqué la bolsa de mi madre. Luego caminé dos kilómetros al 7-Eleven y compré un jamón enlatado y una lata de elote. ¡Caray! Qué dickensiano.

—Gracias por contármelo —dijo Angelote.

—Es agua pasada.

—No lo creo.

—Está bien. Eres un hombre bueno.

—Soy malvado.

Angelito se volvió a mirarlo.

—Te perdono.

Angelote sollozó un segundo.

—Oye, mira cuánta gente te ama. Mira a todos los que has ayudado.

—Los hombres que hacen buenas acciones solo quieren expiar sus pecados.

Minnie entró seguida de Perla.

—¿Por qué lloras, papá?

Él se tapó con la sábana y evitó la mirada de su hija.

—Mi amor —dijo Perla—, ¿ya habéis terminado de pelear?

—¿Quién ha ganado? —preguntó Minnie.

Ambos hombres levantaron la mano.

—¡Ya es hora! —dijo Perla—. Vamos por la tarta.

—Llegó la hora de la tarta, papá.

Él hizo una seña con mano temblorosa.

—Yust un mínut.

—Flaco —dijo Perla.

—Flaca, un minuto. ¿Sí?

Las mujeres salieron renuentemente de la habitación.

Angelote luchó con las almohadas para sentarse derecho.

—Hice cosas peores —dijo—. Hay mucha inmundicia en mi vida.

—Basta.

—Me metí en tu casa con Marilú. Tú estabas en el jardín de infancia. Papá y tu madre, en el trabajo. Rompimos todas las joyas de tu madre con un martillo.

—¿Qué?

—Y luego le cortamos toda la ropa fina con tijeras.

Angelito quedó boquiabierto.

—Dejamos todo para que ella lo encontrara.

—Tú...

—Sí. Y papá tenía monedas de plata en sus portapuros. Se las quité.

—Yo...

—Ahora dime que soy un buen hombre.

El loro

Los hermanos yacían lado a lado, barajando incontables recuerdos que llegaban con escenas imperfectas, como si abrieran una caja de viejas fotografías y hallaran todas rasgadas y arrugadas. Pero durante toda su vida habían guardado un recuerdo perfecto, un recuerdo gozoso, inapropiado, que conservaron como su propio secreto, como una reliquia sagrada. Ahora les pareció el momento en que más lo necesitaban.

—¿Te acuerdas del loro?

Fue décadas antes. Angelote apenas llevaba seis meses con su *green card* y ya estaba exhausto. Convertirse en estadounidense era como recibir una buena tunda, cualquier cosa que eso significara. Así le habían dicho, y sonaba tal como se estaba sintiendo. Esa gente estaba ocupada todo el día. Eran frenéticos. Comían en sus automóviles y nunca dormían siesta. Incluso iban a misa en sus coches. O en sus televisores. Lo estaban haciendo sentirse avergonzado de ser mexicano. Se le metían ideas en la cabeza. No sabía qué hacer consigo mismo. Todo le abochornaba. Sus zapatos eran corrientes y pasados de moda. Su postura era algo floja y no heroica como la exagerada postura de los gringos al marchar. Agachaba mucho la cabeza. Usaba calcetines blancos.

Se estaba volviendo gris por dentro. *Como carne cocida,* pensó. No podía encontrar energía dentro de sí y le había dado por beber café solo todo el día. Hasta que le dio acidez y el abdomen chapoteaba de modo nauseabundo cuando caminaba. Aunque nunca caminaba. Corría entre las manadas de coches de ida y vuelta por las interminables autopistas de California, maldiciendo y fumando en cadena. Ese era su otro vicio: los Pall Malls. Igual que su padre. Pero consumidos a un ritmo industrial. Fumaba velozmente y con la cereza brillante de la colilla encendía el siguiente pitillo. Trataba de sostener sus cigarrillos como los gringos, tomándolos entre el pulgar y el corazón. Había visto a Estip Macuín hacerlo así en una película. Y usaba ese infame dedo insultador para deshacerse de la colilla como si disparara un cohete.

Estaba avergonzado de su padre. Todo un frijolero. Se creía un maestro del piano en el *Show de Ed Sullivan*. Se mudó a los suburbios blancos muy al norte de la frontera. Vivía con vecinos llamados Wally y Ralph y Ginny y Floyd. Caras blancas que se volvían rojas cada vez que conducían hasta allá. De eso no le cabía duda. Su padre se había casado con una mujer de Indiana llamada Betty, por Dios. Y ese hermanito. Montado en su bicicleta Stingray, paseando por aparcamientos vacíos y saltando rampas de cartón como un pinche temerario. Ese mismo que le robó su nombre.

Y ahora esto. Una vez al mes, mamá se dignaba a cruzar la frontera para la rutinaria inspección de la vida de sus hijos. Ángel tenía que conducir allá con su Rambler para recogerla. Él era el mayor; era su responsabilidad. Pero él y su madre... Era complicado. Odiaba esas visitas y le había perdido el gusto a Tijuana. Todo era muy vergonzoso. Mamá América. ¿Quién podía ponerle ese nombre a alguien? Solo los mexicanos. Y a su maldito padre se le había metido en la cabeza que el Ángel «menor» era todo un estadounidense. Estaba tan agringado que necesitaba dosis regulares de México para salvar el alma. Así es que Angelote debía primero ir al norte de la ciudad, a Clairemont, para recoger al chico. Doble infierno. Una hora en la I-5, rumbo a ningún sitio. El mocoso pensaba que a su hermano le encantaba detenerse en Winchell's Donuts para comprarle donuts de chocolate. *Lo detesto,* quería decir Angelote, pero recordaba todos esos sábados mirando la fantasía solitaria del chico con sus estúpidas series de televisión y sus cómics.

Su padre vendría uno o dos días después para recoger a Angelito. No engañaba a Angelote. Angelote conocía a su padre muy bien. Venía cada mes para olisquear a mamá. No podía creer que había perdido sus derechos. No aceptaba la idea de que ya no podía bajarle las bragas a voluntad para disfrutar lo que había disfrutado siempre que lo deseó. Y Mamá América se quedaba en la habitación de atrás o iba a casa de César para no tener que lidiar con él.

Angelote encendió un cigarrillo nuevo con la colilla del anterior y disparó la colilla por los aires como si quisiera provocar un incendio de matorrales a lo largo del camino. Controlaba el volante con las rodillas mientras se ocupaba de esta compleja operación.

En aquel entonces Tijuana no era la moderna meca tecnológica en la que se ha convertido. Nada de lujosas discotecas ni cines IMAX. No estaba el canal del río. Nada de movimientos artísticos ni cervecerías artesanales ni cafeterías que sirvieran café tostado francés. Entonces había burros pintados con rayas de cebra que ponían a Angelito ridículamente feliz. Seguían merodeando en ciertas esquinas, llevando sombreros y tolerando a los turistas que se sacaban selfis con ellos. Años después, parecía que las únicas constantes en Tijuana eran la Patrulla Fronteriza y los burros.

Pasaron la frontera y de inmediato descendieron junto al turbio hedor del río Tijuana: una vía ancha y enlodada bajo crujientes puentes de madera. A cada lado del camino se hallaba el famoso barrio proletario de Cartolandia. Hoy erradicado; entonces una extensión de casuchas hechas de chatarra, lona y cartón.

Angelote no le prestaba atención a nada. Intentaba formular su plan de ataque. ¿Cómo se haría cargo de las cosas en los Estados Unidos? Tenía que mantener a una familia.

Aparcaron frente a la casa amarilla de la madre enclavada en la falda de un cerro, mirando hacia un parque polvoriento y, a la distancia, al cine Reforma, donde a veces Angelito obligaba a su hermano a sufrir las películas mexicanas de vampiros y de Mil Máscaras contra diversos monstruos. El borde superior del muro de la casa destellaba por los añicos de botellas de Pepsi que incrustaban para desgarrar los brazos de ladrones imaginarios que quisieran trepar para robar la ropa interior de América.

Estaba en su habitación, empacando, deshaciendo y reempacando la maleta. El Vicks Vaporub era la principal mercancía que trapicheaba al otro lado de la frontera. En el salón, el loro verde, un perico, armaba una vorágine de ruidos psicóticos en su jaula abovedada. En La Paz todos tenían un perico verde. Todos con nombres. A este pajarraco le habían dado el apellido de la familia: Periquito de la Cruz. Angelote pensó: *Es más un pericón que un periquito.* Era gordo. Anunciaba todo el día su presencia con la monomanía de un ego desbocado. «¡Periquito, periquito, periquito Cruz!» Esto último emitido con una estridencia que retumbaba en los oídos de Angelote.

—Cállate —dijo Angelote.

Quería encender otro cigarrillo, pero su madre prohibía fumar en la casa. Además, estaba Angelito, y dado que los alumnos de quinto grado son casi tan listos como los loros, se sumaba al concierto y le gritaba al perico.

—¡Cruz!

—*¡Cruz!*

—¡Cruz!

—*¡Cruz!*

Por fortuna, Mamá América vino a observar la escena.

—Ah, el pájaro —dijo.

—Madre —dijo Angelote—, vámonos.

Estaba ansioso por escapar antes de que los dos idiotas comenzaran su dueto otra vez.

—Hijo —dijo—, ¿has notado que no hay loros en el otro lado?

Él dijo que no lo había notado.

—Tantos mexicanos sin loros verdes.

—A los gringos les gustan los canarios.

—Yo tengo un periquito australiano —comentó Angelito, tratando de ayudar—. Se llama Peppy.

—Estaba pensando —dijo ella—. Creo que voy a poner un negocio.

Ay, no, pensó Angelote. Estas ancianas con sus negocios. Esas mujeres encontraban cosas para vender o cosían algo o preparaban tamales. La definición favorita de Angelote para los mexicanos era: «Los que obtienen comida de la nada».

—Voy a importar loros para los mexicanos en el exilio. Pago unos pesos aquí y los vendo allá por cien veces lo que pagué.

Angelote le ayudó con la maleta.

—Lo siento, madre, pero no. Es ilegal. No está permitido llevar loros a los Estados Unidos.

Ambos hermanos debieron tomar nota.

—Ya lo veremos —fue todo lo que ella dijo.

Mucho antes de que llegaran al cruce fronterizo, la madre habló de nuevo:

—Llevadme al mercado de frutas.

—Tampoco puedes llevar fruta, madre.

—¿Quién dijo que iba a comprar fruta?

Angelote echó una mirada inquieta a Angelito por el retrovisor, luego cogió la desviación al este.

El mercado de fruta estaba en un laberinto de viejos edificios alrededor de un aparcamiento. En las plantas bajas había fondas y tortillerías, dulcerías y taquerías. Y, por supuesto, fruterías con fruta de todo tipo. Sandía y limón. Papaya y mango. Plátano, caña de azúcar. Y verduras: berenjenas como huevos de dinosaurio, jícama, chiles. El aparcamiento estaba repleto a toda hora de camionetas y de hombres que bregaban con trapos atados en la cabeza, trajinando mercancía. El asfalto era pegajoso debido a una capa de un centímetro de viejas frutas aplastadas y cocinadas al sol y reaplastadas a lo largo de los años. Y en el rincón, para horror de Angelote, había un vendedor de aves.

—Madre, no —dijo.

Ella fue hacia allá.

—¿Tenemos problemas? —preguntó el niño.

—*I think maybe so* —respondió Angelote en inglés.

—Un loro verde —dijo al vendedor de aves mientras sacaba de su cartera un puñado de coloridos pesos—. Si fuera tan amable. Un periquito bien mansito.

—*What did she say?* —preguntó Angelito a su hermano.

Angelote le respondió que *mansito* significaba *tame,* que su madre quería un *tame parrot.*

Encendió un Pall Mall y comenzó a encorvarse como si el sol lo estuviese derritiendo.

El servicial vendedor mostró un parpadeante periquito parado en su índice y que giraba la cabeza en todas direcciones para observar la actividad a su alrededor. Saltó al dedo extendido de América y ahuecó las plumas. Angelote pegó una calada a su cigarrillo y observó. La madre había entregado el dinero al hombre y comenzó a lisonjear al pájaro con falso lenguaje infantil que todas las mexicanas usan lo mismo para complacer a bebés que a perros.

—¡Ay, qué guapo el periquito. ¡Ay, mira nomás qué bonito!

El pájaro se volvió arrogante y ensanchó el pecho y se acicaló vanidosamente.

Mamá América metió la mano en su bolso y extrajo un frasco con gotero.

Los hermanos se miraron con curiosidad.

Ella desenroscó la tapa con una mano, con dedos que trabajaban como una araña. Oprimió el bulbo del gotero y lo levantó. Vieron que se había llenado con un líquido transparente. Ella acarició el pico al loro.

—Ándale, pajarito —le susurró—. Abre el pico, mi rey.

El loro abrió el pico y ella le suministró cuatro gotas.

—Tequila —dijo, y enroscó de vuelta la tapa.

Los tres hombres observaron como hipnotizados.

El pájaro se tambaleó. Bamboleó la cabeza. La dejó caer.

El pájaro estaba borracho.

América lo recostó en su mano libre, donde quizá el ave pudo roncar. Metió la mano en su infernal cartera y sacó una hoja de periódico. Por alguna razón Angelito recordaría que mostraba los resultados del jai alai. Ella tendió la hoja en el mostrador del vendedor y puso al loro borracho por encima. Con ambas manos envolvió el pájaro, formando un cucurucho. La cola hacia el extremo puntiaguda, la cabeza verde saliendo del extremo abierto y ancho, como un barquillo de loro.

Mamá América cogió el cucurucho y, con un gesto presuntuoso, asombró a todos al abrir el cuello de su vestido azul e insertar el ave somnolienta en el escote. Angelote nunca había reparado en la frondosidad de su madre. De pronto, parecía que la hubiesen bendecido con una expansión de carne mullida. Arropado en ese escote, el loro se fue hundiendo hasta perderse de vista. Para terminar la operación, ella empujó la cabeza verde con el pulgar, hasta que el ave quedó bien acomodada en las sombras.

Se ajustó el busto y dijo:

—Vamos a San Diego, muchachos.

En aquellos días la frontera era distinta. No existía el enorme muro, ni los drones, ni las torres infrarrojas. Lo que aguardaba a la familia Cruz era una maltrecha línea de casetas atendidas por agentes de aduana e inmigración, sentados en bancos bajo el sol, aburridos hasta la desesperación, aspirando nubes ilimitadas de gases del tubo de escape de los coches, y más cínicos cada día después de escuchar a todos los conductores diciendo: «No, no traigo licor en el maletero».

Angelote detuvo su Rambler.

—Tranquilos —dijo.

La madre iba junto a él con la mochila en el regazo. Angelito, atrás, jugando con su carterita de cerillas Baby Bobby para distraerse del absoluto terror que le daba pensar que podían acabar en una prisión federal con cadena perpetua. La gansteril abuela parecía tan serena como un monje tibetano.

Todo lo que Angelote podía ver al agente era su panza. Una buena panza. Flotaba fuera de la ventanilla de Angelito. La panza giró, pues el agente observaba el siguiente vehículo. Luego regresó a su posición.

—¿Papeles, amigo? —dijo la voz.

—Sí, señor —respondió Angelote—. *Green card.*

Mostró su pasaporte mágico a los Estados Unidos.

El agente se agachó y apareció un rostro colorado. Miró a América.

—¿Papeles?

Ella mostró su pasaporte.

La cara colorada se dirigió a Angelito.

—¿Y tú, compañerito?

—*U. S. citizen* —contestó.

El agente palmeó el techo del coche y se irguió, poniendo de vuelta su panza en la ventana. Angelito tenía miedo de que el hombre sacara su pistola y tiroteara a los tres.

—Muy bien —dijo la panza—. Tengan un buen día.

Fue cuando el loro despertó. La panza había girado tres cuartas partes del camino cuando el loro anunció su incomodidad.

—¡Kuok! —gritó.

La panza se detuvo.

—¡Kui-yok!

La panza giró hacia ellos y se detuvo. Angelote miraba al frente. Los músculos de la mandíbula formaban olas furiosas sus mejillas.

—¡Yiiiiik!

El rostro colorado del agente bajó a la ventanilla y los miró boquiabierto.

Mamá América se volvió hacia el agente con expresión anodina.

—Cosa más rara —dijo—. Me pregunto qué podrá ser.

Comenzó a movérsele el busto. Los ojos del agente saltaron de las cuencas. De pronto, con más murmullos y chillidos, el loro fue saliendo del escote, rotando la cabeza al sacarla.

—Qué interesante —dijo Mamá América.

El irritado y resacoso loro se manifestó en toda su gloria, los maldijo y se largó volando por la ventana abierta. Todos ellos —el agente del gobierno, los mexicanos y el ciudadano estadounidense en el asiento trasero— lo vieron volar al norte, más allá de la frontera.

Las mañanitas

Las mujeres volvieron y sentaron a Angelote en su silla.

—Perdóname —dijo mientras lo remolcaban fuera.

Angelito lo alcanzó.

—No importa, hermano.

—Sí importa.

Minnie propulsó a Angelote y lo aparcó en la cocina. Salió al patio para reunir a los invitados.

Angelote sonrió pese al dolor de cruzar los brazos detrás de la cabeza para hacer una pose despreocupada.

—Es gracioso, Carnal. Hubo un tiempo en que pasaba hambre. Todo el tiempo quería comer. Y cuando llegué a este país, comí. Comí a todas horas. Me puse gordo. Por eso Perla comenzó a llamarme Flaco. Qué chistoso.

Angelito podía ver la sombra de Minnie en el patio.

—Pero ¿sabes qué? —dijo Angelote—. Otra vez me muero de hambre. Odio comer. Como para alimentar el cáncer. Las pastillas me enferman. El estómago me duele en todo momento. Pero sueño con comida. Como si otra vez tuviera diez años. Es verdad. Nunca sueño con hacer el amor, pero sueño con carnitas y tortillas.

La sombra de Minnie se marchó.

—Bueno, sí. Todo el tiempo sueño con sexo —admitió—. Son los grandes pensamientos de Miguel Ángel. Carne de cerdo en una tortilla. Y culos. Para cuando escribas un libro sobre mí.

—Debería hacerlo.

—Sí, deberías.

—Pinche Ángel —dijo Angelito.

—Llévame afuera —dijo Angelote—. No quiero hacerlo aquí.

Angelito lo remolcó hacia la puerta grande.

—Siempre fui tremendo —anunció Angelote.

—Vamos.

—Dime —continuó Angelote, ignorándolo—. Pato dijo que mi padre te cocinaba. ¿Es cierto? ¿Cuál era su especialidad?

—Chili.

—¿Chili? ¿Como chili gringo? —Angelote quedó pasmado.

—Yo le llamaba chili de infarto.

—Más. Detalles, por favor.

—Comenzaba con una sartén y montones de aceite —dijo Angelito—. Picaba y freía cebolla morada. La freía hasta que se aclarara. Luego echaba una bolsa de arroz.

—¡Arroz!

—Freía el arroz y agregaba tomate y ajo. Lo freía hasta que se rehogara, luego añadía agua y salsa de tomate.

—Arroz español.

—Correcto. Lo ponía a cocer a fuego lento y cogía otra sartén.

—Ah —Angelote se ruborizó como si estuviese escuchando un cuento pornográfico.

—Cortaba más cebolla, la picaba y freía cinco chuletas de puerco.

Minnie volvió.

—¡Papá!

Angelote señaló una silla con el índice. Ella resopló y se sentó. Él pidió a su hermano que continuara.

—Cuando las chuletas estaban listas y el arroz español cocido, había que añadir agua varias veces y dejarla evaporar. Ponía frijoles con todos los otros ingredientes en una olla. Frijoles refritos. Pero aguarda. Falta algo. Después de todo, troceaba medio kilo de queso Jack de Monterrey.

—No —dijo Ángel.

—No —dijo Minnie.

—Ah, sí. Y chile. Revolvía toda la cosa durante una hora, hasta que el queso desapareciera en el engrudo. En verdad no podías comer más de dos cucharadas. Salvo él. Él se servía un enorme plato. Y al día siguiente lo comía frío. Lo comía con pan o con tortilla o directamente de la olla.

Angelote aplaudió.

—Mija —le dijo a Minnie—. Ese era tu abuelo. Un hombre tremendo.

Los hermanos se complacieron en el amor por su padre.

—Se acabó el recreo, niños —dijo ella.

Hizo una señal y se pusieron en marcha.

—Perdóname —dijo Angelote.

—Tú haz lo mismo —le respondió Angelito.

Salieron al patio.

—Oye —lo llamó Angelito—, ¿qué contiene la caja que me diste? —indicó hacia la habitación.

—Era lo que te iba a regalar ese día —dijo Angelote—. Aquella Navidad.

Minnie continuó empujando la silla.

—Ve a ver.

Angelito no pensaba abrir la caja. Al diablo con Miguel Ángel. Al diablo con todo eso. Abrió la caja. Dentro, una primera edición autografiada de Raymond Chandler. *El sueño eterno*.

La gente en el patio comenzó a hacer bulla.

8:30 p. m.

Angelito se colocó detrás de la multitud, arrimándose a las sombras junto a la puerta de la cocina. La cantidad de comensales había disminuido. Pato roncaba en el sillón de adentro. Algunas mujeres le habían echado encima sus abrigos. Nadie atendía su teléfono móvil, que piaba y piaba con textos de Manila.

Diáfanas pañoletas de nubes pasaron delante de la luna. Ladridos de perros hacían eco en los cañones. Angelito escuchaba los grillos como un poeta de haikús, interpretándolos como amantes que susurran esperanzas.

Angelote estaba más pequeño que nunca, sentado en su silla, mirando a esa gente amenazadora. Lalo estaba repantigado en la tumbona junto a su padre. Campaneaba la cabeza; a veces la erguía para mirar y la volvía a dejar caer. Angelote miró a su hijo con su sonrisa inescrutable.

Lalo abrió los ojos y lo miró. Soltó un chillido.

—¡Papá! —comenzó a llorar.

—¿Qué, mijo?

—Papá, siento mucho lo que he hecho.

Angelote alargó el brazo tanto como pudo.

—¿Qué pasa, hijo? Ven acá.

Lalo se inclinó y apoyó la cabeza en el pecho de su padre.

—Lo siento mucho.

—No pasa nada, no pasa nada —murmuró Angelote.

—He sido muy malo.

—Eres un buen chico, Lalo. Eres mi niño bueno.

Angelote besó la frente de su hijo y Lalo cayó de vuelta en su rechinante tumbona de aluminio.

—Oye —dijo Angelote—. Me gusta tu tatuaje.

¿De veras?, pensó Angelito. *¿Ya se acabó? ¿Fue todo? ¿Así es como termina?* No quería que terminara. No de ese modo.

¿No se supone que habría un clímax? ¿Qué novela, qué ópera terminaba con felicitaciones de cumpleaños e irse temprano a la cama? Sabía que si la fiesta terminaba, su hermano moriría. Se apoyó en la pared y cruzó los brazos. Le picaban los ojos.

Las mujeres salieron de la cocina con las tartas. Minnie, Perla, Gloriosa y Lupita. Cuatro velas resplandecían: un siete y un cero de cera en cada pastel. Hubo gran alboroto, aplausos. Los niños y los perros saltaron en torno a la silla de ruedas de Angelote a medida que se acercaban las tartas. Él entrelazó las manos sobre el vientre. ¿Le oscilaba la cabeza?

Las mujeres pusieron las enormes tartas en una mesa plegable, y Minnie llevó allá a su padre. Angelote miró a los invitados; alzó la ceja irónicamente. Se echó hacia adelante, cogió aire con un aliento crujidor y apagó una de las velas. Le tomó cuatro intentos apagarlas todas. Angelote echó la espalda al respaldo, jadeando, mientras le aplaudían. Perla celebraba la hazaña como si hubiese ganado una carrera de cinco kilómetros.

El ánimo creció. Claro que sí. Cada fiesta de cumpleaños tenía una canción para desear feliz cumpleaños. Toda fiesta mexicana tenía una canción mexicana: *Las mañanitas*. No hubo una señal, pero el grupo comenzó a cantar al unísono.

Estas son las mañanitas
que cantaba el rey David
a las muchachas bonitas
se las cantamos aquí.

Se acercaron a él convertidos en marea, como si la luna los impulsara. Cada vez más cerca y más apretujados. Un torbellino, una barrera de cuerpos. Angelote se perdió de vista en el centro de la inundación.

Echaron las cabezas hacia atrás y cantaron.

Despierta, Ángel, despierta,
mira que ya amaneció,
ya los pajarillos cantan
la luna ya se metió.

Pero parece que no fue lo suficientemente ruidoso para ellos. Comenzaron de nuevo, desatando estruendos como Angelito nunca había escuchado. Rugían, gritaban, lanzaban voces operísticas de mariachi, perdían notas entre sollozos que les asaltaban a medio verso.

Angelito se mantuvo atrás, envuelto en la música, mirando a su hermano. Nunca había escuchado el resto de la canción, pero todos los demás parecían conocerla de memoria.

Qué linda está la mañana
en que vengo a saludarte
venimos todos con gusto
y placer a felicitarte.

Continuaron sin tregua, y cuando al fin terminaron de cantar, aplaudieron con entusiasmo y siguieron aplaudiendo cuando ya se marchaban, y Angelito pudo ver de nuevo a su hermano. Aplaudieron y silbaron hasta que Angelote alzó las manos como un boxeador exhausto y las entrelazó sobre la cabeza y las agitó y dijo «Gracias». Tenía lágrimas en los ojos. La chispa en su mirada punzó a todos como una aguja.

Angelito se tapó los ojos con las manos.

Angelote miró a su hermano. No quería que Angelito supiera que sentía lástima por él. Comió un poco de pastel.

Así es que eso fue todo, pensó Angelote. Había conseguido lo que siempre quiso. Y ahora todo se había terminado. Fin. Llegó a pensar que habría algo más. Claro que sí, pinche Ángel. Se rio de sí mismo. Llegó a pensar que podía sanar.

No podía encontrar entre la gente a los fantasmas de sus padres, de modo que se volvió a ver a su hermano. No podía quitarle los ojos de encima. *Pobre Angelito,* pensó. No tenía idea de lo que la vida haría con él. No lo encontraría en los libros. La Minnie, por allá. Lalo, tumbado a su lado. Deseaba que Lalo se comportara como el soldado que fue. La Gloriosa andaba por ahí. Podía sentirla aunque no la viera. Ella era sagrada, pero no lo sabía. Cuando abría las alas, se revelaban amplias y oscuras, casi negras. Ella volaría sobre todas las llamas cuando el mundo llegara a su fin. Y ahí estaba su pobre Flaca, limpiando la cocina. Él también le había fallado a su mujer. Si hubiese oportunidad de renegociar con Dios, solicitaría más placeres para Perla. Tal vez Dave podría rezar una última novena o decirle qué plegaria podría conmover a Dios.

Pero.

No.

Meneó la cabeza. *Demasiado tarde, amigo. Estamos jodidos.* Ya antes había sostenido esa conversación con Dios. Caramba. Esa noche era el pacto que había hecho al final de todo. *Me cago en Dios. Perdón, Dios.* Nunca le advirtieron que no debía hacer pactos con Dios.

Cada hombre muere con secretos. Angelote tenía la certeza de que un hombre feliz era un hombre que moría manteniendo oculto lo peor de sí. La vida era una larga batalla para hacer las paces con ciertas cosas y para mantener otras cosas fuera del alcance de los demás. Era su mayor secreto, y ni siquiera era un pecado. No deseaba que nadie supiera que no podía ponerse en pie.

—Tú —dijo en voz alta— me pusiste de rodillas.

Se hallaba en una burbuja de tiempo. La fiesta trepidaba a su alrededor, pero él no estaba ahí. Él estaba de regreso en su habitación algunos meses atrás. Hubo mucho jaleo ese día en casa. *Irónicamente,* pensó, *fue un domingo como hoy.*

Dave se acababa de marchar después de comerse todo en la cocina, de haberlo llevado de vuelta a su cama y de ensabanarlo. Los niños, los perros y Lalo estaban afuera, gritando. *¿Por qué todos gritan todo el tiempo?,* recordó haber pensado. Gritos y carcajadas. Él quería agua, pero nadie podía escucharlo. Palpó a su alrededor pero no encontró el móvil en la cama.

—¡Ey! —llamó con voz ahogada y tipluda—. ¡Minnie!

Golpeó el colchón. Era la hora de sus pastillas. Manoteó la mesa de noche, abrió un frasco y tomó una pastilla con un trago de Coca-Cola caliente y sin gas. Casi vomita. Pero ¿dónde estaba el otro frasco? Definitivamente, debía tomar dos pastillas.

Miró alrededor. *Maldita sea.* El frasco estaba sobre el tocador, a un paso de la cama. ¿Qué imbécil lo puso ahí? Ya le agarraría las orejas a alguien.

—¡Ey! —trató de alcanzarlo, pero bien sabía que no llegaría hasta allá—. ¡Ayudadme, pues!

Nada.

Maldijo y despotricó y supo —supo con certeza— que alguien vendría por el pasillo cuando se acordaran de él. Alguien le traería agua. Alguien le alcanzaría las píldoras. Pero quería lo que quería cuando lo quería.

Apretó los dientes, apoyó en el suelo una de sus flacas y enronchadas piernas, y gesticuló cuando el suelo frío le envió una larga aguja de dolor por el tobillo, desde el talón hasta la rodilla. «¡Chin!», murmuró. Se apuntaló con el brazo izquierdo y alargó el derecho. Su pie libre flotó en el aire sobre el suelo. Supo que era un error táctico. La geometría no estaba en ningún lado, y tan pronto como su brazo apuntalado comenzó a temblar por el esfuerzo de sostenerlo, y justo en el momento en que traspuso el abismo entre el colchón y el tocador de tres cuerpos con la otra mano, y en el preciso instante en que el dolor del frío subió un poco más para pincharle los testículos, Angelote cayó.

Aterrizó de rodillas. Durísimo. La cabeza golpeó con el borde del tocador. Se abrió la piel de pergamino en la sien y la sangre fresca se hizo presente en todo el rostro. Espectáculo ingrato.

No estaba preocupado por la herida. Le preocupaba que se hubiera roto las rodillas. Gimoteó y lloró. Pensó que el cáncer dolía, pero esto era más vívido y no se podía levantar, de modo que el dolor gritó cada vez más fuerte en sus articulaciones aplastadas a medida que las aplastaba en el duro suelo. Luego la sangre goteó hasta el suelo entre sus manos. Lloró y gritó.

—¡Auxilio! ¡Oídme! ¡Me he caído de la cama! *Help!*

Vamos, Ángel, se dijo a sí mismo. *Tenemos problemas. Piensa.*

Subió la mano, empuñó un extremo de la sábana e intentó levantarse. Cayó de nuevo al suelo. Quedó arrodillado con el culo en el aire y las manos en ambos lados de la cabeza agachada. ¿A quién engañaba? Ya no le quedaban músculos en los brazos. Estaba atrapado, atorado entre la cama y el tocador. Incapaz siquiera de mover las rodillas para intentar incorporarse. Subió el cuello de la camiseta hasta la sien e intentó detener el sangrado. La sangre le parecía casi azul.

—Dios —dijo—, me duele.

Dios no dijo nada.

—Necesito ayuda —suplicó.

Quizá Dios estaba ocupado en otra llamada.

Trató de hallar fantasmas, pero lo habían abandonado por completo a su suerte. Por un momento, tuvo miedo de que Chentebent apareciera por la pared, sonriendo. El dolor le ponía a temblar todo el cuerpo.

—De acuerdo —dijo.

Recostó la cabeza en el suelo. Esperaría a que alguien viniera. Él era Angelote. No iba a morir así.

—Pero ¿y si fuera así?

¿Y qué si nadie venía hasta la hora de dormir? Sin duda lo hallarían muerto. Su cuerpo no podía soportar esto. Ya sentía el corazón como si se lo hubiesen golpeado con un mazo.

—Dios, ¿estás ahí?

Entonces comprendió. *Estás de rodillas, pendejo. Confiésate.* Dios lo había puesto ahí y no habría modo de levantarse hasta que hiciera lo que debía hacer.

—Soy un puerco cerdo —dijo—. Soy un vil puerco.

Le llevó tres horas.

Lalo iba de camino a su habitación para jugar Grand Theft Auto cuando encontró a Angelote. Lalo estaba un poco ebrio, nada grave, un par de cervezas, un par de tragos. Miró a su viejo ahí en el suelo como si estuviese rezando hacia La Meca o algo así.

—Eh, jefe —dijo—. ¿Por qué duermes en el suelo?

Levantó a su padre, lo echó en la cama y lo tapó. No notó la sangre seca en el rostro de Angelote.

Fue a su habitación, tomó el control del videojuego y comenzó a disparar a idiotas y a estrellar coches.

Angelote durmió, más exhausto que dolorido en sus rodillas. Y Dios le regaló una revelación: soñó la fiesta de despedida. La vio entera. Despertó por la mañana ante los gritos de terror de Perla. Había visto la sangre en su rostro y en la almohada, y salieron de la casa, arrastrándolo contra su voluntad al hospital y todo el tiempo él se negaba a morir a causa de esa misma fiesta. De esas tartas. De las canciones.

Salió de la burbuja de tiempo que lo tenía confinado. Todos reían y hablaban y aún comían y se arrojaban pedazos de tarta unos a otros. Angelote miró a Angelito con suma compasión. *Nunca te han puesto de rodillas*, pensó. *Y si no lo haces por ti mismo, Dios te tumbará en el suelo y te pedirá cuentas. Espera nomás, hermanito.*

Lo siento mucho.

Aparentemente todo el alboroto no había despertado a Lalo, que se iba hundiendo cada vez más en su tumbona junto al jefe. Tenía los pies al aire y empezó a roncar. Se frotó el rostro con el dorso de la mano.

—*Chuds.*

El flamante Audi blanco ronroneaba frente a la casa. Yndio estaba al volante. Su nuevo tatuaje que bajaba por el antebrazo anterior derecho decía: PRÓDIGO. Revisó su teléfono. Había un mensaje de voz de la jefa. «Mijo, ven. Por Dios. Pasa adentro.» No lo borró.

La ventanilla estaba abierta. Escuchó que le cantaban a su padre. ¿Cuántas veces había conducido por esa calle para monitorear a la familia? ¿Cuántas fiestas? ¿Cuántas discusiones había escuchado? ¿Cuántos portazos?

Con cada año que se mantenía distante, elevaba el muro entre ellos hasta volverlo insalvable. Era casi imposible aceptar que estaba avergonzado de su propio comportamiento. ¿Cómo admitir que él se había exiliado a sí mismo?

Quería estar con ellos, de verdad que lo deseaba. Quería salir del coche y caminar entre la gente y ver a Minnie y a su madre caer de rodillas cuando lo vieran. Quería presumir de su larga melena y sus músculos y sus caros pantalones blancos. Quería pararse frente a su padre y perdonarlo.

Y ser perdonado.

Ese era el secreto que Yndio no compartía con nadie y que apenas podía admitir. Se había alejado de Angelote tanto como pudo para vivir una vida que Angelote no podría entender y que nunca toleraría. Era como un desafío. Pero como cada verdadero hijo pródigo, el temor más profundo de Yndio era que su padre le diera un portazo en las narices.

Asomó la cabeza por la ventanilla y escuchó el rugido de los últimos versos de la canción. Y el ladrido de los perros del barrio. Quería decir adiós, pero no podía. El cristal de la ventanilla subió en silencio. El coche blanco se mantuvo sereno bajo la luz de la luna.

Todo se había acabado, se dijeron. Bueno, excepto las tartas. Los kekis, pues. Todos querían tarta. Ninguno deseaba tanto una porción como Angelote.

Tenía dos platos delante y un tenedor de plástico en cada mano. Le metió el diente a la tarta blanca y a la oscura con furiosa alegría. Tenía merengue en el mentón y en la mejilla y no le importaba. Perla intentó limpiarle la cara, pero él alejó la servilleta con un movimiento de los hombros y le hizo una seña a la Gloriosa para que pusiera otra ración en cada plato.

—Ya no te van a llamar Flaco —dijo—. Te llamarán Gordo.

—Así sea —dijo, y señaló sus platos—. Más.

Minnie supervisó a varias morras y rucas para que le ayudaran a distribuir los platos desechables.

—Nada de guerras de comida, panda de mequetrefes —advirtió.

El cuchillo favorito de Perla estaba tan cubierto con coágulos de merengue que lo llevó a la cocina para que Lupita lo lavara.

Angelote miró a la Gloriosa y le dijo:

—Siempre te amé.

Ella se sonrojó. Se dio la vuelta. Agradeció que ninguno de esos chicos estuviera prestando atención.

—Y yo a ti —dijo en voz baja.

Se disculpó y se alejó y se marchó del patio. Todo lo que deseaba hacer era respirar.

Cuando Angelito vino por su segundo trozo de tarta, se sentó junto a su hermano. Miraron a Lalo reír en su sueño. Menearon la cabeza.

—Sabes que siempre te quise —dijo Angelote.

—Fuiste correspondido.

—No regreses a Seattle.

—Debo ir. Tengo trabajo, una vida.

—¿Quién tomará mi lugar?

—Yo no.

—Eres el único. Lalo no es un patriarca. Yndio se marchó. Pobre Pato. Él no puede hacerlo. Te elijo a ti.

Angelito lo miró y meneó la cabeza.

—Tal vez llegó la hora de una matriarca —dijo, y señaló a la Minnie—. Es la jefa.

Angelote aguzó la vista para mirar a su hija.

La Gloriosa se recostó en la puerta del garaje y observó el cielo nocturno.

La calle estaba en silencio. No reconoció el coche aperlado estacionado frente al acceso. Bonito. Pero no lo suficientemente grande.

Estaba hablando con su hijo. No quería que la molestaran. Él estaba allá arriba. Guillermito. Nada de ese estúpido apodo de «Guasón». Ella le deseaba las buenas noches todas las noches.

—Mamá te ama —susurró.

Yndio decidió marcharse otra vez. Miró por el retrovisor. Parecía haber charcos de luz cobriza que flotaban sobre las aceras y el pavimento cada cuatro metros, retrocediendo hacia la distante y refulgente frontera, como nenúfares en un río negro.

Vio a un hombre solitario que avanzaba con prisa rumbo a la casa. Miró al hombre cruzar la calle, andar por el acceso del garaje y dirigirse al patio trasero. Antes de que Yndio encendiera el coche para marcharse, vio que el hombre se llevaba la mano a la espalda para sacar una pistola que portaba en la cintura del pantalón.

—La puta que me parió —dijo Yndio.

Por primera vez en diez años, abrió la puerta.

El pistolero se detuvo en el borde de la fiesta. Se había alzado el cuello para ocultar los tatuajes en el rostro. Lalo, ese puto, vivía aquí. Observó a la gente. No había esperado toparse con un cumpleaños. Pero así era mejor. Iba a ejecutar a Lalo con su propia pistola frente a toda la familia. Eso les enseñaría a respetar.

Hasta sabía lo que iba a decir: *Así se deletrea venganza.* Tenía que contar con los dedos, asegurarse de que tenía suficientes balas para cada letra de «venganza».

El pistolero miró a Lalo. Quería armar una buena bronca. Tenía la propia 22 del chaval apoyada en el muslo. Oteó a toda la panda de bestias que comían tarta en el patio.

Aún le quemaba la humillación que sufrió en el garaje. No había modo de volver a alzar la cabeza con orgullo si no hacía algo al respecto. Y tenía que ser algo personal.

Órale. Eso le iba a decir a Lalo cuando jalara el gatillo. Órale, puto.

Dos tiros en la cabeza. El resto en el pecho. Los zampatartas se espantarían y él solo tendría que salir a la calle caminando a paso veloz. Se habría marchado antes de que ellos reaccionaran para perseguirlo o para llamar a la policía. Luego vendría Gio a buscarlo, pero a él ya le había reservado algunas sorpresas.

No tenía idea, ni nadie notó, que Yndio se acercaba en las sombras, midiendo sus posibilidades. Yndio sabía que podía correr hacia el tipo y derribarlo, pero ¿quién saldría herido si comenzaba a disparar? Yndio miró al jefe en su silla de ruedas y le impactó su aspecto tan frágil. *¿Qué harías?*, pensó. *¿Cómo actuaría el jefe ante esta situación?*

El pistolero dio un paso al frente. Avistó al anciano en silla de ruedas acometiendo la tarta, y al otro chaval a su lado, ahí sentado, con aspecto de yupi y con chocolate en la cara. Mierda. Esos dos viejos tenían pequeñas libretas en el regazo.

Sacó la pistola, inclinó la culata y le encajó un cargador lleno. Ese álgido sonido detuvo la fiesta al instante. Todos los rostros voltearon hacia él.

La gente comenzó a ver el arma. Ahuyentados por su fuerza, comenzaron a alejarse. Algunas sillas cayeron. Los gallinas corrieron. Todo el jardín fue quedando vacío.

Minnie alzó la mirada. Sonrió un poco y sopló un mechón de cabello en su rostro.

—Pero ¿qué...? —dijo cuando distinguió la pistola.

Debió ser heroica. Quería ser heroica. Pero se dio cuenta de que daba pasos hacia atrás. Todo lo necesario para aumentar la distancia entre ella y la pistola. En su carrera, chocó con Yndio. Él le cogió los hombros en silencio, la hizo a un lado y continuó avanzando.

Angelote estaba volteando hacia su hermano, diciéndole:

—Quería conocer Seattle.

—Tal vez lo harás.

El pistolero agarró la pistola con ambas manos y pateó el pie de Lalo.

—Ey —dijo.

Los hermanos se volvieron. No hubo respuesta de Lalo. El tipo apuntó la pistola a los Ángeles.

—Quietos —dijo—. No abran el pico.

Pateó con fuerza a Lalo en la pierna.

—Ey... —Lalo se quejó, echó la cabeza atrás y distinguió al pistolero a través de los ojos entrecerrados—. Prepárate... títere.

Angelote comenzó a sonreír. Dios mío. Era un milagro. Ese cabroncito. Una revelación. Dios había hablado. Si sobrevivía a esto, tendría que llamar a Dave. En sus huesos agrietados sabía que iba a sobrevivir.

Vio a su padre. Vio a Chentebent. Vio al marinero que había venido a su patio en busca de sangre. Escuchó la voz de su padre como si el fantasma del viejo estuviese justo detrás de él; escuchó las palabras que escupió muchos años atrás. Vio su propio fin, no insignificante, no desgraciado, sino heroico. Vasto. Una leyenda que nunca se borraría de la mente ni de los labios de la familia. Se puso de pie.

Extendió el brazo hacia Angelito, no para pedir su ayuda, sino para mantenerlo en su lugar. Lentamente dejó su silla atrás.

—¿Qué crees que estás haciendo? —preguntó al hombre.

En vez de apretar el gatillo como debía, el pistolero miró a Angelote y dijo:

—Siéntate, anciano.

—Chinga tu madre.

¿Cuántas faltas de respeto podía asimilar ese día? Estos hijos de puta eran tan bocazas que le hacían perder la cordura. Era el día más ridículo y desquiciado de su vida. Esta familia. Todos estaban locos. Todos hablaban más de la cuenta. El plan para recuperar el respeto a sí mismo le había parecido muy claro: matar a Lalo con su propia pistola delante de su familia. Pero ahora el anciano abrió la boca y el pistolero titubeó. No había venido a matarlos a todos; para eso habría traído más balas. La vida de un hampón era complicada.

—¿Qué has dicho? —la pistola apuntó a Angelote.

Angelito estaba como clavado en su silla, incrédulo y confuso.

Angelote temblaba, pero de dolor e ira, no de miedo.

—Ya me has oído —dijo—, pedazo de mierda.

Muchos de los que quedaban en el patio nunca habían oído a Angelote maldecir. No se apoyó en su silla. Se mecía con los pies bien plantados. Con su mirada iracunda se ancló al pendejo de la pistola.

El pistolero le devolvió la mirada.

—Estate quieto, abuelo —dijo—. Va en serio.

Viró la cabeza y volvió a apuntar al rostro de Lalo. Hizo una mueca de desdén, pero Angelote ya estaba en movimiento. Lento. Los separaba apenas medio metro. Deslizándose como un glaciar, casi tropezando con los pies de su hijo, se montó sobre Lalo y puso su cuerpo entre su hijo y esa basura humana.

Todo fue silencio.

—¿Qué diablos haces, viejo?

Angelote aún tenía el tenedor de plástico en la mano.

Angelito miraba todo con sumo detalle. El tenedor estaba embarrado de tarta oscura y del merengue oscuro. Vio a Perla intentar abrirse paso entre la gente. Gritaba, pero no había sonido. Vio a Minnie, que miraba con incredulidad la escena y a la bestia vestida de blanco que se aproximaba.

¿Yndio?

Angelote blandió el tenedor cuando el pistolero le apuntó. Se desafiaban uno al otro.

—Sal de mi patio —dijo Angelote.

La pistola vaciló.

—Hazte a un lado, imbécil —dijo el intruso.

Miró a Angelito y de vuelta al patriarca.

—Oye —dijo a un costado—, si no quieres ver al abuelo muerto, métele el culo en la silla.

Angelote chasqueó los dedos en la cara del hombre.

—Mírame, güey. Si quieres disparar a mi muchacho, entonces dispárale. Adelante.

—¿Que qué?

Angelote sonrió mostrando todos sus dientes. Era la sonrisa de un lobo. El pistolero nunca se había enfrentado a tal cosa.

—Pero te voy a sacar el ojo con este tenedor —Angelote puso los dedos en su pecho de gorrión—. Mejor dispárame a mí. Dispárale a él a través de mí, putito.

—¿Qué?

—Dispara aquí. Como sea, me voy a morir —encogió un hombro, torció los labios hacia abajo—. Pon la bala en mi corazón. Aquí justo. ¿Lo ves? Va a salir derechita para metérsele a Lalo —se palmeó el pecho—. Mátanos juntos. Eso me gustaría.

—Lo voy a hacer.

—Hazlo.

—Lo voy a hacer, abuelo.

—¡Bien! Hazme un favor. Aquí justo. No voy a sentir nada.

—¡Papá! —gritó Minnie.

El tipo miró sobre su hombro. La gente comenzaba a avanzar de nuevo hacia él. Una señora venía gritando desde la cocina y se abría paso a empujones. Mierda. Tenía en la mano un cuchillo cebollero.

—Pero si no me matas, te juro que le cortaré la cabeza a tu madre y le cortaré la cabeza a tu padre. Estoy ansioso por decapitarlos. Luego iré a jugar a los bolos con ellos.

La voz de Perla vino de atrás.

—¡Hijo! ¡Salva a tu padre!

Comenzaron a gritar al pistolero. Él apuntó a la gente. Maldita sea. Se volvió de nuevo hacia Angelote.

Una voz de hombre:

—Siento llegar tarde a la fiesta.

Angelote se volvió, cerró los ojos y volvió a mirar. Fuera de las sombras apareció Yndio. Puso el brazo sobre los hombros de su padre. El viejo le echó un vistazo.

—¡Hola, mijo! —dijo.

Iniciaron un teatro familiar como si llevaran un mes ensayando.

Yndio se sintió aliviado. Debió saber que esa era la manera en que ocurrirían las cosas. Desempeñó su papel sin titubear.

—Hola, jefe. ¿Quién es este güey?

La discreta sonrisa de Angelote llenó de orgullo a Yndio.

—Ah —dijo Angelote como si estuviesen hablando del clima—. Un pendejo que quiere matarnos a todos.

Yndio estaba en las nubes. Todo lo harían al estilo Angelote.

—Mátame primero, comemierda —dijo Yndio—. Más te vale.

Toda esta gente estaba loca. El tipo bajó la pistola y dio la media vuelta para escapar.

Minnie se le atravesó y dijo:

—Oye, cabrón.

Él miró sobre su hombro por un momento, una breve pausa fue todo lo que hizo falta para que Yndio entrara en acción. Asestó un derechazo en el rostro del hombre que le quebró la mandíbula y el pómulo. El tipo cayó tan duramente en el hormigón que la pistola le salió volando de la mano. Minnie le puso el pie encima.

Angelote se volvió hacia Angelito y dijo:

—Mira a mis niños.

La gente se acercó al pistolero para forrarle a puntapiés. Él se apoyó en manos y rodillas y soportó una tormenta de dolor hasta que fue capaz de mover manos y piernas y corrió a gatas hacia la salida, después de rodillas, luego de pie, tambaleándose al correr.

Frente a la casa, la Gloriosa lo vio correr y caer, correr y caer, haciendo carambola con los coches mientras se alejaba.

—¿Qué mosca te ha picado? —le gritó.

Perla llegó a su hombre en el momento en que colapsaba. Ella e Yndio. Ella estaba a punto de quebrarse como un plato de porcelana. Gritó «¡Ángel!» e «¡Yndio!» y «¡Flaco!» y «¡Mijo!». Yndio cogió a Angelote en sus brazos. No pesaba nada. Era una piñata. Lo pusieron de vuelta en su silla.

Perla lloraba.

Angelito recogió la libreta de su hermano y se quedó quieto, indefenso.

Yndio se miró la mano. Los nudillos le sangraban. La mano crujía al abrirla y cerrarla. Dolía, pero al mismo tiempo se sentía bien.

—Héroe —dijo Minnie.

Él apoyó la frente en la de ella. Perla le dio una bofetada.

—¡Ma!

—¡Diez años! —gritó; luego abrazó a su marido.

Minnie recogió la pistola. La miró por uno y otro lado. Reconoció que era la de Lalo. Fue con Lalo, lo escuchó roncar y dijo: «Imbécil». Se dirigió a la cisterna, abrió la tapa y arrojó la pistola en el agua oscura.

—Trata de encontrarla ahora, Pantagruel.

Eso fue todo para Angelote. Se cortó el hilo. Sintió y vio chispas a su alrededor. Entonces supo por qué no había muerto antes. Las chispas formaron un remolino. Pensó que se había mantenido vivo para disfrutar su propio velorio. Pensó que si aún estaba vivo era para enmendar algunos errores. Pensó que estaba vivo para unir a su familia en la última hora. Ahora lo supo. Qué bonito tornado de luz.

Estaba vivo para salvar la vida de su hijo. El más joven. Había realizado el acto más heroico del mundo. Ahora sonrió con alegría, no con ira. Había superado el heroísmo de todos esos detectives de todos esos libros. Había superado a su propio padre. Le había mostrado a Angelito de qué estaba hecho. Frente a todos.

Y Dios lo había perdonado al traer a Yndio a casa.

De vuelta con su familia.

Comenzó a reír. Le temblaron los hombros. Se frotó los ojos.

—Dije: «¡Dispárame aquí!».

—¡Loco! —lo regañó Perla.

Angelito soltó una larga exhalación y comenzó a reír también.

—Eres un cabrón, hermano.

—Lo sé —dijo Angelote, y se dirigió a Yndio—. Lo golpeaste como el Destructor.

—¿Quién?

Angelote meneó la mano, luego tocó el brazo de Yndio.

—Como una coz de mula, hijo.

Yndio se ruborizó. Bueno, sí. Tenía que admitirlo. Había deslomado al tipo ese de un solo golpe. Caray. Se sentía orgulloso. Se sentía bien cada vez que Angelote le llamaba «mijo».

¿Por qué estaba temblando? Todos lo estaban mirando. Pensó que eso le gustaría, pero se estaba poniendo nervioso.

—Yndio, estoy muy cansado —dijo Angelote—. ¿Me llevas a la cama?

Yndio levantó en brazos a Angelote. La familia lo siguió por el pasillo, solo para verlo cargar a su padre.

—Necesitas ponerte a dieta, viejo.

Angelote rio de buena gana.

—Buen chiste —dijo.

—Es solo una broma —dijo Yndio—. Lo sabes.

Entraron en la habitación.

—Te he echado de menos —dijo su padre.

Yndio permaneció en silencio.

—¿Tú me has echado de menos?

Yndio depositó al patriarca en la cama.

—Me daba miedo no volver a verte nunca, hijo.

—Tú ya sabías dónde encontrarme —dijo Yndio de buena manera.

—Tú también, mijo. Tú también. Gracias por cargarme.

Todos siguieron esta charla aguantando la respiración. Angelote llamó a su hermano.

—Carnal, acuéstate aquí antes de que me duerma.

Yndio quedó pasmado cuando su tío se acomodó en la cama junto al jefe.

—Venimos haciendo esto —le dijo Angelito.

—Buena onda —dijo Yndio, pero sinceramente estaba un poco anonadado.

—Mija —dijo Angelote, y Minnie trepó a la cama.

Yndio estaba con los puños apretados, esperando a ver adónde llevaría la escena. No era la familia que recordaba. Su mente proyectó a Braulio. Imaginó que su hermano se reiría cruelmente de verlos así. Observó de nuevo a su padre.

Perla estaba detrás, le acariciaba la espalda.

—Tú —dijo—. Vete.

—No —dijo él—. No hay inconveniente.

—Vete, mijo.

—Estoy bien.

—¿Dónde está Lalo? —preguntó Angelote.

—Aquí mismo, jcfc.

Lalo no esperó a que lo invitaran y se acostó en el pie de la cama y se acurrucó en torno a los pies de su padre.

Perla no tenía intención de meterse con todos en la cama. Se alejó de Yndio, pero le imploró con los ojos. La cara de Yndio se incendió. Perla fue a la cabecera de la cama y se paró junto a Angelote y le ofreció la mano. Angelote la cogió, le besó los nudillos. Ella le acarició sus torcidos cabellos.

—¿Hijo? —Perla habló.

Yndio volvió la cara, pero no pudo salir del cuarto.

—Hijo —al fin dijo Angelote—. ¿Por qué no estás aquí conmigo?

Yndio finalmente se volvió para mirarlo.

Y todos le hicieron un hueco en la cama de la familia.

Coda

Y ese fue el final de la historia.

Una semana después, Angelito tomaba a Minnie de la mano, miraba incrédulo a su hermano, apartado de ellos en una cama de hospital. El olor de antisépticos. Sus sienes negras, las manos oscuras. Tubos y mangueras que metían y sacaban líquidos de su cuerpo, de su boca. Un monitor que hacía un terrible, constante y soso pitido.

Angelote se hacía un ovillo, una mano arriba, otra abajo. Parecía denso, más denso de lo que había sido en vida. Absorbía la luz de la habitación.

Perla se derrumbaba lentamente. Los hijos la sostenían y entonces parecía flotar como si estuviese hecha de pelusa.

Hubo también otras cosas. Siempre hay más detalles detrás de una buena historia, aparecen como latas en el parachoques trasero del coche de unos recién casados. Cascabeles y campanas y maravillosos momentos que revolotean al final de una vida grandiosa. Cosas de las que se hablará para siempre.

De que el funeral de Angelote había sido más bello que el de su madre.

De que los primos trajeron palomas blancas en cajas de cartón y las soltaron para que volaran sobre la tumba. Y Lalo dijo: «¿Qué? ¿Compraron palomas en una caja?».

De que el sermón del padre Dave fue hermoso, brillante, lleno de detalles que nadie recordaría más tarde, pero que igual los hizo llorar.

De que la misa fue divina y el cura cara de rata le cedió su sitio al padre Dave.

De que los portadores del féretro iban vestidos de blanco. Yndio y Lalo a la cabeza. Pato y Marco en medio. Angelito sosteniendo su ángulo posterior, mirando a Minnie al otro lado. Ella llevaba el pelo recogido. Parecía de gran estatura, con pantalones y un chaleco de satén. Nadie iba a decirle que las mujeres no cargan con féretros.

De que Perla nunca flaqueó, nunca necesitó que sus hermanas la sostuvieran. Y de que cumplió su promesa de abandonar la cocina.

De que Yndio echó la primera palada en la tumba.

De que rieron y lloraron cuando se leyeron las libretas.

De que esa noche, tras leer las listas, Minnie olió la loción de Angelote para después de afeitarse en el salón. Solo una brisa. Llegó y se fue. «¿Papá?», dijo.

Y más tarde, de que Perla hizo jirones todos los pijamas de Angelote y los utilizó para confeccionar un oso de peluche para cada uno de sus hijos e hijos de sus hijos. Hasta para Giovanni, ese cabroncete. Y para sus dos hermanas. Angelito esperaba recibir uno, pero le dio vergüenza pedirlo. Fue Minnie la que se lo envió.

Sin embargo, de lo que en verdad hablaron fue del posterior misterio del aniversario de boda del Flaco y de la Flaca. De que ese día, meses después del fallecimiento de Angelote, llegaron las más bellas flores. De que la tarjeta estaba firmada por él. Y de que ese mismo día UPS había entregado una carta manuscrita de Angelote. Una carta que Perla nunca mostró a nadie pero que la tumbó dos días en cama.

Nunca nadie supo quién había ayudado a Angelote a realizar tal milagro. A medias creían que había hallado el modo para contactarlos desde el cielo. El buen Angelote. Quedaron maravillados.

Cuando todos se apearon de la cama de Angelote esa última noche de fiesta, Angelito fue en busca de la Gloriosa pero no pudo encontrarla. En cambio encontró a Minnie, sola en el patio, llorando.

—Tío —chilló, y se lanzó hacia él para llorar en su hombro.

Él le dio unas palmaditas en la espalda, el cabello.

—*It's okay* —dijo él.

—¡No, nada está *okay!* —dijo ella.

Él la abrazó con fuerza mientras ella sollozaba. La soltó cuando se calmó.

—Te he puesto la chaqueta perdida de mocos —dijo ella.

—No hay problema —él le cogió la mano—. Quiero mostrarte algo —dijo.

Era hora de un poco de magia. Del paraíso de Ookie, solo para bañar en oro la leyenda de Angelote a los ojos de su querida sobrina.

—Ven —la condujo a través del patio y se detuvieron fuera del cobertizo—. No lo vas a creer —abrió la puerta de par en par.

Dentro, Leo el León les daba la espalda. Tenía arrebujados en los tobillos los pantalones y los calzoncillos floreados. Su pálido culo zangoloteaba con cada arremetida.

Pazuzu estaba echada bocabajo en la mesa de trabajo. A berridos decía:

—¡Más rápido! ¡Dale duro! ¡Al galope, cabrón!

Leo se desencajó como un burro enloquecido. Echó la espalda atrás y se puso a darle azotes con una mano al generoso culo de Pazuzu.

Angelito y Minnie retrocedieron y cerraron la puerta.

—Gracias, tío —dijo ella—. Fue algo muy especial.

Más tarde, esa misma noche, tumbado en la cama de hotel, Angelito se puso nervioso. No tenía idea de lo que iba a ocurrir. Ni siquiera sabía qué deseaba él que ocurriera.

Al salir de la fiesta, había encontrado a la Gloriosa, agobiada y sombría, recostada en la pared. Temblaba.

—¿Se acabó? —preguntó ella.

Él asintió.

—Ni siquiera me conoces —dijo ella.

Se miraron uno al otro.

—Un poco, quizá.

—No me conoces nada.

Él se sentía con ganas de llorar y pequeño. Cogió la mano de ella.

—No me llamo la Gloriosa —dijo—. Mi verdadero nombre es Maclovia. ¿Lo sabías?

Él admitió que no.

—¿Te gusta?

—Maclovia. Bonito. Sí.

Ella le apretó la mano.

—Sácame de aquí —dijo.

Él le dirigió una mirada perpleja.

—No puedo ir a casa. Ahora no —ella apoyó la cabeza en el pecho de Angelito—. Llévame contigo.

Y ahora, mientras Angelito estaba tendido en la cama, ella salía del baño. Se había puesto una camiseta de él que le llegaba justo arriba del arcoíris de las bragas.

Tragó saliva.

—Caramba —dijo él, instalado por completo en el Angelito de trece años.

—Ninguna locura —ella se paró junto a la cama y lo miró—. Levántate —dijo.

Él se incorporó. Llevaba puestos unos pantalones cortos deportivos y una camiseta negra.

—Quítate la camiseta —dijo ella—. Quiero verte.

Él hizo una pausa, descifró el rostro de ella. Comprendió que habría sido bueno hacer más abdominales, pero se sacó la camiseta. Intentó meter la panza, pero ya era tarde para juegos. De modo que se exhibió tal cual.

—Los pantalones —dijo ella.

Él se avergonzó y rio un poco.

—Déjame ver —dijo ella.

El rostro de Angelito se tiñó de un rosado vibrante.

—Anda —dijo ella.

Dejó caer los pantalones cortos, los alejó de una patada. Llevaba calzoncillos negros. Ella alzó una ceja.

—Muy sexy —dijo.

Lo miraba sin reparos.

Se bajó los calzoncillos e intentó no cubrirse con la mano.

—¡Qué grande! —dijo ella, porque eso hay que decir a los hombres; aunque lo cierto es que parecía un pajarillo desplumado empollando dos huevos en su nido—. ¿La tienes torcida? —dijo.

Él se sonrojó ferozmente.

Ella se quitó la camiseta, la echó a un lado y se quedó en toples delante de él.

—Está bien, Ángel. Mira —se señaló la teta izquierda, que era más baja que la otra.

Luego se quitó las bragas.

Ahí estaban los dos.

—No somos niños —dijo ella.

—No.

Ella se tocó con el dedo la cicatriz en el borde del vello púbico.

—Mi bebé, Guillermo —dijo.

Él se señaló una cicatriz en el borde del abdomen.

—Apéndice.

Ella le cogió las manos y lo llevó a la cama, luego se recostó junto a él. Le mostró la pierna.

—Varices —dijo.

Él señaló su pecho.

—Tetas de hombre.

La Gloriosa se tapó con la sábana. Él la abrazó con fuerza. Ella recostó la cabeza en su hombro. Su cabello despedía perfumes y su propio aroma y cilantro y lluvia y viento.

Él aspiró esas fragancias.

Ella se le arrimó y ambos se volvieron atemporales. Tuvieron cien años de edad. La boca de ella acarició su pecho.

Ella habló.

De que Guillermo, su hijo, y Braulio, el hijo de Angelote, habían sido más que primos. Mejores amigos. Casi gemelos.

De que esa noche habían salido a divertirse. Era sábado. Angelote les había prestado el coche. Ella sabía que habían comido tortitas. Toda la familia tenía el vicio de las tortitas. De que se habían juntado con unas muchachas en el cine Bay de National City. Ponían una película de Tom Cruise. Muchos zumbados de Tijuana venían a ver películas. Todos los conocidos estaban ahí. Pero también alguien más. Alguien malvado.

El tío Jimbo tenía una licorería en el centro comercial Plaza Bonita. Una tienducha donde vendía Wild Turkey y cigarrillos baratos y revistas y billetes de lotería. Ella y sus hermanas lo regañaban por dejar que los muchachos entraran. Aunque fueran menores de edad, él pensaba que estaba bien que los chicos bebieran una cerveza de vez en cuando. Así es que los dejaba pasar a la hielera, y ellos se ocultaban detrás de las latas frías, robaban Budweisers y se creían hombres salvajes. Con el paso del tiempo lo convirtieron en su ritual de fin de semana.

Después de la película fueron a la tienda de Jimbo. La Gloriosa no sabía por qué. ¿Quién podría haberlo sabido? ¿Por cerveza? Jimbo guardaba las revistas más obscenas bajo llave junto al mostrador. Mercancía que no mostraba al público, pues su tienda era familiar. Así es que tal vez querían ver pibones después de achucharse con sus chavalas en el cine. Pero alguien los pilló afuera y mató a ambos.

Fue Jimbo quien llamó a la policía, quien se sentó con el pobre Guillermito hasta que murió.

Él cubrió a ambos muchachos con trapos y se sentó en la banqueta hasta que llegaron los policías. Luego bebió hasta perder el sentido.

—Nunca le dije adiós a mi bebé —dijo ella—. Nunca le dije que lo amaba.

Cuando terminó de hablar, lo que pensaban que ocurriría se volvió más emotivo, incluso hermoso.

Esa última noche, cuando los invitados al fin se marcharon, después de que las mujeres recogieran el desorden y Minnie hubiera metido a Lalo en su cama del garaje para luego conducir a casa a la una de la madrugada, Angelote y Perla se acostaron solos.

—Flaca —dijo—. Desnúdate.

Ella se abochornó por la falta de costumbre. Pero ambos se desvistieron y se acostaron uno junto al otro, tan cerca que podían sentir el calor ajeno.

—Flaca —dijo—, no hay más.

—Sí, mi amor —dijo ella.

—Esto es todo.

Se cogieron las manos en la oscuridad.

—Me gusta estar desnudo —dijo él.

—Ay, Flaco, me da pena.

—¿Qué te puede apenar, Flaca? ¿Cuántas veces hicimos el amor?

—¡Ay!

—Adivina.

—Diez mil veces.

—¡Eso fue el primer mes!

Ella le dio un beso suave.

—Y luego, cuando tuviste el bebé...

—No lo digas, Flaco.

—Tenías leche.

—¡Flaco!

—¡Leche en todas partes!

—¡Cochino! —lo regañó.

Él estaba muy feliz.

—Qué delicia salía de tu cuerpo. Tan tibia en mi rostro.

Ella pensó: *Soy vieja como los cerros, y él aún me pone cachonda.*

Él volvió el rostro hacia Perla.

—Me encantaba —dijo con voz casi tan viril como antes era.

Ella recostó la cabeza en su brazo. Angelote le acarició el rostro.

—Discúlpame porque ya no puedo —dijo.

—Shh.

—Ya no puedo ser un hombre para ti.

—Para mí siempre has sido un hombre. Mi hombre. Ahora guarda silencio.

Él suspiró.

—¿Puedo tocarte el manantial?

Ella asintió sobre su brazo y abrió las piernas. La mano de Angelote se acercó como una sombra. Ella apenas podía sentirla.

—Tú encima —dijo—. Cómo me gustaba.

—Eres un pervertido, Flaco.

—Para mirarte.

—Ay.

Recordaron. Su cuerpo estaba encendido, y aunque la agonía había torcido sus venas hasta volverlas nudos, pensó que podía ser capaz de desempeñar sus deberes maritales. Una última vez. Quizá podría. La cosa se irguió un poco.

Pero no.

—Una buena vida —dijo al fin.

Se echó de espaldas, retrajo la mano y capturó el ardor de ella en su palma vacía.

Perla yacía junto a él, exhalando los sonidos felices que tan bien conocen los amantes.

—¿Cuál fue tu parte favorita?

—¿De la fiesta?

—No, Flaco. De nuestra vida.

—Todo —respondió de inmediato.

Ella meditó un instante.

—¿Incluso lo malo?

—Nada hubo de malo —dijo— estando tú a mi lado.

—Poeta —dijo ella y lo besó.

—Yo hice cosas malas.

—Eso sí.

—Recuerdo la primera vez que te vi.

—¿Te parecí guapa?

—La chica más bella que he visto. Y sigues siéndolo.

—Ay, viejo —iba a decir algo más, pero trinó el teléfono.

—¿Qué es eso? —dijo él, y el aparato trinó de nuevo—. ¿Quién coño...? —ahora estaba irritado.

Manoteó entre los frascos en la mesa de noche.

—Déjalo, Flaco.

Seguía trinando.

—Puede ser una emergencia, Flaca —lo abrió, miro la pantalla.

—Ay, cómo eres —ella lo regañó.

—Es mi hermano —dijo él.

—¿Pato?

Él negó con la cabeza. Luego contestó.

—¡Es medianoche! —dijo—. ¡Me estoy muriendo!

—Escucha —dijo Angelito—. No te vas a morir esta noche.

—Sí lo haré.

—¡Que no! Te portas como en una película de melodrama. Anda, Carnal, ¿qué haría Raymond Chandler?

Angelote miró a Perla y susurró:

—Este cabrón me está fastidiando. No quiere que me muera.

—No te creas tan especial, muchacho —dijo ella al auricular—. Nadie quiere que mi Flaco se muera.

Angelote sonrió.

—Cuélgale —dijo ella.

—Carnal —dijo al teléfono—. Estamos desnudos. ¿Entiendes? Déjame en paz.

—Esfúmate —dijo Perla.

—Sal de este mundo con estilo —dijo Angelito.

—Caramba —dijo Angelote—. Por eso estoy desnudo.

Perla soltó su risa obscena.

—Levántate mañana temprano —dijo Angelito—. No es broma. Estaré ahí a las ocho. Y vístete. ¿De acuerdo? No te quiero desnudo. Acabo de vomitar solo de pensarlo.

—Pinche idiota —dijo Angelote.

—¿Tienes pantalones cortos? Ponte pantalones cortos y sandalias.

—¿Cortos? Yo no uso pantalones cortos.

—Entonces quédate en pelotas. Haz un espectáculo de ti mismo.

—¿Qué chingados?

—Te llevaré a la playa.

—*What?* —lo dijo como «guat».

Angelote pensó en cien protestas. Luego sonrió. Y rio casi en silencio. Se volvió hacia Perla y asintió. «Angelito», articuló con los labios y meneó la cabeza, como si ella no lo supiera.

—Sí —ella suspiró, cansada de Angelito—. Es tremendo.

—Quiero ir a La Jolla —dijo Angelote—. Adónde van los ricos. Nunca fui a La Jolla.

—Hay una tienda de tortitas —dijo Angelito—. Podemos comprar tortitas.

—¿Qué? —Perla seguía susurrando.

—*Okay* —dijo Angelito.

—Oquéi —respondió Angelote.

—A las ocho.

—Estaré listo.

—No te mueras.

—Todavía no —dijo Angelote—. Pero cuando me marche y veas un colibrí, salúdalo, porque soy yo. No lo olvides.

—Nunca lo olvidaré —prometió Angelito.

Colgaron sin despedirse.

Angelote abrazó con fuerza a su mujer.

—Bueno, pues —dijo—. Mañana me muero. Pero primero vamos a la playa.

Ella no pudo sino pensar: *Estos hombres me están volviendo loca.* Angelote se dejó atrapar por el sueño mientras pensaba en ese viaje de mañana. Angelito lo sacaría del vecindario, más allá de las canchas de baloncesto y del McDonald's, hasta la rampa de la autopista 805. Encendería la radio y sonreiría a su hermano. Allá atrás, Tijuana se alejaría y hasta volverse invisible. Ellos irían al norte y al este, y cuando llegaran a la playa, pondrían los ojos en las grandes olas que surcarían por los siglos de los siglos las aguas de cobre de ese mar abierto.

Nota del autor y agradecimientos

Querido compañero de letras:

Hoy no hay Ángeles en mi familia, ni Angelotes ni Angelitos.

Cuando mi hermano mayor pasó por el último mes de una enfermedad terminal, tuvo que enterrar a su propia madre. El funeral se celebró el día antes de su cumpleaños. Él sabía que sería el último, pero creo que mantuvo esa certeza solo para sí. Crystal, una integrante de su ejército de nietas, había insistido a la familia para ofrecer al «Jefe» un gran fiestón, el tipo de fiesta que hubiera disfrutado en mejores días. La organizamos, y la disfrutó. Todos éramos conscientes de que era una fiesta de despedida, pero, caramba, somos mexicanos. Alguna curandera o ángel o piloto de ovni podría descender mientras cortábamos la tarta para sanarlo.

Se llamaba Juan. Había encogido en tamaño, pero no en bravura ni en presencia. Pequeño como estaba gracias al cáncer, irradiaba luz y buen humor. La fiesta fue tan maravillosa como su vida. Un *Finnegans Wake* mexicano. En cada rincón parecía haber una sorprendente escena de comedia o tragedia. Avalanchas de comida. Tormentas de música. Generaciones de gente ordinaria que vino a hincar la rodilla y agradecer a este hombre sus setenta y cuatro años de vida. Juan estuvo sentado en su silla de ruedas en medio de ese torbellino de cuerpos e historias y comportamientos, algunos de ellos gloriosos por inapropiados, como los de un rey; lo cual, por supuesto, él era.

Debido a su enfermedad, se sintió débil en varios momentos y fue a la cama. Me pidió que me recostara con él, y yo acepté. Repasamos muchas de nuestras historias. Él se sentía responsable de que yo me hubiese convertido en escritor porque me endilgaba viejos libros de bolsillo de E. E. «Doc» Smith y su ópera espacial cuando yo era niño. Pronto, la familia se enteró de que había fiesta de pijamas y de pronto Juan tuvo un fluctuante hacinamiento de cuerpos en su cama. Sonrió mucho ese día.

Antes de un mes se había marchado, y nos volvimos a reunir para sepultarlo.

Ya que mencioné esto, debo recordar a los lectores que esta es una novela, no la historia de la familia Urrea.

Por supuesto, Angelote no podría existir sin el ejemplo de mi hermano, o de Blanca, su adorada esposa. A veces sentía que él me dictaba ideas y escenas desde ultratumba. De hecho, cuando compartí algunos pasajes con mi sobrina, nos espantó que ciertos inventos míos eran un reflejo de escenas de la vida real que yo no tenía modo de conocer. Pero no, no existe la familia Bent, ni Ookie ni Paz ni Braulio. Ni nosotros somos de La Paz. No hubo un incendio mortal que yo sepa y, tristemente, tampoco existieron Pato ni Marilú.

La imagen de los Lego la robé de Kevin, mi yerno.

Los lectores de San Diego sabrán que no existe el barrio de Lomas Doradas.

No tenemos una Gloriosa, aunque desearía que la tuviéramos. No tenemos a Pantagruel, aunque solo pude escribir ese personaje gracias al sentido del humor y buena voluntad de mi sobrino Juan. Ninguna «francesa» ciega ni chicas del *trailer park*. (A ellas las conocí en New Hampshire.) Ningún Leo. Dave el jesuita sabe quién es. Ojalá tuviéramos un Yndio, aunque por aquellos días uno de los nuestros se marchó con las Cycle Sluts from Hell. Pero eso es tema para otro libro.

Como dato histórico: la escena del pistolero y Angelote está basada en la confrontación de mi propio padre con un pandillero en un quinceaños. Y la escena del loro... Ah, la escena del loro fue inspirada por la brevísima carrera de mi abuela como contrabandista de loros. En aquel entonces no comprendí lo afortunado que fui al ser testigo de tal acontecimiento.

Lo que sí es cierto es que nos encantan las tortitas.

Poco después del funeral de Juan, otro de mis héroes me invitó a cenar: Jim Harrison. Por esas fechas él estaba próximo a su muerte. Cuando se sentó junto a mí, le pregunté: «¿Estás bien?». Su respuesta se convirtió en una línea de este libro: «Nunca volveré a estar bien».

Mientras cenábamos y Jim disfrutaba una alineación de licores que cubrían los colores del espectro desde la transparencia hasta el ámbar hasta el rojo profundo, de pronto dijo: «Cuéntame sobre la muerte de tu hermano». Así lo hice. Con detalle. Cuando terminé, se volvió hacia mí y dijo: «A veces, Dios te entrega una novela. Más vale que la escribas».

Mi esposa, Cinderella, vivió estas cosas y leyó mil versiones de este libro. Hubo momentos tan emocionalmente cercanos que ella debió escribirlos mientras yo los echaba fuera. Ella estuvo en la cama con nosotros.

Gracias al equipo. Al editor Ben George. Nos enfrentamos en un combate cuerpo a cuerpo por este libro, y su visión fue más elevada que la mía. Gracias. A Reagan Arthur, eternamente. A Maggie Southard y su equipo de publicidad en Little, Brown and Company, que me impulsaron con una mano fresca y jovial. Mi amor y admiración para Julie Barer, de The Book Group, mi mejor agente y supervisora (batallamos juntos con varios manuscritos antes de que el pobre George se encargara de hacerlo). A Mike Cendejas, de la Pleshette Agency, que navega conmigo las turbias aguas de Hollywood. A Michael Taeckens, por creer en mí, cosa que aprecio más de lo que te imaginas. A Trinity Ray y Kevin Mills, que me mantuvieron en la ruta correcta, hablando conmigo todo el año. ¡Sigan ayudándome para que mis hijos puedan cursar la universidad, hermanos!

Si escribes, plagia bien: estoy en deuda con la familia Urrea, la familia Hubbard, la familia Glenzer, la familia Somers y la antigua familia García; gracias por las bromas, las anécdotas y la risa que se mezcló con mi narración.

Finalmente, gracias a los muchos amigos que leyeron trozos de las muchas versiones de este libro para ofrecerme consejos y críticas. Ustedes saben quiénes son. Debo agradecer al incansable Jamie Ford por sus superpoderes. Gracias, Dave Eggers. Ambos subastamos personajes de nuestros nuevos libros para recaudar 826 dólares. Más tarde Dave me ofreció buenos consejos para no descarrilarme. Y gracias a Richard Russo, que leyó el manuscrito y, en conversación, me hizo ver que una vez le conté algo que no había incluido en el libro. Su respuesta siempre la llevaré conmigo: «¿Estás loco?». Lo agregué.

Finalmente, a Cinderella, que supo ver antes que Jim Harrison que en esta historia había un libro.

ÍNDICE